FANTASMA SAI DE CENA

Livros do autor publicados pela Companhia das Letras

Adeus, Columbus
O animal agonizante
O avesso da vida
Casei com um comunista
O complexo de Portnoy
Complô contra a América
Fantasma sai de cena
Homem comum
A marca humana
Operação Shylock
Pastoral americana
O teatro de Sabbath

PHILIP ROTH

Fantasma sai de cena

Tradução
Paulo Henriques Britto

COMPANHIA DAS LETRAS

Copyright © 2007 by Philip Roth
Todos os direitos reservados

Título original
Exit ghost

Capa
João Baptista da Costa Aguiar

Preparação
Maria Cecília Caropreso

Revisão
Carmen S. da Costa
Ana Maria Barbosa

Dados Internacionais de Catalogação na Publicação (CIP)
(Câmara Brasileira do Livro, SP, Brasil)

Roth, Philip
  Fantasma sai de cena / Philip Roth ; tradução Paulo
Henriques Britto. — São Paulo : Companhia das Letras,
2008.

  Título original : Exit ghost
  ISBN 978-85-359-1248-7

  1. Ficção norte-americana I. Título.

08-04136   CDD-813

Índice para catálogo sistemático:
1. Ficção : Literatura norte-americana   813

[2008]
Todos os direitos desta edição reservados à
EDITORA SCHWARCZ LTDA.
Rua Bandeira Paulista 702 cj. 32
04532-002 — São Paulo — SP
Telefone: (11) 3707-3500
Fax: (11) 3707-3501
www.companhiadasletras.com.br

para B. T.

Antes que te leve a morte, ó, leva isto de volta.
Dylan Thomas, "Find meat on bones"

1. O momento presente

Fazia onze anos que eu não ia a Nova York. Com exceção da viagem a Boston para remover uma próstata cancerosa, eu passara aqueles onze anos praticamente sem sair de casa numa estrada rural nos montes Berkshire, e além disso pouco lia jornal ou ouvia o noticiário, desde o 11 de setembro, três anos antes; sem nenhuma sensação de perda — apenas, no início, uma espécie de ressecamento interior —, eu deixara de habitar não apenas o mundo maior mas também o momento presente. O impulso de estar nele e fazer parte dele, eu já havia matado muito antes.

Agora, porém, peguei o carro e fui até o Mount Sinai Hospital, em Manhattan, uma distância de duzentos e dez quilômetros, para consultar um urologista que se especializara numa técnica voltada para milhares de homens como eu, vitimados pela incontinência urinária causada pela cirurgia da próstata. Introduzindo um cateter na uretra e injetando uma forma gelatinosa de colágeno no ponto onde o colo da bexiga se encontra com a uretra, ele havia conseguido melhoras significativas em cerca de cinqüenta por cento de seus pacientes. Não era uma estatística muito animadora, ainda mais porque as "melhoras significativas" não passavam de um alívio parcial dos sintomas — a "incontinência grave" se transformava em "incontinência moderada", ou a "moderada" em "leve". Assim mesmo, como os resultados obtidos por ele eram melhores do que os de outros urologistas que empregavam mais ou menos a mesma técnica (não havia nada a fazer sobre a outra seqüela da prostatectomia radical que eu, como dezenas de milhares de pacientes, não tivera a sorte de evitar — lesão dos nervos resultando em impotência), fui a Nova York para consultá-lo, quando me considerava adaptado havia muito tempo às inconveniências práticas da incontinência.

Depois da cirurgia, após alguns anos julguei ter deixado para trás a vergonha de urinar nas calças, ter vencido o choque desconcertante que fora particularmente forte no primeiro ano e meio, período em que o cirurgião me dera motivos para pensar que a incontinência cessaria gradualmente com o tempo, o que ocorre com um pequeno número de pacientes afortunados. Mas apesar da rotina diária necessária para me manter limpo e livre de maus cheiros, pelo visto eu jamais conseguira me acostumar por completo a usar cuecas especiais, trocar o absorvente e enfrentar os "acidentes", tampouco conter a sensação de humilhação, pois lá estava eu, aos setenta e um anos de idade, de volta ao Upper East Side de Manhattan, a não muitos quarteirões do lugar onde havia morado quando era um homem mais jovem, vigoroso e saudável — lá estava eu na recepção da área de urologia do Mount Sinai Hospital, prestes a ser convencido de que, com a aderência permanente do colágeno à bexiga, havia uma possibilidade de eu ter um pouco mais de controle sobre meu fluxo de urina do que uma criança pequena. Enquanto esperava, pensando no procedimento que teria de sofrer, folheando as cópias empilhadas das revistas *People* e *New York*, eu pensava: total perda de tempo. Meia-volta, volver.

Eu morava sozinho havia onze anos numa casinha que ficava numa estrada de terra numa região bem rural, tendo tomado a decisão de levar uma vida isolada cerca de dois anos antes de o câncer ser diagnosticado. Tenho pouco contato com pessoas. Desde a morte, um ano atrás, do meu vizinho e amigo Larry Hollis, às vezes passam-se dois, três dias em que não falo com ninguém, sem contar a arrumadeira que vem limpar a casa uma vez por semana e o marido dela, que é meu caseiro. Não vou a jantares, não vou ao cinema, não vejo televisão, não tenho telefone celular, nem videocassete, nem DVD, nem computador. Continuo a viver na Era da Máquina de Escrever e não faço idéia do que seja a World Wide Web. Não me dou mais o trabalho de votar. Escrevo durante a maior parte do dia e com freqüência à noite. Leio, principalmente os primeiros livros que descobri quando era estudante, as obras-primas da ficção que continuam tendo um impacto sobre mim tão grande quanto no tempo em que as li pela primeira vez, e em alguns casos maior ainda. Ultimamente estou relendo Joseph Conrad, pela primeira vez em cinqüenta anos, sendo que o último que li foi *A linha de sombra*, que eu havia levado comigo a Nova York para folhear mais um pouco, tendo-o devorado de uma só vez numa noite dessas. Ouço música, faço caminhadas no mato, quando está quente nado na minha lagoa, cuja temperatura, mesmo no verão, nunca é muito superior a vinte graus. Nado nu, longe de toda e qualquer pessoa, de modo que se deixo uma trilha fina de urina que aos poucos se transforma numa nuvem, alterando a cor da água da lagoa, isso não me incomoda muito, não me proporcionando nada semelhante ao constrangimento que me deixaria arrasado se minha bexiga começasse a se esvaziar involuntariamente numa piscina pública. Existem cuecas de plástico com elásticos fortes nas bainhas, especiais para nadadores que sofrem de incontinência, que supostamente são à prova d'água, mas quando, depois de muita hesitação, encomendei uma delas de um catálogo de artigos para a piscina e experimentei-a na minha lagoa, constatei que aquele cuecão branco por baixo do calção reduzia o problema, mas não o bastante para acabar com meu constrangimento. Em vez de correr o risco de passar vergonha e ofender os outros, desisti de nadar regularmente na piscina da faculdade durante a maior parte do ano (com o cuecão por baixo) e continuei a amarelar as águas da minha própria lagoa de vez em quando, durante os poucos meses de calor nos montes Berkshire em que, com chuva ou sol, nado meia hora todos os dias.

Duas vezes por semana, desço a serra e vou até Athena, que fica a treze quilômetros, para fazer compras, lavar as roupas, de vez em quando almoçar num restaurante, comprar um par de meias ou uma garrafa de vinho, ou utilizar a biblioteca da Athena College. Tanglewood não fica longe, e vou lá assistir a concertos umas dez vezes todo verão. Não faço leituras nem palestras, não leciono na faculdade nem apareço na televisão. Quando meus livros são publicados, não me manifesto. Escrevo todos os dias da semana — fora isso, permaneço em silêncio. Sinto-me tentado pela idéia de parar de publicar — afinal, o que eu preciso não é só de trabalhar, do processo e de seu resultado? Qual o sentido disso agora que estou incontinente e impotente?

Larry e Marylynne Hollis mudaram-se de West Hartford para os montes Berkshire quando Larry se aposentou após trabalhar a vida inteira como advogado de uma companhia de seguros de Hartford. Ele era dois anos mais moço do que eu, um homem meticuloso e sistemático que parecia acreditar que a vida só não era perigosa se tudo fosse cuidadosamente planejado, e a quem eu, durante os primeiros meses em que ele tentou me atrair para sua vida, fiz o possível para evitar. Terminei me rendendo, não apenas por ele estar tão determinado a diminuir minha solidão mas também porque eu jamais conhecera alguém como ele, um adulto cuja infância infeliz, segundo ele próprio, havia determinado todas as escolhas que fizera desde que sua mãe morreu de câncer quando ele tinha dez anos, apenas quatro anos depois que seu pai, proprietário de uma loja de linóleo em Hartford, foi implacavelmente derrotado pela mesma doença. Filho único, Larry foi viver com parentes que moravam à margem do rio Naugatuck, a sudoeste de Hartford, bem perto de Waterbury, Connecticut, uma cidade industrial árida, e lá, num diário intitulado "Coisas a fazer", ele estabeleceu um plano para seu futuro que seguiu à risca durante o resto de sua existência; daí em diante, tudo o que fez foi deliberadamente pensado. Não se contentava com nenhuma nota inferior a A, e já na adolescência desafiava com vigor qualquer professor que não desse a seu trabalho o valor devido. Fazia cursos de verão para concluir o secundário mais depressa e entrar para a faculdade antes de completar dezessete anos; continuou a fazer o mesmo durante o verão quando cursava a University of Connecticut, onde conseguiu uma bolsa integral e passava o ano inteiro trabalhando na sala da caldeira da biblioteca para pagar casa e comida, de modo que pudesse concluir a faculdade, mudar o nome de Irwin Golub para Larry Hollis (tal como havia planejado quando tinha apenas dez anos) e entrar para a Aeronáutica, a fim de se tornar piloto de caça e ser conhecido como tenente Hollis e beneficiar-se da GI Bill;* ao concluir o serviço militar, matriculou-se em Fordham, e para recompensar seus três anos na Aeronáutica o governo custeou-lhe três anos de estudos na faculdade de direito. Quando trabalhava como piloto em Seattle, cortejou de modo vigoroso uma moça bonita, que concluíra recentemente o

---

* Lei que garante bolsas de estudo a todos os ex-combatentes. (N. T.)

colegial, cujo sobrenome era Collins e que se encaixava com perfeição em suas especificações para uma esposa, uma das quais era ter origem irlandesa, cabelos pretos crespos e olhos azul-esverdeados como os dele. "Eu não queria me casar com uma garota judia. Não queria que meus filhos fossem criados na religião judaica nem tivessem nada a ver com o judaísmo." "Por quê?", perguntei-lhe. "Porque não era isso que eu queria para eles", foi a resposta que deu. Larry queria o que queria e não queria o que não queria: era a resposta que dava a quase todas as perguntas que eu lhe fazia a respeito da estrutura absolutamente convencional em que transformara sua vida depois de todos aqueles anos que havia passado planejando o futuro e correndo. A primeira vez em que ele bateu à minha porta para se apresentar — poucos dias após se mudar com Marylynne para a casa ao lado da minha, a oitocentos metros, na mesma estrada de terra —, Larry imediatamente resolveu que não queria que eu comesse sozinho todas as noites; eu teria que jantar em sua casa, com ele e a mulher, pelo menos uma vez por semana. Não queria que eu ficasse sozinho aos domingos — não suportava a idéia de alguém ser tão solitário quanto ele fora quando era um menino órfão, pescando no rio Naugatuck aos domingos com o tio, o qual trabalhava como inspetor estadual de gado leiteiro — e assim insistiu que todas as manhãs de domingo daríamos uma caminhada pela mata ou então, se o tempo estivesse ruim, jogaríamos pingue-pongue, e embora eu achasse pingue-pongue quase insuportável, era melhor do que conversar com ele sobre o ofício de escritor. Larry me fazia perguntas mortíferas sobre literatura, e não me deixava em paz enquanto não recebesse uma resposta que considerasse satisfatória. "De onde você tira idéias?" "Como é que você sabe se uma idéia é boa ou má?" "Como é que você sabe quando usar diálogo e quando usar narrativa pura, sem diálogo?" "Quando é que você sabe que o livro está terminado?" "Como você escolhe a frase inicial? Como você escolhe o título? Como você escolhe a frase final?" "Qual é o seu melhor livro?" "Qual é o seu pior livro?" "Você gosta dos seus personagens?" "Você alguma vez já matou um personagem?" "Ouvi um escritor dizer na televisão que os personagens assumem o poder e escrevem o livro sozinhos. Isso é verdade?" Ele sempre quis ter um filho e uma filha, e foi só depois que nasceu a quarta menina que Marylynne o enfrentou e se recusou a continuar tentando produzir o herdeiro varão que ele planejava ter desde os dez anos de idade. Era um homem grandalhão, de rosto quadrado e cabelo ruivo, e seus olhos eram ferozes, de um azul-esverdeado, ao contrário dos olhos azul-esverdeados de Marylynne, que eram belos, e dos olhos azul-esverdeados de suas quatro lindas filhas, que haviam estudado todas em Wellesley porque o melhor amigo de Larry na Aeronáutica tinha uma irmã que estudava em Wellesley, e quando Larry conheceu Marylynne ela exibiu exatamente o tipo de refinamento e decoro que ele queria ver numa filha dele. Quando íamos jantar fora (o que fazíamos sábado sim, sábado não — também isso era uma exigência sua), ele era sempre rigoroso com o garçom. Invariavelmente, reclamava do pão. Não estava fresco. Não era do tipo que ele gostava. Não era suficiente para todo mundo.

Uma noite, depois do jantar, Larry apareceu na minha casa sem mais nem menos e me deu dois filhotes de gato cor de laranja, um de pêlos compridos e outro de pêlos curtos, com pouco mais de oito semanas de vida. Eu não havia pedido os dois gatinhos nem havia sido informado a respeito dos presentes. Larry disse que tinha ido fazer um check-up no seu oftalmologista naquela manhã e vira uma placa na mesa da recepcionista avisando que ela tinha filhotes de gato para doar. Naquela tarde, ele foi à casa dela e escolheu os dois mais bonitos dos seis para mim. Assim que viu a placa, a primeira pessoa em quem pensou fui eu.

15

Colocou os gatinhos no chão. "Essa não é a vida que você devia estar levando", disse. "Qual é a vida que eu devia estar levando?" "Bom, a minha, por exemplo. Eu tenho tudo que sempre quis ter. Não quero mais que você continue vivendo essa vida solitária. Você leva a coisa às últimas conseqüências. Você é radical demais, Nathan." "Você também é." "Sou coisa nenhuma! Não sou eu que vivo assim. Eu só quero que você seja um pouco mais normal. Sua vida é isolada demais pra um ser humano. Pelo menos você pode ter uns dois gatos para lhe fazer companhia. Eu trouxe no meu carro tudo que eles precisam."

Saiu outra vez, e quando voltou esvaziou no chão dois sacos grandes de supermercado contendo meia dúzia de brinquedinhos para os gatos empurrarem de um lado para o outro, uma dúzia de latas de comida de gato, um saco grande de areia higiênica, uma bandeja sanitária de plástico, dois pratos plásticos para comida e duas tigelas plásticas para água.

"É só isso que é necessário", disse ele. "Eles são lindos. Olha só. Eles vão lhe dar muito prazer."

Seu tom era extremamente sério, e a única coisa que eu podia dizer era: "Você é mesmo muito atencioso, Larry".

"Que nomes você vai dar a eles?"

"A e B."

"Não. Eles precisam de nomes. Você já vive o dia inteiro com o alfabeto. Você pode chamar o de pêlos curtos de Curtinho e o de pêlos compridos de Compridão."

"Então os nomes vão ser esses."

No meu único relacionamento mais forte, eu havia assumido o papel que fora determinado por Larry. Eu obedecia quase sempre à disciplina imposta por ele, tal como faziam todas as outras pessoas de sua vida. Imagine só, quatro filhas, e nenhuma delas dizendo: "Mas eu preferia estudar na Barnard, eu preferia estudar na Oberlin". Quando estava com Larry e sua família, jamais tive a impressão de que ele era um tirano familiar assustador, mas era estranho, eu pensava, que até onde eu sabia nenhuma delas jamais protestara quando o pai determinara: você vai estudar em Wellesley, e estamos conversados. Porém a disposição delas para ser filhas obedientes de Larry, sem vontade própria, não me parecia menos notável do que minha própria disposição em obedecer. O caminho de Larry para o poder passava pela obediência completa de seus entes queridos — o meu era não ter ninguém na vida.

Ele me trouxe os gatos numa quinta-feira. Fiquei com eles até o domingo. Durante esses dias, quase não trabalhei no meu livro. Passei o tempo jogando os brinquedos para os gatos, fazendo carícias neles, nos dois juntos ou em um de cada vez no meu colo, ou então simplesmente vendo-os comer, brincar, se lamber ou dormir. Deixei a bandeja sanitária deles num canto da cozinha, e de noite punha os dois na sala, entrava no quarto e fechava a porta. Quando acordava de manhã, a primeira coisa que eu fazia era correr até a porta para vê-los. Lá estavam eles, do lado de fora da porta, esperando que eu a abrisse.

Na manhã de segunda-feira, telefonei para Larry. "Por favor, venha pegar os gatos."

"Você odiou os gatos."

"Pelo contrário. Se eles ficarem, nunca mais vou conseguir escrever nada. Não posso ficar com eles dentro de casa."

"Por que não? Que diabo, o que é que você tem?"

"Eles são fofos demais."

"Bom. Ótimo. É isso mesmo."

"Venha pegar os gatos, Larry. Se você preferir, eu mesmo devolvo para a recepcionista. Mas eles não podem continuar aqui."

"O que é isso? Um ato de rebeldia? Uma bravata? Eu sou um sujeito disciplinado, mas você me deixa no chinelo. Eu não trouxe duas pessoas pra viver com você, Deus me livre. Eu trouxe dois gatos. Dois *filhotes*."

"Eu aceitei de bom grado, não foi? Eu até que tentei, não tentei? Por favor, leve esses gatos daqui."

"Não levo."

"Eu nunca pedi gato nenhum, você sabe."

"Isso não prova nada. Você nunca pede nada."

"Me dê o telefone da recepcionista do oftalmologista."

"Não."

"Tudo bem. Eu resolvo sozinho."

"Você é maluco", disse ele.

"Larry, não vão ser dois gatinhos que vão me transformar num ser humano diferente."

"Mas é exatamente isso o que está acontecendo. Exatamente o que você não quer *deixar* acontecer. Não consigo entender — um homem inteligente como você se transformando nesse tipo de pessoa. Não entra na minha cabeça."

"Tem muita coisa inexplicável nesta vida. Você não devia se preocupar com essa minha pequena opacidade."

"Está bem. Você venceu. Eu vou aí e pego os gatos. Mas eu ainda não terminei com você, Zuckerman."

"Eu imagino que você não tenha terminado, acho até que não termina nunca. Você também é um pouco maluco, você sabe."

"Maluco coisa nenhuma!"

"Hollis, por favor, não tenho mais idade para brigar por nenhum motivo. Vem logo pegar esses gatos."

Pouco antes de sua quarta filha se casar em Nova York — com um jovem advogado descendente de irlandeses que, tal como ele, havia estudado direito na Fordham —, Larry descobriu que estava com câncer. No mesmo dia em que a família se reuniu em Nova York para o casamento, o oncologista de Larry o internou no hospital universitário de Farmington, Connecticut. Na sua primeira noite no hospital, depois que a enfermeira veio medir seus sinais vitais e lhe deu um remédio para dormir, ele pegou mais uns cento e poucos comprimidos de sonífero que havia escondido no seu estojo de barbear e, com o copo d'água que estava na mesa-de-cabeceira, engoliu todos eles, sozinho no quarto escuro. Na manhã seguinte, bem cedo, Marylynne recebeu um telefonema do hospital avisando que seu marido havia se suicidado. Horas depois, por insistência dela — afinal, Marylynne não ficara casada com ele todos aqueles anos à toa — o casamento foi realizado, com um banquete depois, e só então voltaram aos montes Berkshire para planejar o enterro.

Mais tarde, fiquei sabendo que Larry havia pedido ao médico que o hospitalizasse naquele dia e não na segunda-feira da semana seguinte, o que poderia ter sido feito com facilidade. Dessa maneira, a família já estaria toda reunida quando chegasse a notícia de sua morte; além disso, ao se suicidar no hospital, onde havia profissionais bem à mão para cuidar do cadáver, ele poupava a esposa e os filhos de todas as circunstâncias grotescas de um suicídio.

Larry tinha sessenta e oito anos quando morreu e, com exceção do plano anotado no seu diário "Coisas a fazer" de um dia ter um filho chamado Larry Hollis Jr., ele havia, de modo extraordinário, cumprido todas as metas que imaginara quando se tornou órfão aos dez anos de idade. Conseguira viver o bastante para ver sua última filha se casar e dar início a uma nova vida e também evitar o que mais temia — que seus filhos testemunhassem a agonia terrível de um pai, tal como ele vira seu pai e sua mãe sucumbirem lentamente ao câncer. Chegou mesmo a deixar uma mensagem para mim. Havia pensado em mim também. Na segunda-feira após o domingo em que ficamos sabendo de sua morte, recebi pelo correio esta carta: "Nathan, meu caro, não gosto nada de deixar você assim. Não se pode ficar sozinho neste mundo enorme. Você não pode viver sem contato com nada. Você tem que me prometer que não vai continuar vivendo do jeito que estava quando eu conheci você. Seu amigo leal, Larry".

Então terá sido por isto que permaneci na sala de espera do urologista? Porque um ano antes, quase naquele dia exato, Larry havia me mandado aquela carta e depois se suicidado? Não sei, e mesmo que soubesse, não faria diferença. Eu estava lá porque estava, folheando revistas de um tipo que fazia anos eu não via — vendo fotos de atores famosos, modelos famosas, costureiros famosos, cozinheiros e empresários famosos, descobrindo onde comprar os produtos mais caros, mais baratos, mais chiques, mais justos, mais macios, mais engraçados, mais saborosos, mais vulgares, de praticamente toda espécie, fabricados para o consumo dos norte-americanos, esperando a hora da minha consulta.

Eu havia chegado na tarde anterior. Tinha feito uma reserva no Hilton e, depois que desfiz a mala, saí pela Sixth Avenue para dar um passeio pela cidade. Mas por onde começar? Rever as ruas onde eu havia morado? Os restaurantes do bairro onde eu almoçava? A banca onde comprava o jornal e as livrarias que freqüentava? Deveria retomar as longas caminhadas que fazia ao final do expediente? Ou então, já que eu agora os via tão pouco, procurar outros membros da minha espécie? Depois que fui morar no interior, recebi telefonemas e cartas, mas minha casa nos montes Berkshire é pequena e eu não convidava ninguém para me visitar; assim, com o tempo os contatos pessoais foram se tornando mais raros. Os editores com quem eu havia trabalhado ao longo dos anos não estavam mais nas mesmas editoras, ou então tinham se aposentado. Muitos dos escritores que eu conhecia não moravam mais em Nova York, tal como eu. As duas primeiras pessoas que pensei em visitar tinham morrido. Eu sabia disso, que seus rostos conhecidos e suas vozes familiares não existiam mais — no entanto, parado diante do hotel, tentando decidir como e onde retomar por uma hora ou duas a vida que tinha deixado para trás, pensando como seria a maneira mais simples de retornar, por um momento me senti como Rip Van Winkle, o qual, após dormir por vinte anos, voltou das montanhas e entrou na sua aldeia, julgando que havia passado apenas uma noite fora dela. Foi só quando inesperadamente descobriu a barba comprida e grisalha que se estendia de seu queixo que percebeu quanto tempo havia se passado e ficou sabendo que não era mais um súdito colonial da Coroa britânica, e sim cidadão de uma nação recém-criada, os Estados Unidos da América. Eu não poderia me sentir mais deslocado do que naquele momento, mesmo se tivesse surgido na esquina da Sixth Avenue com a West 54th Street com a espingarda enferrujada de Rip na mão, trajando suas roupas antigas e cercado por um exército de gente curiosa me olhando de alto a baixo, aquele desconhecido cadavérico caminhando entre eles, uma relíquia dos dias de outrora em meio aos ruídos, e prédios, e operários, e trânsito.

Saí em direção à estação do metrô, pensando em ir visitar o local do atentado de 11 de setembro. Começar por lá, onde a coisa mais importante de todas ocorrera; mas, tendo me recolhido tanto como testemunha quanto como participante, desisti no meio do caminho. Aquilo seria totalmente impróprio para o personagem em que eu havia me transformado. Em vez disso, atravessei o parque e dei por mim nos salões bem conhecidos do Metropolitan Museum, fazendo hora como alguém que não tivesse nada para fazer.

* * *

No dia seguinte, fui ao consultório do urologista e saí de lá com uma hora marcada para a manhã seguinte, quando tomaria a injeção de colágeno. Tinha havido um cancelamento, e ele conseguiu me encaixar. O médico achava preferível, disse-me a enfermeira, que eu seguisse o procedimento do hospital e passasse a noite no hotel em vez de voltar imediatamente para os montes Berkshire — não era comum ocorrer complicações pósoperatórias, mas era uma precaução razoável permanecer perto do hospital até a manhã seguinte. Se tudo corresse bem, eu poderia então voltar para casa e retomar minhas atividades. O médico esperava que houvesse uma melhora considerável, talvez a injeção até tornasse o controle da bexiga quase perfeito. Por vezes, ele explicou, o colágeno "escorregava", e nesse caso ele seria obrigado a tentar uma segunda ou terceira vez até que a substância aderisse de modo permanente ao colo da bexiga; mas havia casos em que uma única injeção era suficiente.

Ótimo, respondi, e em vez de tomar a decisão apenas após voltar para casa e pensar bem no assunto, surpreendi a mim mesmo aceitando o horário novo disponível na agenda dele, e mesmo depois que deixei o ambiente animador do consultório e entrei no elevador não senti a menor desconfiança que reduzisse minha sensação de rejuvenescimento. Fechei os olhos no elevador e me imaginei voltando a nadar na piscina da faculdade ao cair da tarde, tranqüilo e sem correr o risco de nenhum constrangimento.

Era ridículo eu me sentir tão triunfante, e era talvez um indício menos da transformação que me fora prometida do que conseqüência da disciplina de isolamento e da decisão de eliminar de minha vida tudo aquilo que me afastasse de minha tarefa — uma conseqüência da qual, até aquele momento, eu permanecera inconsciente (a inconsciência voluntária era um dos componentes básicos da disciplina). No interior, a minha esperança não sofria tentações. Eu já havia entrado num acordo com a esperança. Mas uma vez em Nova York, bastaram poucas horas para que Nova York fizesse o que ela costuma fazer com as pessoas — despertar suas possibilidades. A esperança irrompe.

Um andar abaixo da seção de urologia, o elevador parou e entrou uma mulher idosa e frágil. A bengala que ela levava e o chapéu vermelho desbotado afundado na cabeça emprestavam-lhe um ar ao mesmo tempo excêntrico e caipira, mas quando a ouvi falar em voz baixa com o médico que entrara no elevador com ela — um homem na faixa dos quarenta, que a guiava delicadamente pelo braço —, quando ouvi o sotaque estrangeiro em sua fala, olhei outra vez, perguntando a mim mesmo se eu não a conhecia. A voz era tão característica quanto o sotaque, especialmente por ser o tipo de voz que ninguém associaria àquele ser espectral, e sim uma voz jovem, de menina que jamais conheceu o sofrimento, incongruente com sua pessoa. Eu conheço essa voz, pensei. Conheço esse sotaque. Conheço essa mulher. No térreo, eu estava atravessando o saguão do hospital bem atrás dos dois, seguindo em direção à rua, quando por acaso ouvi o nome da senhora ser dito pelo médico. Foi por isso que a segui quando saímos do hospital e entrei atrás dela numa lanchonete uns poucos quarteirões ao sul dali, na Madison Avenue. Eu a conhecia, sim.

Eram dez e meia, e havia quatro ou cinco fregueses ainda tomando o café-da-manhã. Ela sentou-se num reservado. Instalei-me numa mesa vazia. Pelo visto, ela não se dera conta de que fora seguida, nem mesmo de que eu estava a poucos metros dela. Seu nome era Amy Bellette. Eu só a vira uma vez. Nunca me esqueci dela.

Amy Bellette não estava de casaco. Usava apenas o chapéu vermelho, um cardigã de cor clara e o que me pareceu ser um vestido de verão, fino, de algodão, até me dar conta de que na verdade era uma camisola hospitalar azul-clara cujos colchetes de trás haviam sido substituídos por botões e em torno da qual havia um cinto parecido com uma corda. Ou bem ela está na miséria, ou bem enlouqueceu, pensei.

O garçom anotou o pedido de Amy e se afastou, quando então ela abriu a bolsa e tirou um livro. Enquanto lia, levou a mão ao chapéu, retirou-o e colocou-o a seu lado. A parte da cabeça voltada para mim estava raspada, ou pelo menos fora raspada pouco tempo antes — já havia uma penugem leve a recobri-la —, e uma cicatriz cirúrgica sinuosa traçava uma linha de um lado a outro do crânio, parecia uma cobra, uma cicatriz ainda fresca, bem definida, que começava atrás da orelha e ia até junto à testa. O cabelo estava todo do outro lado da cabeça, grisalho, preso numa trança frouxa com a qual os dedos da mão direita brincavam distraídos — tal como o fariam os dedos de uma criança lendo um livro. A idade dela? Setenta e cinco anos. Tinha vinte e sete quando nos conhecemos em 1956.

Pedi café, provei, beberiquei-o, terminei e, sem olhar para ela, levantei-me e deixei para trás a lanchonete, o surpreendente reaparecimento e a patética reconstituição de Amy Bellette, cuja vida — tão cheia de promessas e expectativas quando a vi pela primeira vez — claramente acabara muito mal.

O procedimento cirúrgico, na manhã seguinte, levou quinze minutos. Tão simples! Uma maravilha! Magias da medicina! Eu já me via mais jovem, dando braçadas na piscina da faculdade, usando apenas um calção normal e sem deixar uma trilha de urina. Eu me via andando de um lado para o outro com a maior tranqüilidade, sem levar um estoque de absorventes de algodão como os que eu usava havia nove anos, dia e noite, sob a cueca de plástico. Um procedimento indolor de quinze minutos, e a vida mais uma vez parecia ilimitada. Eu não era mais um homem incapaz de realizar uma coisa tão simples quanto mijar na privada. Ter o controle da própria bexiga — que pessoas inteiras e saudáveis já pararam para pensar na liberdade que isso confere e na vulnerabilidade ansiosa que sua perda impõe até mesmo aos mais autoconfiantes? Eu, que nunca havia pensado nisso, que desde os doze anos de idade sempre fizera questão de ser singular, que gostava de ser diferente sob todos os aspectos — eu agora podia ser igual a todo mundo.

Como se a sombra da humilhação, sempre prestes a descer, não fosse, na verdade, o que nos *prende* às outras pessoas.

Bem antes do meio-dia cheguei ao hotel. Tinha muitas coisas com que me ocupar naquele dia antes de voltar para casa. Na tarde anterior — depois que resolvi deixar Amy Bellette em paz — eu fora até a Strand, o venerável sebo ao sul da Union Square, e por menos de cem dólares comprei edições originais dos seis volumes dos contos de E. I. Lonoff. Eu já tinha aqueles livros em casa, porém comprei-os assim mesmo e levei-os para o hotel para poder ficar lendo um ou outro trecho, em ordem cronológica, durante as horas em que ainda teria de permanecer em Nova York.

Quando se realiza um experimento como esse depois de passar vinte ou trinta anos afastado da obra de um escritor, nunca se pode ter certeza do que se vai encontrar, a constatação de que um escritor outrora admirado agora parece datado ou a consciência do quanto se era ingênuo no passado. Mas por volta de meia-noite eu estava tão convencido quanto estivera nos anos 1950 de que o âmbito estreito da prosa de Lonoff, seus interesses limitados e a contenção inflexível que ele adotava, em vez de implodir as implicações dos contos e diminuir seu impacto, produziam as enigmáticas reverberações de um gongo, reverberações que deixavam o leitor admirado de como era possível tanta seriedade e tanto humor se combinarem num espaço tão pequeno, junto com um ceticismo tão radical. Era precisamente a limitação de meios que tornava cada historinha não uma leitura frustrante, e sim um feito mágico, como se uma narrativa folclórica, ou um conto de fadas, ou uma história de Mamãe Gansa, fosse interiormente iluminada pela inteligência de Pascal.

Ele era tão bom quanto eu pensava. Melhor ainda. Era como se antes estivesse faltando uma cor, ausente do nosso espectro literário, e apenas Lonoff a possuísse. Lonoff *era* essa cor, um escritor americano do século XX diferente de todos os outros, e sua obra estava esgotada havia décadas. Eu me perguntava se seu trabalho teria sido esquecido de modo tão completo se ele tivesse concluído seu romance e vivido para publicá-lo. Estaria mesmo trabalhando num romance ao final da vida? Se não, como compreender o silêncio que precedeu sua morte, aqueles cinco anos que coincidiram com a dissolução de seu casamento com Hope e a vida nova ao lado de Amy Bellette? Eu ainda me lembrava do modo mordaz, sem nenhum tom de queixa, em que ele relatara a mim — um jovem discípulo ansioso por emulá-lo — a monotonia de uma vida dedicada a elaborar cuidadosamente suas histórias ao longo do dia, ler com assiduidade, tendo ao lado um caderno de anotações, à noite, e depois, quase mudo de exaustão mental, dividir por trinta e cinco anos as refeições e a cama com uma esposa leal e desesperadamente solitária. (Pois a disciplina do escritor não se impõe apenas a ele, mas também àqueles que orbitam em torno dele.) Era de se esperar que ocorresse uma regeneração da intensidade — e, juntamente com ela, da produtividade — de um escritor original de tamanha força, que ainda não completara sessenta anos e que por fim conseguira escapar daquela prisão (ou cuja esposa o obrigara a fazê-lo ao abandoná-lo indignada, de súbito) e tomar como companheira uma moça encantadora e inteligente, que o adorava e tinha metade de sua idade. Era de se esperar que, mesmo depois de se afastar da paisagem rural e da vida de casado que, juntas, o mantinham preso — e transformavam o empreendimento artístico para ele num sacrifício tão implacavelmente árduo —, E. I. Lonoff não precisasse ser punido com tanta severidade por esse desvio de rota, não precisasse ser reduzido a um silêncio tão arrasador apenas por ousar crer que lhe seria permitido reescrever cinqüenta vezes um mesmo parágrafo por dia, vivendo num lugar que não fosse uma gaiola.

O que, afinal, teria acontecido naqueles cinco anos? Se acontecera alguma coisa com aquele escritor contido e recluso, o qual — graças à ironia cruel que caracterizava sua visão do mundo — havia corajosamente se resignado à idéia de que nada jamais aconteceria com ele, o que houve então? Amy Bellette haveria de saber — *ela* fora a coisa que acontecera com ele. Se em algum lugar existiam os originais de um romance de Lonoff, concluído ou inacabado, ela também saberia. A menos que todo o espólio tivesse passado para Hope e os três filhos, os originais estariam com ela. E se o romance pertencesse legalmente aos familiares mais próximos que haviam sobrevivido ao autor e não a ela, Amy, que teria estado ao lado dele enquanto o livro estava sendo escrito, decerto teria lido cada página de cada versão e saberia até que ponto o empreendimento fora um fracasso ou um sucesso. Mesmo que a morte houvesse interrompido a elaboração da obra, por que motivo os trechos concluídos não haviam sido publicados nos periódicos literários em que seus contos costumavam vir a lume? Seria o romance tão fraco que ninguém decidira editá-lo? Se fosse esse o caso, seria o fracasso conseqüência de Lonoff ter deixado para trás tudo aquilo de que ele dependera para se aferrar a seu talento, de ele ter finalmente conquistado a liberdade e encontrado o prazer dos quais o cativeiro servira para protegê-lo? Ou será que ele jamais havia conseguido dominar o sentimento de vergonha por ter subvertido seu sofrimento fazendo com que Hope pagasse o preço? Mas não fora Hope quem realizara a subversão por ele ao abandoná-lo? Como um escritor tão decidido e experimentado — para quem produzir aquela prosa fluente, lacônica e coloquial fora uma tortura perpétua, que só era possível graças a um empenho diligente da paciência e da força de vontade — pôde ficar cinco anos em silêncio? Por que motivo uma mudança tão comum — a mudança da meia-idade, que a maioria das pessoas considera revigorante, de trocar de cônjuge e ir morar num lugar diferente — teve o efeito de paralisar um homem tão resistente quanto Lonoff?

Se fora isso mesmo que o paralisara.

Quando me aprontei para dormir, já tinha me dado conta de que perguntas como essas provavelmente eram irrelevantes para explicar a causa do silêncio de Lonoff em seus últimos anos. Se entre os cinqüenta e seis e os sessenta e um anos de idade ele não conseguira escrever um romance, talvez fosse porque (coisa de que ele talvez sempre desconfiasse) a paixão do romancista pela expansão era mais uma forma de excesso que não condizia com seu talento especial para a condensação e a redução. Era provável que a paixão do romancista pela expansão explicasse por que eu havia passado o dia inteiro fazendo perguntas desse tipo.

O que ela não explicava era o fato de eu não ter me apresentado a Amy Bellette naquela lanchonete para tentar descobrir, se não tudo que havia para saber, pelo menos o que ela estivesse disposta a me contar.

Os três filhos já estavam criados e tinham saído de casa quando do conheci Lonoff e Hope em 1956, e embora a disciplina sufocante de seu trabalho cotidiano de escritor não tivesse sofrido nenhuma mudança com a dispersão da família — como também não fora alterada por aquela extinção da paixão que atormenta a vida conjugal —, a reação de Hope ao isolamento em que viviam naquela casa de fazenda nos confins dos montes Berkshire ficou bem evidente nas poucas horas que passei lá. Tendo se esforçado bravamente para permanecer calma e sociável durante o jantar na noite em que cheguei, ela terminara explodindo e, após jogar uma taça de vinho na parede, levantou-se da mesa chorando e saiu correndo, deixando Lonoff para me explicar — ou, no caso, sentindo-se desobrigado a explicar — o que estava acontecendo. No dia seguinte, no café-da-manhã, a que eu e Amy estávamos presentes e no qual a incendiária hóspede, com seu fascínio sereno e tranqüilo — sua clareza intelectual, sua teatralidade, seu mistério, sua comicidade irresistível —, estava particularmente encantadora, a fachada de estoicismo de Hope veio abaixo de novo, mas dessa vez quando ela se levantou da mesa foi para fazer a mala, vestir o casaco e, apesar do frio terrível e das estradas cheias de neve, sair pela porta da frente, anunciando que cedia o cargo de esposa desprezada de escritor genial a ninguém menos do que a ex-aluna e (ao que tudo indicava) amante de Lonoff. "Esta casa é oficialmente sua!", disse ela à jovem vencedora, e partiu para Boston. "De agora em diante, você é a pessoa com quem ele não vive!"

Fui embora apenas uma hora depois, e nunca mais vi nenhum dos três. Eu presenciara aquela explosão por mero acaso. Estando hospedado numa colônia de escritores ali perto, eu enviara a Lonoff um envelope contendo meus primeiros contos publicados e uma carta de apresentação entusiástica, e desse modo consegui ser convidado para jantar, mas acabei tendo de pernoitar lá por causa do mau tempo. No final dos anos 1940, nos anos 1950 e até ele morrer de leucemia em 1961, Lonoff foi talvez o contista mais reputado do país — se não para o grande público, pelo menos para muitos membros das elites intelectuais e acadêmicas —, autor de seis coletâneas em que uma combinação de humor com tragicidade havia dessentimentalizado por completo a tradicional saga de desgraças do judeu imigrante; a ficção de Lonoff parecia uma seqüência de sonhos desconexos, porém sem sacrificar a factualidade de tempo e lugar com falsidades surreais ou truques de realismo fantástico. Sua produção anual de contos nunca fora grande, e em seus últimos cinco anos de vida, quando supostamente ele estaria trabalhando num romance, seu primeiro romance, o livro que, segundo seus admiradores, haveria de lhe granjear renome internacional e o prêmio Nobel que ele já devia ter ganhado, Lonoff não publicou nenhum conto. Foram esses os anos em que ele viveu com Amy em Cambridge e em que teve uma vinculação tênue com Harvard. Jamais chegou a se casar com Amy; ao que parece, durante aqueles cinco anos não estava legalmente livre para desposar ninguém. E depois Lonoff morreu.

Um dia antes de voltar para casa, fui jantar num pequeno restaurante italiano perto do hotel. O proprietário não havia mudado desde a última vez em que eu comera lá, no início dos anos 1990, e para minha surpresa fui chamado pelo nome pelo filho mais jovem do dono, Tony, que me colocou na mesa do canto, a que sempre fora a minha preferida por ser a mais silenciosa do restaurante.

A gente vai embora enquanto os outros — o que não é de estranhar — continuam onde estavam, fazendo o que sempre fizeram; e, quando voltamos, ficamos surpresos e por alguns momentos emocionados de ver que eles continuam lá, e também tranqüilizados pela idéia de que existe alguém passando a vida inteira no mesmo lugarzinho, sem nenhuma vontade de sair dali.

"O senhor se mudou, senhor Zuckerman", disse Tony. "A gente nunca mais tem visto o senhor."

"Me mudei pro norte. Estou morando na serra."

"Lá deve ser muito bonito. Bonito e tranqüilo pra escrever."

"Isso mesmo", concordei. "Como está a família?"

"Todo mundo está bem. Quer dizer, a Celia faleceu. Lembra da minha tia? A que ficava na caixa?"

"Claro que lembro. Fico triste de saber que ela morreu. A Celia não era tão velha assim."

"Não era, não. Mas ano passado ela adoeceu, e foi de repente. Mas o senhor parece estar bem", disse ele. "Quer tomar alguma coisa? Um *chianti*, não é?"

Embora o cabelo de Tony estivesse grisalho, o mesmo tom de aço do cabelo de seu avô, Pierluigi — um imigrante belo como um ator, com seu avental de mestre-cuca, pelo que se via no retrato a óleo do fundador do restaurante, que continuava ao lado do guarda-chapéus —, e embora Tony tivesse se tornado um homem corpulento e flácido desde a última vez que eu o vira, com trinta e poucos anos, na época em que era a única pessoa magra e ossuda daquele clã bem fornido de *restaurateurs*, algumas centenas de milhares de pratos de massa atrás, o menu não havia mudado, as especialidades não haviam mudado, o pão no cesto não havia mudado, e quando o carrinho das sobremesas passou pela minha mesa, empurrado pelo *maître*, constatei que nem o *maître* nem as sobremesas haviam mudado. Era de se esperar que minha relação com tudo isso não tivesse mudado em absoluto, que com uma taça de vinho na mão, mastigando um pedaço de pão italiano do mesmo tipo que eu já comera ali dezenas de vezes, eu me sentisse perfeitamente em casa; no entanto isso não aconteceu. Eu me sentia como um impostor, fingindo ser o homem que Tony conhecera no passado e sentindo um desejo súbito de ser esse homem. Mas por ter vivido onze anos quase o tempo todo na solidão, eu me livrara dele. Eu havia saído da cidade para fugir de uma ameaça verdadeira; no final das contas, fiquei lá para me livrar do que não me interessava mais e — quem não sonha com isso? — para me livrar das conseqüências dos erros acumulados por toda uma existência (para mim, vários casamentos fracassados, adultério furtivo, o bumerangue emocional das ligações eróticas). Ao que parecia, por agir em vez de simplesmente sonhar, eu terminara me livrando de mim mesmo.

Eu havia trazido algo para ler, tal como costumava fazer quando comia sozinho no Pierluigi's. Desde que passei a viver sozinho, eu me acostumara a ler durante as refeições, mas nessa noite larguei a revista na mesa e fiquei vendo as pessoas que estavam jantando em Nova York na noite de 28 de outubro de 2004. Uma das notáveis satisfações da vida urbana: desconhecidos nutrindo a quimera da concórdia humana ao comerem juntos num restaurantezinho bom. Um pouco tarde para achar importante uma experiência tão comum como essa, mas foi o que aconteceu comigo.

Foi só na hora do café que abri a revista, o número atual da *New York Review of Books*. Eu não lia essa revista desde que saíra de Nova York. Não sentia vontade de lê-la, embora tivesse sido assinante dela desde que fora lançada no início dos anos 1960 e, em seus primeiros anos, atuasse como um colaborador eventual. Ao passar por uma banca de jornais a caminho do restaurante, eu olhara de relance para o alto da capa, onde acima de umas caricaturas de candidatos à presidência assinadas por David Levine uma bandeira desfraldada anunciava, em letras amarelas, "Edição Especial – Eleição", e sob essas palavras aparecia uma lista com cerca de uma dúzia de nomes de colaboradores, bem como as palavras "A eleição e o futuro dos Estados Unidos" — assim, paguei quatro dólares e meio ao homem da banca e levei a revista comigo para o restaurante. Mas agora eu lamentava tê-la comprado, e mesmo quando fui dominado pela curiosidade, em vez de começar pelo sumário e pelas primeiras páginas do simpósio sobre a eleição, comecei a mergulhar na leitura entrando na ponta dos pés pela porta dos fundos, lendo os anúncios classificados. "BONITA, fotógrafa/educadora em artes, mãe carinhosa..." "COMPLEXA, PENSATIVA, DESEJOSA, legalmente casada..." "CHEIO DE ENERGIA, AMANTE DO PRAZER, CONSERVADO, homem de muitos interesses..." "OLHOS VERDES, engraçada, excêntrica, curvilínea..." Passei para a seção "Imóveis", e na pequena coluna de "Aluguéis" — acima da coluna muito mais longa de "Aluguéis Internacionais", em que se anunciavam principalmente imóveis em Paris e Londres — encontrei um anúncio tão claramente dirigido a mim que me senti impelido, como se por um chicote, pelo acaso, um simples acaso que parecia carregado de segundas intenções.

> CONFIÁVEL, casal de escritores com trinta e poucos anos quer trocar apartamento aconchegante de dois quartos, cheio de livros, no Upper West Side por refúgio rural tranqüilo a 150 quilômetros de Nova York, de preferência na Nova Inglaterra. Troca imediata, idealmente por um ano [...]

Sem esperar — de forma tão precipitada como quando resolvi tomar a injeção de colágeno, embora minha intenção fosse pensar no assunto em casa antes de voltar para a intervenção, de forma tão precipitada como quando comprei o *New York Review* —, desci a escada ao lado da cozinha, sabendo que ia encontrar um telefone público na parede em frente ao banheiro masculino. Eu havia anotado o número do telefone num pedaço de papel em que escrevera o nome "Amy Bellette". Rapidamente disquei e disse ao homem que atendeu que eu estava respondendo ao anúncio referente à troca de residências por um ano. Eu possuía uma casinha numa região rural no oeste de Massachusetts, numa estrada de terra batida no alto de um morro e em frente a um pântano grande que era um refúgio de aves e outros animais. Nova York ficava a duzentos e cinco quilômetros da casa, meus vizinhos mais próximos estavam a uma distância de quase um quilômetro, e a treze quilômetros, descendo a serra, ficava uma cidade com uma faculdade onde havia uma boa biblioteca e também um supermercado, uma livraria, uma loja de vinhos e um simpático bar com comida palatável. Se era mais ou menos isso que ele queria, eu tinha interesse em visitá-lo, expliquei, para ver o apartamento e discutir os termos da troca. No momento eu estava a poucos quarteirões do Upper West Side; se não fosse inconveniente, poderia chegar ao apartamento dele em poucos minutos.

O homem riu. "O senhor parece que quer se mudar pra cá hoje mesmo."

"É só vocês saírem hoje", retruquei, falando sério.

Antes de voltar à minha mesa, fui ao banheiro e entrei no único compartimento onde havia uma privada e ali baixei as calças para ver se o procedimento já estava surtindo efeito. Para apagar o que eu via, fechei os olhos; para apagar o que eu sentia, xinguei em voz alta. "Foi só um sonho, porra!", referindo-me ao sonho de me tornar de repente uma pessoa igual às outras.

Removi o absorvente de algodão da cueca de plástico e o substituí por um novo, retirado de um pequeno pacote que eu levava no bolso interno do paletó. Embrulhei o absorvente sujo em papel higiênico, joguei-o numa lata de lixo com tampa ao lado da pia, lavei e enxuguei as mãos e, reprimindo a melancolia, subi a escada e fui pagar a conta.

Fui a pé até a West 71st Street, constatando surpreso, no Columbus Circle, que a fortaleza enorme do Coliseum havia se metamorfoseado num par de arranha-céus de vidro unidos embaixo, abrigando no térreo várias lojas chiques. Entrei na galeria, depois saí, e ao seguir pela Broadway em direção ao norte eu me sentia menos num país estrangeiro do que vítima de alguma ilusão de ótica, como se estivesse vendo as coisas refletidas num espelho distorcido, tudo ao mesmo tempo familiar e irreconhecível. Como já observei, foi só com alguma dificuldade que conquistei um estilo de vida solitário; eu conhecia suas exigências e satisfações, e com o tempo aprendi a moldar minhas necessidades às limitações dessa vida, tendo deixado para trás havia muito tempo a agitação, a intimidade, a aventura e os conflitos, em troca de um contato tranqüilo, constante e previsível com a natureza, a leitura e o meu trabalho. Por que abrir a porta para o imprevisto, por que dar oportunidade a choques e surpresas além dos que a velhice inevitavelmente me proporcionaria sem que eu fizesse nada? No entanto, continuei subindo a Broadway — passando pelas multidões do Lincoln Center sem ter vontade de me juntar a elas, os cinemas multiplex exibindo filmes que eu não queria ver, as lojas de artigos de couro e as delicatéssens cujas mercadorias não me interessavam. Sem vontade de cercear o poder da insana esperança de rejuvenescimento que afetava todos os meus atos, a esperança insana de que a operação pudesse reverter o aspecto mais sério do meu declínio e cônscio do erro que estava cometendo, eu, um espectro, um homem que havia se desligado de todos os contatos humanos mais prolongados e suas possibilidades, sucumbia à ilusão de começar de novo. E isso não através das minhas capacidades mentais características, e sim de uma reconstrução do corpo, que fazia com que a vida parecesse ilimitada outra vez. É claro que é a coisa errada a fazer, uma loucura, mas se for, pensei, então qual é a coisa certa, a coisa sensata, e quem sou eu para afirmar que alguma vez já soube fazer a coisa certa? Fiz o que fiz — é tudo que se sabe quando se olha para trás. Construí minha própria provação a partir de minha própria inspiração e minha própria inépcia — a inspiração *era* a inépcia —, e o mais provável é que esteja fazendo o mesmo agora. E ainda por cima nessa afobação maluca, como se temendo que minha loucura possa evaporar a qualquer minuto e eu não consiga mais fazer o que estou fazendo e que sei muito bem que não devia estar fazendo.

O elevador do prédio pequeno, de seis andares, com fachada de tijolo branco, me levou até o último andar, onde fui recebido à porta do apartamento 6B por um jovem gorducho com um jeito suave e simpático, que imediatamente me disse: "O senhor é o escritor". "Sou. E o senhor?" "*Um* escritor", ele retrucou, sorrindo. Levou-me para dentro do apartamento e me apresentou a sua mulher. "E agora mais uma escritora", disse ele. Era uma mulher jovem, alta e esguia que, ao contrário do marido, não tinha mais nada de brincalhão nem de infantil em evidência, pelo menos não naquela noite. O rosto alongado e estreito era emoldurado por cabelos negros, lisos e finos, que caíam até um pouco abaixo dos ombros, um corte cujo objetivo parecia ser o de ocultar algum defeito que a desfigurasse, mas de modo algum um defeito físico — sua superfície era impecável, de uma maciez cremosa, o que quer que ela ocultasse. Que ela era amada sem limites pelo marido e era o sustento dele, isso era claramente indicado pela ternura explícita em que todos os olhares e gestos dele a envolviam, mesmo quando o que ela dizia não era necessariamente o que ele queria ouvir. Também estava claro que ambos a consideravam a mais brilhante dos dois, e que a personalidade do homem estava embalada dentro da dela. Ela se chamava Jamie Logan, ele Billy Davidoff, e enquanto os dois me mostravam o apartamento o rapaz parecia sentir prazer em me chamar, com um toque de deferência, de sr. Zuckerman.

Era um apartamento simpático, sala e dois quartos espaçosos, com móveis modernos, caros, de *design* europeu, tapetes orientais pequenos e um tapete persa grande e bonito na sala. Havia uma ampla área de trabalho no quarto com vista para um plátano alto que crescia no quintal, e outra área de trabalho na sala, com vista para uma igreja do outro lado da rua. Os livros estavam empilhados por todos os lados, e nos trechos das paredes onde não havia estantes cheias de livros viam-se fotografias emolduradas de estátuas em cidades italianas, fotos tiradas por Billy. Quem estaria financiando a modesta opulência deste casal de trinta e poucos anos? Eu imaginava que o dinheiro fosse dele, que os dois tivessem se conhecido em Amherst, ou Williams, ou Brown, um rapaz judeu submisso, rico e bondoso e uma moça pobre e passional, irlandesa, talvez meio italiana, que desde a escola primária sempre fora brilhante, motivada, talvez até com um lado de alpinista social...

Eu me enganara. O dinheiro era dela, e tinha origem no Texas. O pai de Jamie era um empresário da área de petróleo com as raízes mais americanas que se podem imaginar. A família judia de Billy era proprietária de uma fábrica de malas e guarda-chuvas na Filadélfia. Os dois haviam se conhecido no programa de pós-graduação em formação de escritores da Columbia. Nenhum dos dois havia publicado um livro ainda, mas cinco anos antes um conto dela saíra na *New Yorker*, o que levara alguns agentes literários e editores a lhe perguntarem sobre a possibilidade de ela escrever um romance. Eu não teria adivinhado de saída que dos dois era Jamie quem havia desenvolvido mais seu talento criativo.

Depois que me mostraram todo o apartamento, instalamonos na sala tranqüila, com vidros duplos nas janelas. A pequena igreja luterana que ficava em frente, uma estrutura encantadora com janelas estreitas, arcos pontiagudos e fachada de pedra bruta, embora provavelmente tivesse sido construída no início do século XX, parecia ter a intenção de fazer com que sua congregação nova-iorquina voltasse no tempo uns cinco ou seis séculos, para uma aldeia rural no norte da Europa. Logo abaixo da janela da sala, as folhas em forma de abano de um pé viçoso de *ginkgo* começavam a perder o tom vivo de verde estival. Uma gravação das *Quatro últimas canções* de Strauss tocava ao fundo, baixinho, no momento em que entrei no apartamento, e quando Billy foi desligar o aparelho de CD fiquei pensando se as *Quatro últimas canções* eram a música que ele ou Jamie por acaso estavam ouvindo antes de eu chegar, ou se minha vinda levara um deles a tocar aquela música tão dramática, elegíaca, devastadoramente emotiva, composta por um homem muito velho no final de sua existência.

"O instrumento favorito dele é a voz feminina", comentei.

"Ou duas", acrescentou Billy. "A combinação favorita dele era duas mulheres cantando juntas. O final do *Rosenkavalier*. O final de *Arabella*. *Helena egipcíaca*."

"Você conhece Strauss", disse eu.

"Bom, meu instrumento favorito também é a voz feminina."

Disse isso com intenção de elogiar a mulher, mas fiz de conta que entendi outra coisa. "Você também compõe?", perguntei.

"Não, não", disse Billy. "Escrever ficção já me dá muito trabalho."

"Bom, a minha casa lá no campo", observei, "não é mais tranqüila do que este apartamento, não."

"Nós só vamos ficar lá por um ano", disse Billy.

"Posso perguntar por quê?"

"Idéia da Jamie", ele respondeu, num tom não tão submisso quanto eu esperava dele.

Não querendo dar a impressão de estar interrogando Jamie, limitei-me a olhar para ela. Sua presença sensual era forte — talvez ela se mantivesse magra para que a sensualidade não fosse ainda mais forte. Ou talvez para realçá-la, pois seus seios não indicavam subnutrição. Estava com uma calça jeans e uma blusa decotada, de seda rendada, que lembrava um pouco uma *lingerie* — aliás, era mesmo uma *lingerie*, me dei conta quando olhei outra vez — e usava ao redor do torso um cardigã comprido, com uma nervura espessa e larga na borda e cadarços do mesmo material frouxamente apertados em torno da cintura estreita. No espectro das roupas femininas, aquele traje se situava na extremidade oposta à ocupada pela camisola hospitalar que Amy Bellette transformara em vestido, num tom bem pálido e suave de castanho, de um *cashmere* espesso e macio. Aquela suéter poderia perfeitamente ter custado mil dólares, e com ela Jamie parecia bem lânguida, numa atitude de repouso lânguida e sedutora, como se estivesse de quimono. Porém ela falava depressa e em voz baixa, como costumam fazer as pessoas muito complicadas, principalmente quando estão sob pressão.

"Por que o senhor quer vir pra Nova York?" Foi como Jamie reagiu a meu olhar.

"Tenho uma amiga aqui que está doente", respondi.

Eu ainda não sabia muito bem o que estava fazendo no apartamento deles, o que era que eu queria. Levar uma vida diferente? Como, exatamente? Ver uma réplica vitoriana de igreja medieval pela janela enquanto eu trabalhava, em vez de contemplar pés imensos de bordo e muros de pedra irregular? Ver carros em movimento quando eu olhasse para a rua em vez dos veados, corvos e perus selvagens que habitavam meu bosque?

"Ela está com um tumor no cérebro", expliquei, apenas por necessidade de conversar. De conversar com ela.

"Pois nós vamos embora", Jamie me disse, "porque não quero ser morta em nome de Alá."

"Não acha isso improvável", perguntei, "na West Seventy-first Street?"

"Esta cidade está no centro da patologia deles. O bin Laden é obcecado pelo mal, e para ele o nome desse mal é 'Nova York'."

"Bom, eu é que não sei", retruquei. "Não leio jornal nenhum há anos. Comprei um *New York Review* por causa dos classificados. Não faço idéia do que está acontecendo."

"O senhor não está sabendo da eleição", afirmou Billy.

"Quase nada", respondi. "Na terra de caipiras onde moro, as pessoas não falam abertamente sobre política, ainda mais com um forasteiro como eu. Quase não ligo a televisão. Não, não estou sabendo de nada."

"Não está acompanhando a guerra?"

"Não."

"Não está acompanhando as mentiras do Bush?"

"Não."

"É difícil de acreditar", disse Billy, "quando penso nos seus livros."

"Eu já fiz a minha parte como liberal desesperado e cidadão indignado", respondi, aparentemente me dirigindo a ele, porém mais uma vez falando com ela, impelido por uma motivação que no início escondi até mesmo de mim, por um anseio cuja força eu tinha esperança de que já tivesse fenecido praticamente por completo. Fosse qual fosse o impulso que me fizera sair da casca aos setenta e um anos, fosse qual fosse o impulso que me levara a Nova York para consultar o urologista, o fato é que ele ganhava força na presença de Jamie Logan, com aquele cardigã de mil dólares aberto em cima e frouxamente apertado sobre a *lingerie* decotada. "Não quero manifestar minha opinião, não quero dizer o que eu penso a respeito das questões do momento — não quero nem saber quais são essas questões. Saber esse tipo de coisa não cabe mais a mim, e o que não me cabe mais eu elimino. É por isso que eu moro onde moro. É por isso que vocês querem morar onde eu moro."

"Que a Jamie quer", disse Billy.

"É verdade. Eu sinto medo o tempo todo", ela admitiu. "Uma mudança de ares talvez ajude." Nesse momento se calou, mas não por não querer confessar seus temores a uma pessoa interessada em trocar um refúgio rural seguro por um apartamento em Nova York potencialmente ameaçado, mas porque Billy olhava para ela como se ela estivesse tentando provocá-lo de propósito na minha frente. Se a relação dele com ela era de adoração, não era apenas de adoração. Afinal, era um casamento, e talvez sua linda esposa por vezes também o exasperasse.

"Tem mais gente indo embora", perguntei a ela, "por medo de um ataque terrorista?"

"Sem dúvida, as pessoas estão falando sobre isso", reconheceu Billy.

"Algumas foram embora", interveio Jamie.

"Pessoas que você conhece?", perguntei.

"Não", disse Billy, num tom decisivo. "Nós vamos ser as primeiras."

Com um sorriso não de todo generoso, que eu, transfixado por Jamie (subjugado tão rapidamente quanto eu imaginava ter acontecido com Billy, se bem que por motivos que tinham a ver com o fato de eu estar na outra extremidade da experiência em relação a ele, a extremidade que faz fronteira com o nada), julguei ser uma expressão de vampe — uma vampe sedutoramente distanciada —, ela acrescentou: "Eu gosto de ser a primeira".

"Bom, se vocês querem a minha casa", disse eu, "ela é toda sua. Vou desenhar a planta."

Quando voltei ao hotel, telefonei para Rob Massey, o carpinteiro que trabalha há dez anos como meu caseiro, e a mulher dele, Belinda, que também há dez anos faz faxina na minha casa uma vez por semana e vai ao supermercado para mim quando não tenho vontade de percorrer de carro os treze quilômetros até Athena. Li para eles uma lista dos objetos que queria que eles embalassem e levassem para Nova York, e falei-lhes sobre o jovem casal que ia se mudar para minha casa na semana seguinte e ficar morando nela durante um ano.

"Espero que isso não tenha nada a ver com a sua saúde", disse Rob. Fora ele quem me levara a Boston e depois me trouxera do hospital quando fiz a cirurgia da próstata, e fora Belinda quem cozinhara para mim, me ajudando, com toda a sensibilidade e delicadeza de uma enfermeira, durante as desconfortáveis semanas de convalescença. Desde então eu não fora hospitalizado nenhuma vez nem contraíra nenhuma doença mais séria do que um resfriado, mas aquele simpático casal de meia-idade sem filhos — o marido era um homem musculoso, esperto e bem-humorado, a mulher era cheia de corpo, gregária e ultra-eficiente — a partir da operação passou a reagir às minhas necessidades mais triviais como se fossem coisas da maior importância. Se minha velhice estivesse sendo cuidada por meus próprios filhos, não poderia ter sido melhor, e talvez fosse bem pior. Nenhum dos dois jamais lera uma palavra sequer escrita por mim, mas sempre que viam meu nome ou minha foto no jornal ou na revista, Belinda não deixava de recortar o artigo e trazê-lo para mim. Eu agradecia, admitia que não tinha visto e depois, para ter certeza de não ofender sem querer essa mulher cálida e generosa, que acreditava que eu guardava os artigos no que ela chamava de meu "cadernos de recortes", rasgava o que ela me dera em pedaços bem pequenos, irreconhecíveis, e jogava-os no lixo sem ler. Também isso eu havia eliminado da minha vida fazia muito tempo.

Quando completei setenta anos, Belinda preparou um jantar para nós três com bife de veado e repolho roxo, e comemoramos em minha casa. A carne — fora Rob quem caçara o animal no bosque atrás de casa — estava maravilhosa, e eram também maravilhosos o afeto cálido e a generosidade exuberante dos meus dois amigos. Brindaram-me com champanhe e deram-me uma suéter de lã de carneiro grená que haviam comprado para mim em Athena. Em seguida, pediram-me para fazer um discurso, dizendo como era ter setenta anos. Vesti a suéter, levantei-me da minha cadeira à cabeceira e disse a eles: "Vai ser um discurso curto. Pensem no ano 4000". Eles sorriram, como se eu fosse contar uma piada, e por isso acrescentei: "Não, não. É sério: pensem no ano 4000. Em todas as suas dimensões, todos os seus aspectos. O ano 4000. Pensem com calma". Após um minuto de um silêncio solene, afirmei em voz baixa: "Ter setenta anos é isso", e voltei a me sentar.

Rob Massey era o caseiro ideal, o caseiro que todo mundo gostaria de ter. Belinda era a faxineira ideal, a faxineira que todo mundo gostaria de ter, e embora Larry Hollis não estivesse mais cuidando de mim eu ainda contava com aqueles dois, e todo o tempo que eu dedicava ao trabalho de escrever, e a própria obra em si, era em parte o resultado da dedicação com que eles cuidavam de todos os outros aspectos da minha existência. E agora eu estava abrindo mão dos dois.

"Minha saúde está ótima. É só que tenho um trabalho pra fazer aqui, por isso troquei de casa com eles. Vou manter contato com vocês, e se precisarem me dizer alguma coisa, podem ligar a cobrar."

Com bom humor, Rob me disse: "Nathan, há vinte anos que ninguém liga mais a cobrar".

"É mesmo? Bom, você entendeu o que eu quis dizer. Vou dizer aos dois que continuem chamando a Belinda uma vez por semana e que recorram a vocês se houver algum problema. Eu pago a você diretamente, a menos que a Jamie Logan ou o Billy Davidoff peçam alguma coisa especialmente pra eles; aí vocês resolvem entre vocês." Senti uma pontada surpreendente ao pronunciar o nome de Jamie e ao me dar conta de que não apenas estava perdendo a ela, junto com Rob e Belinda, mas também voluntariamente a afastando de mim. Tinha a impressão de que perdia a coisa que eu mais amava no mundo.

Disse-lhes que depois que eu me mudasse para o apartamento na West 71st Street eles traiam de carro minhas coisas até a cidade e um deles levaria meu carro de volta, e durante a minha ausência manteriam o carro na garagem deles e andariam com ele de vez em quando. Eu tinha terminado um livro fazia dois meses e ainda não começara o próximo, por isso não havia originais nem cadernos para transportar. Se eu estivesse trabalhando num livro naquele momento, o mais provável é que nem me ocorresse a idéia de me mudar; e se mesmo assim eu resolvesse me mudar, certamente teria feito questão de trazer eu mesmo os originais. Mais ainda: se por algum motivo eu precisasse voltar para minha casa no campo, eu sabia que jamais voltaria a Nova York, ainda que não pelos mesmos motivos de Jamie — não por temer os terroristas, mas porque tudo que era essencial para mim estava comigo, os períodos ininterruptos de tempo tranqüilo que meu trabalho de escritor agora exigia de mim, os livros que me eram necessários para satisfazer meus interesses e o ambiente em que eu podia manter meu equilíbrio e me conservar em condições de trabalhar enquanto isso fosse possível. A única coisa que a cidade acrescentaria a isso era tudo que eu concluíra não ser mais necessário para mim: o Aqui e Agora.

Aqui e Agora.

Antes e Agora.

O Princípio e o Fim de Agora.

Eram essas as linhas que eu havia rabiscado no pedaço de papel em que antes escrevera o nome de Amy e o telefone de meu novo apartamento em Nova York. Títulos para alguma coisa. Talvez isso. Ou então, quem sabe, o melhor seria abrir logo o jogo — por exemplo, *Um homem de fraldas*. Um livro sobre alguém que sabe onde encontrar a agonia e que vai lá buscá-la.

Na manhã seguinte recebi um telefonema do consultório do urologista perguntando se estava tudo bem e se eu havia percebido alguma mudança — febre, dor, qualquer coisa fora do comum. Respondi que me sentia bem, mas que, até onde podia perceber, a incontinência não havia melhorado. A enfermeira do médico, com seu jeito tranqüilo e confortador, aconselhou-me a continuar a ser paciente e esperar para ver se haveria alguma melhora, o que não era improvável, em alguns casos até mesmo semanas após o procedimento, e me lembrou mais uma vez que seria necessária uma segunda intervenção, e por vezes uma terceira, para atingir o efeito desejado, e que não havia perigo nenhum em repetir o procedimento uma vez por mês durante três meses. "Estreitando a abertura, é provável que a gente consiga reduzir ou controlar o vazamento. Por favor, não deixe de entrar em contato conosco e diga ao doutor exatamente o que está se passando. Aconteça o que acontecer, nós gostaríamos que o senhor nos procurasse daqui a uma semana. Faça esse favor a nós, senhor Zuckerman."

Senti um impulso avassalador de abandonar aquela fantasia superficial e tola de regeneração, pegar meu carro na garagem da esquina e voltar correndo para casa, onde eu poderia rapidamente recolocar meus pensamentos nos devidos lugares, sob as exigências transformadoras da ficção, que não permitem sonhos dourados. Se você não tem uma coisa, o jeito é viver sem ela — você está com setenta e um anos, e é assim mesmo. Os dias de arrogância e auto-afirmação ficaram para trás. É ridículo pensar o contrário. Não havia necessidade de descobrir mais nada a respeito de Amy Bellette ou Jamie Logan, tampouco de descobrir mais nada sobre mim mesmo. Também isso era ridículo. O drama do autoconhecimento já havia terminado fazia muito tempo. Eu não vivera como uma criança esses anos todos, e já sabia mais sobre o assunto do que valia a pena saber. Até os sessenta e tantos anos, eu nunca desviara a vista, me esquivara, dera as costas, e sempre me esforçara para não demonstrar medo, mas o trabalho que me restava a fazer, fosse o que fosse, podia ser concluído sem que eu aprendesse mais nada a respeito de al-Qaeda, terrorismo, guerra no Iraque ou da possível reeleição de Bush. Não era aconselhável entrar em choque com esse clima altamente emotivo de indignação, gerador de crises — eu fora muito suscetível a minhas próprias obsessões no tempo da guerra do Vietnã —, e se me mudasse para a cidade em pouco tempo seria envolvido por esse clima e pela loquacidade nem sempre esclarecedora que o acompanhava e que, ao final de toda uma noite entregue a esse encantamento vazio, por vezes deixava a pessoa espumando como louca, arrasada e emburrecida, e certamente fora esse um dos fatores que levaram Jamie Logan a querer cair fora.

Ou os eventos dos últimos anos teriam sido suficientes para levá-la a prever um segundo ataque catastrófico da al-Qaeda que destruiria a ela, Billy e milhares de outras pessoas? Eu não tinha como avaliar se ela havia chegado à conclusão correta, ou se estava meio enlouquecida pela situação (como talvez pensasse seu marido racional e paciente), ou se a previsão dela viria a ser concretizada por bin Laden, ou se ficando lá eu estaria me submetendo a um golpe ainda mais devastador do que a desorientação sofrida por Rip Van Winkle. Tendo sido uma criatura intensamente ligada aos eventos que nos últimos dez anos se transformara numa pessoa solitária e distanciada, eu perdera o hábito de ceder a todos os impulsos que estimulavam minhas terminações nervosas, e no entanto, poucos dias após voltar para a cidade, havia tomado a decisão abrupta que talvez viesse a se revelar a mais imprudente de toda minha vida.

O telefone do hotel tocou outra vez. Um homem se apresentou como amigo de Jamie Logan e Billy Davidoff. Conhecia Jamie de Harvard, onde ela estava dois anos à sua frente. Jornalista *freelance*. Richard Kliman. Escrevia sobre assuntos literários e culturais. Artigos na revista de domingo do *Times*, na *Vanity Fair*, na *New York* e na *Esquire*. Eu estaria livre naquele dia? Ele podia me convidar para almoçar?

"O que é que você quer?", perguntei.

"Estou escrevendo sobre um velho conhecido seu."

Eu não sabia mais ser tolerante com jornalistas, se é que soube algum dia, e também não gostara de ser localizado com tanta facilidade, o que tinha tudo a ver com as circunstâncias imediatas que haviam me levado a me exilar de Nova York.

Sem maiores explicações, desliguei. Segundos depois, Kliman ligou outra vez. "A linha caiu", disse ele.

"Fui eu que desliguei."

"Senhor Zuckerman, estou escrevendo uma biografia de E. I. Lonoff. Pedi o seu número à Jamie porque sei que o senhor conheceu Lonoff e se correspondeu com ele nos anos cinqüenta. Sei que no início da sua carreira o senhor era um grande admirador dele. Sou apenas um pouco mais velho do que o senhor era naquela época. Não sou o prodígio que o senhor foi — este é o meu primeiro livro, e não é de ficção. Mas o que eu estou tentando fazer é nada mais, nada menos do que o que o senhor fez. Sei o que não sou, mas sei também o que sou. Estou tentando dar tudo que eu tenho nesse livro. Se o senhor preferir ligar pra Jamie pra confirmar minhas credenciais..."

Não, eu queria era perguntar à Jamie por que ela dissera ao sr. Kliman onde ele podia me encontrar.

"A última coisa que o Lonoff queria na vida era que fizessem a biografia dele", disse eu. "Ele não tinha nenhuma ambição de que falassem dele. Nem de que lessem sobre ele. Queria o anonimato, uma preferência bastante inofensiva que a maioria das pessoas consegue automaticamente, e sem dúvida alguma um desejo que não custa nada respeitar. Olha, o Lonoff já morreu há mais de quarenta anos. Ninguém mais lê os livros dele. Ninguém se lembra dele. Não se sabe quase nada sobre ele. Qualquer abordagem biográfica teria que ser uma coisa basicamente imaginária — em outras palavras, uma falsidade."

"Mas *o senhor* lê os livros dele", respondeu Kliman. "Chegou mesmo a mencionar a obra dele pra nós quando foi almoçar na Signet Society com um grupo de alunos, na época em que eu estava no segundo ano. O senhor disse que contos a gente devia ler. Eu estava lá. A Jamie era membro da sociedade e me convidou pra assistir. O senhor se lembra da Signet Society, aquele clube de arte onde o senhor almoçou numa mesa comunitária enorme, e depois nós fomos pra sala — lembra? Na véspera, o senhor tinha feito uma leitura de trechos das suas obras no Memorial Hall, e um dos alunos o convidou, e o senhor topou almoçar conosco antes de ir embora no dia seguinte."

"Não, não me lembro", respondi, embora me lembrasse, sim, da leitura, por ser a última que fiz antes da prostatectomia, a última de todas, e lembrei-me até mesmo do almoço, quando Kliman o mencionou, por causa da moça de cabelo negro que ficou olhando para mim do outro lado da mesa. Deve ter sido Jamie Logan aos vinte anos de idade. No apartamento da West 71st Street, ela fingiu que nunca havíamos nos visto, mas isso não era verdade, e eu reparara nela naquela outra vez. O que foi que me pareceu fora do comum? Seria apenas o fato de ela ser a mais bonita de todas? Era possível, sem dúvida — isso e mais a reserva de autoconfiança insinuada por um silêncio sereno que poderia também indicar apenas que ela era tímida demais na época para se manifestar, ainda que não tão tímida que não pudesse ficar olhando fixamente para mim, convidando-me a olhar para ela também.

"O senhor ainda está interessado nele", dizia Kliman. "Sei disso porque outro dia mesmo o senhor comprou a edição encadernada dos contos, editada pela Scribner. Lá na Strand. Uma amiga minha trabalha na Strand. Foi ela que me contou. Ela ficou emocionada quando viu o senhor."

"Péssima estratégia sua fazer esse comentário pra um recluso, Kliman."

"Não sou estrategista. Sou um entusiasta."

"Quantos anos você tem?"

"Vinte e oito", ele respondeu.

"Afinal, qual é a sua?", perguntei.

"O que me motiva? Eu diria que é o espírito de investigação. Sou impelido pela curiosidade, senhor Zuckerman. Isso nem sempre me torna uma pessoa popular. Pelo visto, já não sou popular com o senhor. Mas só pra responder a sua pergunta, é esse o impulso mais forte em mim."

Ele estaria sendo ingenuamente inconveniente, inconvenientemente ingênuo, apenas jovem ou apenas esperto? "Mais forte do que o impulso de deslanchar uma carreira?", indaguei. "Com estardalhaço?"

"Sim, senhor. O Lonoff é um enigma pra mim. Estou tentando entender o Lonoff. Quero fazer justiça a ele. Eu achei que o senhor podia me ajudar. É importante falar com pessoas que o conheceram. Algumas delas estão vivas, felizmente. Preciso de pessoas que o conheceram e que corroborem a idéia que eu tenho dele, ou então, se for o caso, que contestem essa idéia. O Lonoff se escondia sempre, não apenas como homem mas também como escritor. Viver escondido — era isso o catalisador de sua genialidade. A ferida e o arco. O Lonoff guardou um grande segredo referente aos seus primeiros anos. Não era apenas uma coincidência ele morar na região de Hawthorne, pois há quem argumente que Nathaniel Hawthorne também guardava um grande segredo, e que não era tão diferente do dele. O senhor sabe do que estou falando."

"Não faço idéia."

"O filho de Hawthorne escreveu que Melville, em seus últimos anos, chegou à conclusão de que a vida inteira Hawthorne havia 'ocultado um grande segredo'. Pois bem, eu também estou convencido de que a mesma coisa se aplica a E. I. Lonoff. Ajuda a explicar muitas coisas. Entre elas, a obra dele."

"E por que é necessário explicar a obra dele?"

"Tal como o senhor disse, ninguém lê os livros dele."

"Ninguém lê o livro de ninguém, se você parar pra pensar. Por outro lado, como eu acho que nem preciso lhe dizer, existe um imenso mercado pra segredos. Quanto à 'explicação' biográfica, normalmente ela só faz piorar a situação, acrescentando componentes que não existem e que não fariam a menor diferença estética se existissem."

"Eu sei o que o senhor está me dizendo", ele disse, claramente preparado a dispensar meus argumentos, "mas não posso adotar essa atitude indiferente se eu quiser fazer o trabalho como ele deve ser feito. O desaparecimento da obra de Lonoff é um escândalo cultural. Um entre muitos, mas esse eu posso tentar resolver."

"Quer dizer", concluiu, "que você assumiu a tarefa de desfazer esse escândalo revelando o grande segredo dos primeiros anos de vida do Lonoff, o segredo que explica tudo. Imagino que seja uma coisa sexual."

Irônico, ele comentou: "O senhor é muito perspicaz".

Pensei em desligar outra vez, mas agora quem estava curioso era eu, curioso para ver até onde chegavam a insistência e a autocomplacência dele. Sem que sua voz jamais assumisse um tom abertamente agressivo, seu ímpeto inexorável deixava claro que ele estava preparado para enfrentar uma batalha. Era, para espanto meu, uma imitação razoável do que eu fora quando estava mais ou menos na etapa de vida em que ele estava agora, como se Kliman estivesse copiando (ou, como agora parecia mais provável, deliberadamente parodiando) meu hábito de seguir em frente apesar dos pesares, quando *eu* era um jovem escritor. Era assim mesmo: a severidade e a falta de tato de um jovem cheio de vitalidade, sem nenhuma dúvida a respeito de sua coerência, tornado cego pela autoconfiança e pela virtude de saber o que é mais importante. A implacável consciência da necessidade. O impulso aniquilador diante de um obstáculo. Aquela empáfia admirável, do tempo em que você é capaz de qualquer coisa e você tem sempre razão. Todas as coisas são alvos; você sai atacando; e você, só você, tem razão.

O rapaz invulnerável que se acha homem e que está doido para desempenhar um papel importante. Pois bem, ele que desempenhe esse papel. Ele vai descobrir.

"É uma pena o senhor ficar totalmente hostil", disse ele, embora o tom de voz desse a entender que a essa altura ele já estava pouco se lixando. "Eu queria que o senhor me desse a oportunidade de explicar a importância da história de Lonoff tal como eu a entendo e de que modo ela explica o que aconteceu com a carreira dele quando ele se separou da Hope e foi viver com a Amy Bellette."

Fiquei indignado ao ouvi-lo dizer "quando ele se separou da Hope". Eu o compreendia — a tenacidade implacável, a franqueza, o indomável vírus da superioridade (ele ia me fazer o favor de explicar as coisas) —, mas isso não queria dizer que eu era obrigado a confiar nele. Além de fofocas e informação de segunda mão, o que ele poderia saber a respeito de "quando ele se separou da Hope"?

"Isso também não precisa de explicação", argumentei.

"Uma biografia crítica rigorosamente documentada poderia ajudar muito a fazer renascer o interesse por Lonoff e lhe devolver o lugar que ele merece na literatura do século XX. Mas os filhos se recusam a falar comigo, a mulher dele é a pessoa com Alzheimer mais velha do país e não *pode* falar comigo, e a Amy Bellette já nem se dá o trabalho de responder as minhas cartas. Também mandei ao senhor cartas que não foram respondidas."

"Não me lembro de carta nenhuma."

"Foram enviadas aos cuidados da sua editora, o método apropriado, eu imaginei, de contatar uma pessoa ciosa da sua privacidade como o senhor. Os envelopes voltaram com uma etiqueta que dizia: 'Devolver ao remetente. Correspondência não solicitada não é mais aceita'."

"É um serviço que todas as editoras oferecem. Fiquei sabendo disso através do Lonoff. Quando eu tinha a sua idade."

"Na etiqueta que o senhor usa, o texto que aparece é do Lonoff — tal como ele escreveu?"

Era, sim — eu não conseguira achar uma formulação melhor do que aquela —, mas não respondi.

"Descobri muita coisa sobre Amy Bellette. Eu queria confirmar o que sei. Preciso de uma fonte confiável. O senhor certamente é uma fonte confiável. O senhor tem contato com ela?"

"Não."

"Ela mora em Manhattan. Trabalha como tradutora. Está com câncer no cérebro. Se o câncer piorar antes que eu consiga falar com ela de novo, tudo que ela sabe vai se perder. Ela pode me dizer mais coisas do que qualquer outra pessoa."

"Dizer mais coisas a você pra quê?"

"Olha, os velhos detestam os jovens. Isso nem é preciso dizer."

Tão *en passant*, essa súbita e misteriosa exibição de sabedoria. A disputa entre gerações será alguma coisa que ele leu ou que alguém lhe disse, ou algo que aprendeu com a experiência? Ou teria ele acabado de tomar consciência do fato de repente? "Só estou tentando ser responsável", acrescentou Kliman, e dessa vez foi a palavra "responsável" que me irritou.

"Não é por causa da Amy Bellette que o senhor está em Nova York?", ele perguntou. "Foi o que o senhor disse ao Billy e à Jamie, que veio pra Nova York pra ajudar uma amiga que estava com câncer."

"Desta vez, quando a linha cair", disse eu, "não volte a ligar."

Quinze minutos depois, Billy telefonou para pedir que eu os desculpasse, se ele e Jamie tinham sido indiscretos. Não sabia que nosso encontro era para ser considerado confidencial e lamentava o incômodo que tivesse me causado. Kliman, que tinha acabado de ligar para eles para dizer como a conversa comigo havia degringolado, era um ex-namorado de faculdade de Jamie de quem ela ainda era amiga, e ela não tivera nenhuma má intenção ao lhe dizer quem fora a pessoa que se interessara pelo anúncio. Billy disse que — erradamente, percebia agora — nem ele nem Jamie imaginaram que eu não gostaria de conversar com o biógrafo de E. I. Lonoff, um escritor que todos eles sabiam ser objeto de minha admiração. Billy garantiu que nunca mais cometeriam o erro de falar a ninguém sobre a nossa troca de residências, se bem que eu precisava entender que, assim que eu me mudasse para o apartamento deles, em pouco tempo a rede de amigos e conhecidos deles ficaria sabendo quem estava lá, do mesmo modo que, assim que eles se mudassem para a minha casa...

Ele foi educado, abordando de modo coerente todos os ângulos da questão, por isso respondi: "Tudo bem". Estava na cara que Kliman era um ex-namorado de Jamie. Mais um motivo para eu detestá-lo. O motivo principal.

"O Richard às vezes é meio insistente", prosseguiu Billy, e repetiu: "Mas nós queremos pedir desculpas por ter dito a ele onde o senhor estava. Foi uma imprudência nossa".

"Tudo bem", repeti, e mais uma vez disse a mim mesmo que o melhor era pegar o carro e voltar para casa. Nova York estava cheia de pessoas motivadas pelo "espírito de investigação" e nem todas estavam eticamente à altura desse tipo de trabalho. Se eu me mudasse para o apartamento da 71st Street — e adotasse o telefone de lá —, seria inevitável que eu viesse a me envolver com o tipo de situação supérflua para mim e que, como eu acabara de demonstrar, eu não sabia mais enfrentar com jeito. Não que minha curiosidade não tivesse sido despertada pelo que Kliman insinuara sobre Lonoff. Não que eu não estivesse surpreso pela coincidência de encontrar a Amy de Lonoff depois de qua-

54

se cinqüenta anos, e de tê-la seguido até aquela lanchonete, e depois Kliman ter me telefonado para falar do câncer cerebral de Amy e tentar me seduzir com o que ele sabia sobre o "segredo" que Lonoff tinha em comum com Hawthorne. Para uma pessoa que cultivava a reclusão e se dedicava à repetição e apostava na monotonia, que havia expulsado de sua vida tudo aquilo que considerava não essencial (supostamente em nome de seu trabalho, porém mais provavelmente por deficiência sua), era como ser surpreendido por um evento astronômico raro, como se um eclipse solar tivesse acontecido tal como se dava durante os milênios pré-científicos: sem que os terráqueos o tivessem previsto.

Precipitando-me em um novo futuro, eu inadvertidamente voltara ao passado — uma trajetória em marcha a ré que não chega a ser rara, mas que mesmo assim não deixa de ser insólita.

"A gente queria convidar o senhor pra vir assistir à cobertura da eleição conosco", disse Billy. "Só eu e a Jamie vamos estar aqui. Vamos ficar em casa para acompanhar a apuração. A gente pode jantar. O senhor pode ficar depois o tempo que quiser. Então, aceita o convite?"

"Terça à noite?"

Ele riu. "Continua sendo a primeira terça-feira depois da primeira segunda-feira de novembro."

"Eu vou", respondi, "aceito, sim", pensando não na eleição, mas na mulher de Billy e ex-namorada de Kliman e no prazer que eu não podia mais proporcionar a uma mulher, mesmo que tivesse oportunidade. Os velhos detestam os jovens? Eles sentem inveja e ódio dos jovens? E por que não? Os absurdos estavam se acumulando depressa, entrando por todos os lados, e meu coração batia com uma ansiedade alucinada, como se o procedimento médico que visava remediar a incontinência tivesse alguma possibilidade de reverter a impotência, o que, como eu sabia muito bem, não era verdade — como se, embora eu estivesse sexualmente incapacitado, e sem prática sexual há onze anos, o impulso despertado pelo encontro com Jamie tivesse se afirmado loucamente como uma força motriz. Como se na presença dessa moça houvesse esperança.

Por causa de um único e breve encontro com Billy e Jamie, eu estava não apenas voltando para um mundo de ambições literárias jovens que não me interessava mais como também me expondo aos fatores irritantes, estimulantes, tentadores e perigosos do momento presente. No meu caso, o perigo específico que me ameaçava quando resolvi ir embora da cidade de uma vez por todas — o perigo de um ataque fatal — não tinha nada a ver com o terrorismo islâmico, e sim com as ameaças de morte que eu começara a receber e que o FBI concluiu terem todas a mesma origem. Elas vinham em cartões-postais, com carimbo de algum lugar no norte da Nova Jersey, minha região de origem. Nunca aparecia o nome da mesma cidade em dois carimbos diferentes, mas a fotografia do cartão-postal era invariavelmente do papa da época, João Paulo II, ou abençoando a multidão na Basílica de S. Pedro ou ajoelhado, rezando, ou então entronizado, ostentando seu resplandecente traje branco com brocados. Dizia o primeiro cartão:

Prezado judeu filho-da-puta. Fazemos parte de uma nova organização internacional criada para deter o crescimento da filosofia racista e imunda do SIONISMO. Como mais um judeu que vive como parasita de um país "gói" e de seus habitantes, você foi selecionado como alvo. Devido à localização do seu apartamento em Nova York, cabe a este "departamento" cumprir a "missão". Esta notificação é a primeira.

56

O segundo cartão com a foto do papa trazia a mesma saudação e a mesma mensagem, sendo a única mudança no texto a conclusão: "SEGUNDA NOTIFICAÇÃO, JUDEU!".

Ora, eu já recebera mensagens igualmente sórdidas e ameaçadoras no passado, mas nunca mais do que duas por ano, e na maioria dos anos não recebi nenhuma. Além disso, nas ruas de Nova York de vez em quando um desconhecido vinha em minha direção e puxava uma conversa tensa, porque alguma coisa na minha ficção o fascinara ou irritara, ou fascinara-o por tê-lo irritado, ou irritara-o por tê-lo fascinado. Eu já havia sofrido mais de uma dessas invasões perturbadoras por conta da imagem do autor que meus livros haviam inspirado em mentes em que as obras de ficção com facilidade despertam fantasias. Mas agora eu me tornara um *alvo*: os cartões-postais não apenas passaram a vir todas as semanas durante meses como também durante esse mesmo período um crítico que morava no Meio-Oeste, o qual uma vez escrevera uma resenha elogiando um livro meu no *New York Times Book Review*, também recebeu um cartão-postal ameaçador com uma imagem do papa, enviado à faculdade onde ele ensinava, aos cuidados do "Departamento de Parasitismo e Letras". Não havia saudação. Apenas o texto seguinte, escrito em letra miúda:

Só mesmo um "professor de letras" veado baba-ovo de merda se rebaixaria a ponto de dizer que o mais recente cagalhão desse judeu filho-da-puta é "o mais rico e valioso" que ele já publicou. É uma tragédia vermes como você poderem corromper as mentes dos jovens impunemente. AK-47 neles. Esse é o remédio para fazer o ensino superior neste país voltar a ser como era. Ou pelo menos ajudar.

Foi meu advogado nova-iorquino que me pôs em contato com o FBI. Em conseqüência disso, recebi a visita no meu apartamento na East 91st Street de uma agente chamada M. J. Sweeney, uma sulista pequenina e serelepe de quarenta e poucos anos, que pegou todos os cartões-postais (os quais ela enviou a Washington, juntamente com o que foi recebido pelo resenhista, para que fossem examinados e analisados) e me aconselhou a tomar certas precauções, como se me ensinando as regras básicas de um esporte ou um jogo que eu não conhecia. Eu não deveria sair de um prédio sem antes examinar a rua em ambas as direções e a calçada em frente, para ver se havia alguém de aparência suspeita. Na rua, ao ser abordado por pessoas desconhecidas, eu devia olhar para as mãos delas e não para seus olhos, para ver se estavam armadas. Ela me sugeriu outras precauções desse tipo, e de imediato passei a observá-las, mas sem muita convicção de que elas me protegeriam de alguém que estivesse realmente determinado a me matar. A expressão "AK-47 neles", usada pela primeira vez no cartão-postal do crítico, começou a aparecer nas mensagens que me eram dirigidas. Às vezes a inscrição "AK-47 neles", escrita com pincel atômico preto, em letras de cinco centímetros de altura, constituía a totalidade da mensagem.

Eu e M. J. nos falávamos cada vez que chegava um novo cartão-postal, e eu tirava fotocópias dos dois lados antes de colocar o original num envelope e enviá-lo a ela pelo correio. Quando lhe telefonei uma vez para dizer que meu livro mais recente fora selecionado para um prêmio literário e que eu era esperado num hotel em Manhattan para a cerimônia de entrega dos prêmios, ela me perguntou: "Como é a segurança lá?". "Imagino que deve ser quase nenhuma." "A cerimônia é aberta ao público?" "Fechada ao público é que não é", respondi; "imagino que quem quiser entrar, entra sem nenhum problema. Calculo que devem ir umas mil pessoas." "Bem, é melhor o senhor se cuidar", ela disse. "Pelo visto, a senhora acha que eu não devia ir." "Não posso falar em nome do FBI", respondeu M. J. "O FBI não pode lhe dizer o que o senhor deve fazer." "Se eu ganhar o prêmio, se tiver que subir no palco para receber o prêmio, eu vou ser um alvo bem fácil, não é?" "Se eu estivesse falando como amiga", ela replicou, "eu diria que sim." "Se a senhora estivesse falando como amiga, que sugestão me daria?" "É muito importante pro senhor ir lá?" "Nem um pouco." "Bom, se pra mim não fosse nem um pouco importante", disse M. J., "e se eu tivesse recebido vinte e tantas ameaças pelo correio, eu é que não chegava perto desse hotel."

Na manhã seguinte, aluguei um carro e fui até o oeste de Massachusetts, e em menos de quarenta e oito horas comprei minha casinha, dois cômodos espaçosos com uma lareira grande num deles e um fogão a lenha no outro, e entre os dois uma pequena cozinha com uma janela que dava para um arvoredo com macieiras velhas e retorcidas, uma lagoa oval de bom tamanho, para nadar, e um salgueiro alto, danificado pelas tempestades. O terreno de cinco hectares ficava em frente a um pântano pitoresco onde abundavam aves aquáticas e a cerca de cinqüenta metros de uma estrada de terra de cinco quilômetros que levava à estrada asfaltada pela qual, oito quilômetros adiante, chegava-se a Athena. Era em Athena que E. I. Lonoff lecionava quando o conheci em 1956, juntamente com sua mulher e Amy Bellette. A casa dos Lonoff, construída em 1790 e passada de uma geração a outra da família de sua mulher, ficava a dez minutos da casa que eu acabara de comprar. O fato de que aquele lugar fora usado como refúgio por Lonoff me levara instintivamente a escolhê-lo — isso e também o fato de que eu tinha vinte e três anos quando o conheci, e jamais esquecera aquele encontro.

Eu havia aprendido a atirar no Exército e por isso comprei uma vinte-e-dois numa loja de armas local e passei algumas tardes dando tiros, sozinho no mato, até sentir que havia recuperado o jeito. Guardava a arma no armário perto da minha cama, e uma caixa de munição ao lado dela no chão do armário embutido. Mandei instalar um sistema de segurança ligado ao quartel da polícia estadual e coloquei *spots* nos cantos do telhado para que o terreno não ficasse escuro como breu quando eu chegasse em casa à noite. Então liguei para M. J. e lhe disse o que havia feito. "Talvez seja até mais perigoso eu morar aqui no meio do mato, mas por enquanto estou me sentindo menos exposto e menos ansioso do que me sentia na cidade. Ainda não me desfiz do apartamento, mas por ora vou ficar morando aqui, até cessarem as ameaças de morte." "Alguém sabe onde o senhor está?" "No momento, só a senhora. Mandei encaminhar minha correspondência pra outro lugar." "Bom", disse M. J., "não seria minha primeira sugestão se me perguntassem, mas o importante é o senhor estar num lugar que lhe inspire segurança." "Vou estar sempre indo à cidade, mas vou morar aqui." "Boa sorte", ela retrucou, e em seguida me disse que agora teria de transferir meu arquivo para o escritório de Boston. Depois que nos despedimos e desligamos, passei a noite remoendo com meus botões se havia mesmo feito a coisa certa, convicto de que durante todo tempo que recebi as ameaças de morte fora M. J. Sweeney a barreira que me protegera do AK-47 de meu correspondente.

Mesmo depois que as ameaças de morte pararam de chegar pelo correio, continuei na minha cabana. Ela já havia se transformado em meu lar, e foi lá que morei por onze anos, escrevendo livros, mantendo a forma física, contraindo o câncer, fazendo uma cirurgia radical e, sozinho, sem me dar conta do fato nem acompanhar o processo, envelhecendo dia a dia. O hábito da solidão, da solidão sem angústia, se apossou de mim, e junto com ele os prazeres de não ter que dar satisfação e de ser livre — paradoxalmente, livre acima de tudo de mim mesmo. Passando dias a fio sem fazer outra coisa que não trabalhar, eu me sentia gratificado por um contentamento voluptuoso. A dor da solidão, uma dor feroz, era esporádica e podia ser combatida por meio de uma estratégia: quando ela me dominava durante o dia, eu largava o trabalho e ia fazer uma caminhada de oito quilômetros no bosque ou à margem do rio, e quando ela se insinuava à noite eu fechava o livro que estava lendo e ouvia alguma música que exigisse toda a minha atenção — por exemplo, um quarteto de Bartók. Assim eu conseguia recuperar a estabilidade e tornar a solidão suportável. No final das contas, não ser obrigado a representar nenhum papel era melhor do que o atrito, a agitação, o conflito, a falta de sentido, a repulsa que, à medida que a pessoa envelhece, podem ter o efeito de tornar indesejáveis as múltiplas relações necessárias a uma existência rica e plena. Optei pelo isolamento porque com o passar dos anos conquistei uma forma de vida que eu (e não só eu) teria julgado impossível, e isso é algo que inspira orgulho. Saí de Nova York por estar com medo, mas, à medida que fui reduzindo daqui, reduzindo dali, encontrei na minha solidão uma espécie de liberdade que me agradava boa parte do tempo.

Livrei-me da tirania da minha intensidade emocional — ou, talvez, por viver isolado há mais de dez anos, apenas aprendi a gostar da modalidade mais rigorosa dessa intensidade.

Foi no último dia de junho de 2004 que o termo "AK-47" voltou para me assustar. Sei que foi em 30 de junho porque é nesse dia, na região da Nova Inglaterra onde moro, que as fêmeas de tartaruga-mordedora saem do meio aquático em que vivem e procuram um lugar aberto, com areia, e lá cavam um ninho para seus ovos. São criaturas fortes, lerdas, com carapaças denteadas que têm mais de trinta centímetros de diâmetro, e caudas longas, cheias de escamas. Elas surgem em abundância na extremidade sul de Athena, uma multidão de tartarugas a atravessar a estrada de macadame de duas pistas que leva à cidade. Os motoristas esperam com paciência vários minutos para não atropelar as criaturas quando elas emergem do mato cerrado onde ficam os pântanos e lagoas que é seu habitat, e muitos moradores da região, como eu, todos os anos não apenas param o carro mas também vão para o acostamento e ficam apreciando o desfile desses répteis raras vezes vistos, avançando pesadamente centímetro por centímetro com suas patas poderosas, escamosas, que terminam em garras de aparência pré-histórica.

Todos os anos ouvem-se mais ou menos as mesmas piadas e risos e manifestações de espanto dos observadores, e com os pais pedagógicos que trouxeram os filhos para ver o espetáculo somos mais uma vez informados a respeito do peso das tartarugas, o comprimento de seus pescoços, a força de sua mordida, o número de ovos que as fêmeas põem, sua expectativa de vida. Depois as pessoas voltam para os carros, vão para a cidade fazer o que têm de fazer, tal como eu fiz naquele dia ensolarado apenas quatro meses antes de ir a Nova York para obter informações sobre o tratamento à base de colágeno.

Depois de estacionar na diagonal à margem do rossio da cidade, encontrei vários comerciantes conhecidos meus que haviam saído das lojas por um momento para pegar um pouco de sol. Fiquei conversando por algum tempo — quase sem assunto, todos nós adotando a atitude simpática de homens que vêem tudo pelo ângulo mais favorável, o dono de uma camisaria, o proprietário de uma loja de bebidas e um escritor, todos transbordando daquele contentamento que caracteriza os americanos, tão protegidos das ameaças do mundo externo.

Foi depois que atravessei a rua, quando seguia em direção à loja de ferragens, que ouvi de repente "AK-47" sussurrado em meu ouvido pela pessoa que acabava de passar por mim, seguindo na direção oposta. Virei-me de repente e, vendo suas costas largas e seu jeito de andar com os pés para dentro, reconheci-o de imediato. Era o pintor que eu havia contratado no verão anterior para fazer a pintura externa da casa, o qual, por faltar ao trabalho praticamente dia sim, dia não — e por nunca trabalhar mais do que duas ou três horas nos dias em que aparecia —, fui obrigado a despedir quando o trabalho ainda nem havia chegado à metade. Ele então me mandou uma conta tão exorbitante que, em vez de discutir com ele — pois, tanto pelo telefone quanto em pessoa, tínhamos tido discussões ruidosas quase todos os dias, a respeito de seus expedientes curtos ou de suas faltas —, entreguei-a para meu advogado, deixando que ele resolvesse a questão. O nome do pintor era Buddy Barnes, e só tarde demais fiquei sabendo que ele era um dos mais renomados alcoólatras de Athena. Nunca gostei muito do adesivo que havia no pára-choque do carro dele, CHARLTON HESTON É MEU PRESIDENTE, mas não dei muita atenção àquilo porque, embora o lendário astro do cinema tivesse se tornado famoso como presidente da irresponsável National Rifle Association,* ele já havia sucumbido à demência na época em que contratei Buddy, e aquele adesivo me parecia mais uma coisa boba e inócua.

Fiquei estarrecido, é claro, com o que tinha ouvido na rua, tão estarrecido que, em vez de parar por um momento para pensar qual seria a melhor reação, ou mesmo se seria o caso reagir, saí correndo até o rossio, onde ele havia acabado de entrar em sua picape. Chamei-o pelo nome e bati com o punho no pára-lama de seu veículo até ele abrir a janela. "O que foi que você me disse ainda há pouco?", perguntei. Buddy tinha uma tez rosada quase angelical para um homem mal-humorado de mais de qua-

---

* Associação que faz lobby contra qualquer iniciativa que vise controlar a posse de armas. (N. T.)

renta anos, angelical apesar dos pêlos louros ralos que lhe cresciam embaixo do nariz e no queixo. "Eu não tenho nada a dizer a você", ele respondeu, com aquela voz aguda que parecia um uivo. "O que foi que você me disse, Barnes?" "Je-sus", ele respondeu, olhando para cima. "Me responde. Me responde, Barnes. Por que foi que você me disse isso?" "Você está ouvindo coisas, seu maluco", ele replicou. Então, engatando a ré, afastou-se, e, em seguida, cantando os pneus como se fosse um adolescente, foi embora.

Terminei concluindo que o incidente não tinha o significado grave que eu lhe atribuíra de saída. Sim, ele dissera mesmo "AK-47", e tão logo cheguei em casa telefonei para o escritório nova-iorquino do FBI e pedi para falar com M. J. Sweeney, mas fui informado de que fazia dois anos que ela não trabalhava mais lá. Lembrei-me de que aqueles cartões-postais haviam sido enviados a mim meses antes de eu me mudar para o interior, quando os Buddy Barnes da vida nada sabiam sobre a minha existência. Era impossível que Barnes os tivesse mandado, principalmente porque o carimbo postal era de cidades no norte de Nova Jersey, mais de cento e cinqüenta quilômetros ao sul de Athena, Massachusetts. Sua tentativa de me assustar com o termo exato com que haviam me ameaçado onze anos antes pelo correio não passava de uma estranhíssima coincidência.

Não obstante, pela primeira vez desde que eu adquirira a vinte-e-dois e praticara uns tiros no mato, abri a caixa de munição e, em vez de guardar a arma descarregada no fundo do armário do quarto, como vinha fazendo todos aqueles anos, fui dormir com ela carregada, no chão, ao lado da cama. E fiz isso todas as noites até ir para Nova York, mesmo depois que comecei a duvidar que Buddy tivesse mesmo falado comigo, mesmo depois de concluir que naquela bela manhã de início de verão, em que eu vira as tartarugas atravessando a estrada com seu passo arrastado, para desempenhar sua função reprodutiva, eu tivera uma alucinação auditiva muito convincente, um fenômeno cuja causa era inexplicável, pelo menos para mim.

A incontinência não fora nem um pouco afetada pelo tratamento de colágeno, e quando, na manhã do dia da eleição, relatei esse fato, a enfermeira do consultório médico recomendou que eu marcasse uma consulta no mês seguinte para repetir o procedimento. Se até lá houvesse uma melhora, eu podia cancelar a consulta; caso contrário, a intervenção seria realizada mais uma vez. "E se não adiantar?" "A gente tenta mais uma vez. Na terceira vez, não é através da uretra", explicou a enfermeira, "e sim pela cicatriz da operação na próstata. É só uma perfuração. Anestesia local. Não dói." "E se a terceira vez também não adiantar?", perguntei. "Ah, isso ainda está muito longe, senhor Zuckerman. Uma coisa de cada vez. Não desanime. Vai acabar dando algum resultado."

Como se a incontinência já não fosse uma humilhação suficiente, eu ainda tinha que ser tratado como um pirralho birrento que não queria tomar óleo de fígado de bacalhau. Mas é o que acontece quando um paciente idoso se recusa a aceitar com resignação os males inevitáveis da idade e caminhar obediente, com passos incertos, em direção à cova: os médicos e as enfermeiras têm que lidar com uma criança que é preciso ficar o tempo todo convencendo, com palavras tranqüilizadoras, a seguir em frente nessa causa perdida. Foi isso o que pensei quando desliguei o telefone, sentindo que todo meu orgulho fora esvaziado e que minhas forças eram muito limitadas, vendo-me como um homem numa situação em que, resistindo ou cedendo, o fracasso é inevitável.

O que mais me surpreendeu nos primeiros dias que passei andando pela cidade? A coisa mais óbvia — os telefones celulares. Na serra em que eu morava ainda não havia sinal de celular, e em Athena, onde há sinal, eu raramente via pessoas andando pela rua falando ao celular sem nenhuma inibição. Na Manhattan de que eu me lembrava, as únicas pessoas que andavam pela Broadway aparentemente falando sozinhas eram os loucos. O que acontecera nesses dez anos que agora havia tanto a dizer — e com tanta urgência que não dava para esperar? Aonde quer que eu fosse, sempre havia alguém caminhando em minha direção falando ao telefone e alguém atrás de mim falando ao telefone. Nos carros, todos os motoristas falavam ao telefone. Quando eu pegava um táxi, o motorista estava falando ao telefone. Para uma pessoa que muitas vezes passava dias seguidos sem falar com ninguém, era inevitável a idéia de que alguma coisa que antes inibia as pessoas agora havia desaparecido, e por isso falar sem parar ao telefone havia se tornado preferível a caminhar pelas ruas sem estar sendo controlado por ninguém, numa solidão momentânea, assimilando as ruas pelos sentidos naturais e pensando a infinidade de pensamentos inspirados pelas atividades de uma cidade. Para mim, isso tinha o efeito de fazer com que as ruas se tornassem cômicas e as pessoas, ridículas. No entanto, havia também um lado trágico nisso. A anulação da experiência da separação teria inevitavelmente uma conseqüência radical. Qual seria ela? Você sabe que pode ter acesso à outra pessoa a qualquer momento, e se isso se torna impossível você fica impaciente — impaciente e zangado, como um deusinho idiota. Eu sabia que o silêncio fora abolido havia muito tempo nos restaurantes, elevadores e estádios esportivos, mas a idéia de que a imensa solidão dos seres humanos seria capaz de gerar esse anseio ilimitado por se fazer ouvir, juntamente com a indiferença a ser ouvido por terceiros — bem, tendo vivido uma parte da minha vida na era da cabine telefônica, cujas portas dobradiças podiam ser hermeticamente fechadas, impressionava-me aquela falta de privacidade, e comecei a imaginar uma história na qual Manhattan se transforma numa coletividade sinistra onde todo mundo vive espionando todo mundo e cada pessoa é constantemente vigiada pela pessoa que está falando com ela pelo celular, muito embora os usuários de celulares, ligando sem parar uns para os outros onde quer que estejam no mundo externo, acreditem estar vivenciando o máximo de liberdade. Eu tinha consciência de que só de pensar numa história assim eu me tornava mais um dos retrógrados que imaginavam, desde o início do processo de industrialização, que a máquina era inimiga da vida. Mesmo assim, era impossível me conter: eu não conseguia compreender como alguém podia imaginar que levava uma vida humana andando pela rua falando ao telefone metade do tempo que estava acordado. Não, essas engenhocas provavelmente não promoveriam a reflexão junto ao grande público.

E eu reparava nas moças. Não havia como não reparar. Os dias ainda estavam quentes em Nova York, e as mulheres se vestiam de um modo tal que eu não podia ignorá-las, por mais que não quisesse ser excitado pelos desejos que haviam sido extintos pela decisão de viver isolado junto a uma reserva biológica. Eu sabia, com base nas minhas idas a Athena, que agora as estudantes universitárias se exibiam sem nenhum sentimento de vergonha ou temor, mas o fenômeno só me deixou aturdido quando cheguei à cidade grande, onde o número era muitíssimo maior e a faixa etária muito mais ampla, e compreendi, invejoso, que as mulheres se vestiam daquele jeito para indicar que não estavam ali apenas para ser olhadas, e que aquele desfile provocador era apenas o desnudamento inicial. Ou talvez aquilo só tivesse esse significado para uma pessoa como eu. Talvez eu estivesse entendendo tudo errado, e aquela fosse apenas a maneira como as mulheres se vestiam agora, o decote habitual das camisetas, o modo como as roupas femininas eram desenhadas, e embora elas andassem com saias apertadas, shorts curtíssimos, sutiãs sedutores e os ventres de fora, dando a impressão de que estavam disponíveis, na verdade não estavam disponíveis coisa nenhuma — e não apenas para mim.

O que mais me deixou aturdido, porém, foi Jamie Logan. Eu não ficava tão perto de uma moça tão irresistível havia muitos anos, talvez desde o dia em que me sentara em frente a ela no restaurante de um clube de artes em Harvard. E só compreendi o quanto eu ficara desconcertado ao vê-la quando acertamos a troca de residências e voltei para o hotel, quando dei por mim pensando que seria muito agradável se não houvesse troca nenhuma — se Billy Davidoff continuasse ali onde ele queria ficar, bem em frente à pequena igreja luterana na West 71st Street, enquanto Jamie fugia do terrorismo que tanto a assustava indo morar na tranqüilidade dos montes Berkshire comigo. Ela exercia uma forte atração sobre mim, um impulso gravitacional imenso sobre o fantasma de meu desejo. Essa mulher já estava em mim antes mesmo de surgir.

O urologista que diagnosticou meu câncer quando eu tinha sessenta e dois anos comentou comigo depois, solidário: "Sei que isto não consola ninguém, mas o senhor não está sozinho — essa doença virou uma verdadeira epidemia nos Estados Unidos. Tem muitos outros homens engajados na mesma luta que o senhor. No seu caso, é uma pena eu não lhe dar esse diagnóstico só daqui a dez anos", dando a entender que, num tempo futuro, a impotência causada pela remoção da próstata seria uma perda menos dolorosa. Assim, resolvi minimizar a perda me esforçando para fazer de conta que o desejo havia diminuído naturalmente, até que entrei em contato, por menos de uma hora, com uma mulher bela, privilegiada, inteligente, tranqüila, lânguida, de trinta e dois anos, cujos temores a tornavam sedutoramente vulnerável, e conheci a amarga sensação de desamparo de um velho que, sentindo-se provocado, morre de vontade de voltar a ser um homem inteiro.

2. Enfeitiçado

Saindo do hotel e seguindo para a West 71st Street, parei numa loja de bebidas e comprei duas garrafas de vinho para meus anfitriões. Depois fui andando com passos rápidos para assistir à apuração dos votos de uma eleição sobre a qual, pela primeira vez desde que tomei consciência da política — quando Roosevelt derrotou Willkie em 1940 —, eu não sabia praticamente nada.

Toda a vida eu fora um eleitor apaixonado, e jamais votara num candidato republicano em nenhuma eleição. Na faculdade, fiz campanha para Stevenson, e minhas expectativas juvenis caíram por terra quando ele levou uma surra de Eisenhower, primeiro em 1952 e depois, mais uma vez, em 1956; e eu não conseguia acreditar no que via quando Nixon, um indivíduo tão arraigado numa patologia perversa, tão claramente fraudulento e malévolo, derrotou Humphrey em 1968, e quando, nos anos 1980, um pateta autoconfiante e vazio, cheio de sentimentos vulgares e completamente cego para todas as complexidades históricas, tornou-se objeto da adoração nacional, sendo considerado nada menos que um "grande comunicador", foi eleito e reeleito por uma maioria esmagadora de votos. E terá havido alguma outra eleição como Gore *versus* Bush, resolvida de um modo traiçoeiro, calculada à perfeição para erradicar até o último vestígio vergonhoso de ingenuidade que restasse nos cidadãos cumpridores das leis? Eu jamais mantivera distância dos antagonismos da política partidária, mas agora, tendo passado quase três quartos de século sob o fascínio da América, eu resolvera que não ia mais ser dominado a cada quatro anos por emoções infantis — emoções infantis e sofrimento adulto. Pelo menos enquanto eu permanecesse enfurnado na minha cabana, onde me era possível estar na América sem que a América voltasse a ser absorvida por mim. Além de escrever livros e voltar a estudar, pela última vez, os primeiros grandes escritores que li, todo o resto que outrora fora da maior importância agora já não importava nem um pouco, e assim abri mão de metade, se não mais, dos compromissos e envolvimentos de toda uma existência. Depois do 11 de setembro, resolvi arrancar as contradições pela raiz. Senão, eu disse a mim mesmo, você vai virar o típico maníaco das cartas à redação, o velho ranzinza do pedaço, manifestando a síndrome com toda a sua rabugice ridícula: explodindo de raiva ao ler o jornal e, à noite, ligando para os amigos para ficar bufando de indignação por causa dos lucros perniciosos que faziam o patriotismo autêntico de uma nação ferida ser explorado por um rei imbecil, e numa república ainda por cima, um rei num país livre em que slogans de liberdade são ensinados às crianças. O desprezo constante que é uma inevitabilidade para todo cidadão consciencioso durante o reinado de George W. Bush não tinha nada a ver com uma pessoa que decidira que seu maior interesse era sobreviver de um modo razoavelmente sereno — e assim comecei a anular a vontade persistente *de me informar.* Cancelei as assinaturas de revistas, parei de ler o *New York Times,* parei até de pegar de vez em quando um exemplar do *Boston Globe* quando ia comprar alguma coisa na venda. O único jornal que eu folheava regularmente era o *Berkshire Eagle*, um semanário local. Na televisão, só assistia a partidas de beisebol, e usava o rádio para ouvir música, mais nada. Para minha própria surpresa, em apenas algumas semanas rompi com aquele hábito inconsciente que estivera por trás de boa parte da minha vida mental não ligada ao trabalho, e passei a me sentir totalmente à vontade na mais completa ignorância a respeito do que estava acontecendo. Eu havia exilado meu próprio país, eu me exilara do contato erótico com as mulheres e me excluíra, cansado de guerra, do mundo do amor. Eu havia admoestado a mim mesmo. Havia escapado de minha vida e minha época. Ou, talvez, estava apenas exaurido. Minha casinha poderia perfeitamente estar à deriva em alto-mar, embora estivesse apenas a trezentos e sessenta metros de altura numa estrada de terra em Massachusetts que ficava a menos de três horas de carro da cidade de Boston e mais ou menos à mesma distância, para o sul, de Nova York.

A televisão estava ligada quando cheguei, e Billy me assegurou que a vitória era garantida — ele havia falado com um amigo que estava na sede nacional do Partido Democrata, e segundo as pesquisas de boca de urna Kerry ganharia em todos os estados onde era preciso ganhar. Billy agradeceu o vinho e disseme que Jamie tinha saído para comprar comida e voltaria logo. Como da outra vez, esbanjava simpatia e uma suavidade jovial, como se ainda não soubesse bem, e jamais viesse a saber, como exercer autoridade. Será ele apenas um remanescente, pensei, ou ainda serão comuns tipos como ele, garotos judeus de classe média que continuam marcados pela empatia familiar, a qual, ainda que seus sentimentos de proteção proporcionem uma satisfação incomparável, por vezes os deixa despreparados para a crueldade de almas menos bondosas? No meio literário nova-iorquino, em particular, eu não esperava encontrar aqueles olhos castanhos cheios de ternura, aquelas bochechas redondas e angelicais que lhe davam o ar, se não mais de um menininho protegido, de um rapaz generoso incapaz de ferir alguém, rir de escárnio ou esquivar-se da menor responsabilidade. Parecia-me que talvez fosse impossível lidar com Jamie através daquele desprendimento terno, em que as palavras e gestos estavam todos impregnados de bonomia. A inocência confiante, a doçura, a compreensão benévola — era tudo perfeito para um canalha que estivesse interessado em roubar a esposa cuja infidelidade seria, para ele, inconcebível.

O telefone tocou no momento em que Billy se preparava para abrir uma das garrafas de vinho, e ele entregou-a a mim para que eu tirasse a rolha enquanto pegava o aparelho, dizendo: "E aí?". Após um momento, olhou para mim e disse: "New Hampshire está no papo. Maryland?", Billy perguntou então ao amigo. Depois disse a mim: "Em Maryland, Kerry tem oito vezes mais votos que Bush. O fundamental é que os negros estão indo votar em massa. Ótimo, maravilha", disse Billy ao telefone, e depois que desligou virou-se para mim, feliz: "Pois então, no final das contas, não é que a gente vive mesmo numa democracia liberal?". E, para brindar aquela emoção crescente, encheu dois copos de vinho para nós. "Esses caras iam arrasar com o país", observou, "se conseguissem o segundo mandato. A gente já teve presidente ruim e sobreviveu, mas esse aí é o fim da picada. Deficiências cognitivas sérias. Dogmático. Um sujeito totalmente ignorante prestes a destruir uma coisa maravilhosa. Tem uma descrição em *Macbeth* que é perfeita pra ele. Nós lemos juntos em voz alta, eu e a Jamie. É a cena no terceiro ato com Hécate e as bruxas. 'Um filho ingrato', diz Hécate, 'odiento e irado.' George Bush em seis palavras. É uma coisa horrível. Se você é a favor dos seus filhos e de Deus, então você é republicano — enquanto isso, as pessoas que mais estão se ferrando são as que votam nele. É incrível eles conseguirem isso até mesmo num mandato. É apavorante pensar o que eles poderiam fazer num segundo mandato. Esses caras são terríveis, são perversos. Mas finalmente eles vão pagar pela arrogância e as mentiras deles."

Ainda absorto em meus pensamentos, deixei que se passassem uns dois minutos para que ele continuasse a assistir aos primeiros resultados das apurações, e então perguntei: "Como foi que você conheceu a Jamie?".

"Um milagre."

"Vocês eram colegas de faculdade."

Ele abriu um sorriso encantador, se bem que, se soubesse de meus pensamentos, teria sido melhor apelar para o punhal usado para matar Duncan. "Nem por isso deixa de ser um milagre", ele insistiu.

Percebi que não havia necessidade de me conter, que eu poderia tocar para a frente sem medo de ser descoberto. Era óbvio que Billy não podia sequer imaginar que um homem da minha idade estivesse fazendo perguntas sobre sua jovem esposa porque não conseguia pensar em outra coisa que não ela. Não era só minha idade que servia para despistar, mas também minha eminência. Como poderia pensar as piores coisas de um escritor que ele começara a ler no colegial? Era como ser apresentado a Henry Wadsworth Longfellow. Como poderia o autor de "A canção de Hiawatha" ter interesses libidinosos por Jamie?

Pelo sim, pelo não, resolvi começar com perguntas a respeito dele.

"Me fale sobre a sua família."

"Ah, eu sou a única pessoa da família que gosta de ler, mas isso não importa; é tudo gente boa. Já estão na Filadélfia há quatro gerações. Quem abriu o negócio foi meu bisavô. Ele era de Odessa. Chamava-se Sam. Os fregueses o chamavam de tio Sam, o homem do guarda-chuva. Ele fabricava e consertava guarda-chuvas. Meu avô ampliou o negócio e começou a trabalhar com malas. Nas décadas de 1910 e 20, as viagens de trem aumentaram muito e de repente todo mundo precisava de malas. E tinha gente viajando de navio, de transatlântico. Foi a era dos baús — o senhor sabe, aqueles baús enormes, pesados, que as pessoas levavam nas viagens mais prolongadas, esses que abriam na vertical e tinham dentro cabides e gavetas."

"Conheço bem esses baús", intervim. "E os outros, aqueles menores, pretos, que abriam na horizontal, como baú de pirata. Eu tinha um baú desses que levei comigo quando fui pra faculdade. Quase todo mundo tinha. Era de madeira, e os cantos eram protegidos com metal, os mais sofisticados eram reforçados com tiras de metal, o fecho era de latão, aquilo resistia até a um terremoto. A gente despachava o baú pela Railway Express. Levava-se a bagagem até a estação e se entregava tudo ao funcionário da Railway Express. Naquele tempo, o funcionário da Pennsylvania Station em Newark ainda usava uma viseira verde e guardava o lápis atrás da orelha. Ele pesava o baú, você pagava por quilo, e lá se iam as suas meias e cuecas."

"É, toda a cidade melhorzinha tinha uma malaria, e nos magazines sempre havia uma seção de malas. Foram as aeromoças", disse Billy, "que revolucionaram a imagem que as pessoas tinham da bagagem nos anos cinqüenta — elas perceberam que as malas podiam ser leves e chiques. Foi mais ou menos nessa época que meu pai começou a trabalhar e modernizou a loja, mudando o nome para Bagagem Elegante Davidoff. Até então, ainda se usava o nome original, Samuel Davidoff e Filhos. Foi então que surgiram as malas com rodinhas — e isso aí, de forma bem resumida, é a história do comércio de malas. A versão completa tem milhares de páginas."

"Então você está escrevendo sobre a loja da família?"

Ele fez que sim, deu de ombros, suspirou. "E sobre a família também. Quer dizer, estou tentando. Eu meio que fui criado na loja. Ouvi milhares de histórias do meu avô. Toda vez que vou visitá-lo eu encho mais um caderno. Já tenho histórias pra durar minha vida toda. Mas a questão está no modo como a gente conta a história, não é?"

"E a Jamie, como foi a infância dela?"

E então ele me contou tudo, estendendo-se profusamente sobre as realizações de sua mulher: Kinkaid, o colégio particular exclusivo em Houston, que ela concluiu em primeiro lugar; sua carreira acadêmica de destaque em Harvard, onde se formou com as honras mais elevadas; River Oaks, o bairro luxuoso de Houston em que morava sua família; o Houston Country Club, onde ela jogava tênis e nadava e realizara seu baile de debutante, contra a vontade; sua mãe, uma mulher convencional cujas vontades ela tentava fazer, e o pai, um homem difícil que nunca estava satisfeito com ela; seus lugares prediletos, onde levou Billy quando foi com ele pela primeira vez passar o Natal em Houston; os lugares onde brincava quando criança, que ele fez questão de conhecer, e a beleza ameaçadora dos feios *bayous* de Houston ao amanhecer, aqueles riachos de águas turvas em que Jamie, rebelde, costumava nadar com uma irmã mais velha que era da pá virada, a qual, Billy me disse, pronunciava a palavra *bayou* com "ô" no final, como faziam os houstonianos da velha cepa.

Eu apenas lhe pedira que me falasse sobre ela; Billy atendeu meu pedido fazendo o tipo de discurso apropriado à inauguração de um prédio grandioso. Não havia nada de estranho naquela demonstração de ternura e dedicação — os homens apaixonados são capazes de transformar em shangri-lá até mesmo Buffalo, se for essa a cidade natal da mulher amada —, no entanto a paixão de Billy por Jamie e pela infância dela no Texas era tão escancarada que dava a impressão de ele estar me falando de uma pessoa com quem ele sonhara numa prisão. Ou da Jamie com que *eu* sonhara numa prisão. Era tal como devia ser numa obra-prima de devoção masculina: sua veneração pela esposa era o vínculo mais forte que ele tinha na vida.

Declamou uma verdadeira elegia ao descrever o trajeto que seguia com Jamie quando os dois faziam *jogging*, sempre que iam visitar a família dela.

"River Oaks, o bairro deles, é uma anomalia em Houston. Um bairro antigo com casas antigas, se bem que tinha umas bem bonitas que foram derrubadas pra dar lugar a mansões modernosas. O bairro da Jamie é um dos poucos da cidade em que as pessoas ainda têm certo apego ao passado. Casas bonitas, carvalhos enormes, pés de magnólia, alguns pinheiros. Jardins imensos, muito bem cuidados. Equipes de jardineiros. Mexicanos. Às quintas e sextas as ruas ficam cheias de caminhões de empresas de jardinagem, e um verdadeiro exército de trabalhadores fica aparando, cortando grama, plantando, preparando tudo pro fim de semana, pras festas que vai haver. Quando fazemos *jogging*, passamos pela parte mais antiga de River Oaks, onde as velhas famílias do petróleo são proprietárias de terrenos bem grandes há duas ou três gerações. Passamos correndo pelas casas mais antigas, entramos numa rua mais movimentada e aí chegamos no *bayou* que vai de River Oaks até um parque onde você pode correr por vários quilômetros, chegando no centro da cidade. Ou então a gente corre só até o rio e volta. De manhã bem cedinho, é fresco e é maravilhoso. Aquela parte tranqüila e discreta de River Oaks, onde as pessoas não se dedicam ao consumo conspícuo nem estacionam não sei quantas Mercedes na frente dos casarões horríveis, ali é muito bonito. Tem um jardim de roseiras que é o nosso favorito, um projeto da comunidade, quem cuida dele são os moradores. Adoro correr de manhã com a Jamie e passar por esse jardim de roseiras. Tem umas propriedades mais antigas que os fundos dão pro *bayou*, e pra chegar até lá e correr junto à margem do rio temos que sair de River Oaks. E aí tem o resto da cidade de Houston. River Oaks é uma espécie de ilha de prosperidade uniforme, famílias de dinheiro velho e de dinheiro novo que estão no alto da pirâmide social de Houston, e boa parte do resto da cidade é quente, úmida, chata e feia — salões de tatuagem ao lado de edifícios comerciais, casas velhas com lojas de tênis, tudo amontoado de qualquer jeito. Pra mim, a coisa mais bonita que tem na cidade é o cemitério velho, com aqueles carvalhos antigos, é lá que estão enterrados alguns parentes da Jamie, bem perto dos *bayous*, quase no centro da cidade."

"A família da Jamie é dinheiro velho ou dinheiro novo?", perguntei.

"Velho. Dinheiro velho é petróleo, dinheiro novo é profissional liberal."

"O dinheiro velho é velho mesmo?"

"Nem tanto, porque Houston é uma cidade relativamente nova. Mas é do tempo dos magnatas do petróleo como o avô da Jamie, não sei exatamente quando."

"E como é que o dinheiro velho de Houston encarou o fato de você ser judeu?", indaguei.

"Os pais dela não gostaram nem um pouco. A mãe só chorou. Agora, o pai é que foi um exagero. Quando a Jamie foi lá dizer a eles que nós estávamos noivos, ele enfiou a cara nas mãos, e daí em diante passou a fazer isso toda vez que meu nome era mencionado. Ela mandava um e-mail pra ele da faculdade e ele, de propósito, demorava três, quatro semanas pra responder. Ela verificava os e-mails de hora em hora, e nada de chegar a resposta. Um tirano e um grosso, esse sujeito. Um pai horroroso. Egoísta. Sem consideração por ninguém. Dado a explosões de raiva. Completamente irracional. Dominador. Venenoso. Um grosso e um filho-da-puta de quatro costados. Imagina só, não respondia as mensagens da filha de propósito, pra que ela mudasse de idéia, explorando conscientemente os bons sentimentos da filha pra que ela ficasse achando que quem estava errada era ela. Ele quer *esmagar* a Jamie. E a mim também, claro. Eu nunca tinha visto esse sujeito na vida, nem ele tinha me visto, e ele já queria me fazer mal. E quem é que já quis me fazer mal alguma vez? Que eu saiba, senhor Zuckerman, ninguém. Mas esse bruto se acha no direito de fazer mal ao homem que a filha dele ama! Ora, a Jamie é uma boa filha, uma ótima filha — ela fez o possível pra tentar amar essa pessoa que nunca tinha razão, tentou ao máximo, por mais que detestasse o jeito como ele maltratava a mãe dela, as posições políticas dele, os amigos dele, um bando de direitistas arrogantes. Depois de um silêncio de três semanas, ele finalmente manda pra ela uma mensagem com uma única frase: 'Eu adoro você, minha querida, mas não posso aceitar esse rapaz'. Mas a Jamie Logan tem peito, tem dignidade e tem peito, e embora o dinheiro todo seja controlado pelo velho, e embora ele começasse a dar a entender, sem muita sutileza, que se ela resolvesse mesmo se casar com um judeu ele não daria um tostão mais a ela, nem assim a Jamie cedeu. Ela agüentou firme, e no final das contas o filho-da-puta preconceituoso ou bem engolia a raiva e me aceitava ou bem perdia a filha adorada que sempre foi primeira aluna em tudo. Uma outra garota de vinte e cinco anos que não tivesse a coragem e a independência dela entregava os pontos. Mas com a Jamie a história é outra. Não é uma menina mimada, não é falsa, não é desprovida de princípios, e jamais se submeteria a uma coisa que ela acha insuportável. A Jamie é a maior. Ela me disse: 'Eu amo você e quero você e não vou ser escrava do dinheiro dele'. Ela só faltou mandar o pai enfiar o dinheiro dele naquele lugar, e assim foi *a filha* que acabou esmagando o pai. Ah, senhor Zuckerman, foi uma beleza ver a Jamie resistindo. E olha que, pensando bem, ele já devia estar acostumado com isso quando ela me conheceu. Quer dizer, essa coisa da Jamie com os judeus. O clube deles agora permite o ingresso de judeus. Antes não permitia, no tempo dos avós dela, ou até mesmo quinze anos atrás, na geração dos pais dela. É tudo muito novo. Agora o Kinkaid tem alunos judeus e negros. Isso é relativamente novo. As garotas judias eram as colegas de estudo da Jamie. O senhor pode imaginar como o velho ranzinza encarava isso. Mas essas moças eram talentosas e inteligentes, e não tentavam esconder que eram estudiosas pra não perder a popularidade. O irmão de uma das amigas judias da Jamie — Nelson Speilman, que estudou no St. Johns, outro colégio de elite de Houston — foi namorado dela por dois anos, até que ele foi estudar em Princeton um ano antes dela terminar o colegial. A Jamie era uma aluna estudiosa num lugar muito protegido, onde ser socialmente aceitável era a única coisa que importava. É uma escola em que o time de futebol americano vota na eleição da rainha dos formandos e as garotas não podem ser vistas com um aluno de escola pública, só com garotos do Kinkaid ou do St. Johns. Os garotos do Kinkaid andam de Bronco, vão a caçadas, acompanham os esportes, e todos querem estudar na University of Texas, e bebem muito, e os pais fingem que não vêem os filhos bebendo."

"Você sabe tudo sobre o colégio dela. Sabe tudo sobre a cidade dela."

"Eu sou fascinado", Billy respondeu, rindo. "Sou mesmo. Sou escravo das origens da Jamie."

"E isso nunca aconteceu com nenhuma namorada que você teve antes dela?"

"Nunca."

"É", comentei, "isso aí já é um bom motivo pra uma pessoa se casar."

"Ah", ele replicou num tom jocoso, "tem outros também."

"Imagino", concordei.

"Ela me faz sentir orgulhoso o tempo todo. Sabe o que ela fez há quatro anos, quando a irmã mais velha dela, a Jessie, a que era da pá virada, estava morrendo de esclerose lateral amiotrófica? Ela pegou um avião, foi pra Houston e ficou lá, na cabeceira da Jessie, cuidando da irmã até ela morrer. Ficou lá dia e noite, cinco meses horrorosos, enquanto eu estava aqui em Nova York. Essa doença é um pesadelo. Normalmente as pessoas só pegam depois dos cinqüenta anos, mas a Jessie estava com trinta quando de repente começou a sentir uma fraqueza nas mãos e nos pés, e teve o diagnóstico. Com o tempo, todos os neurônios ligados às funções motoras vão embora, mas como o cérebro é poupado, a pessoa tem plena consciência de que é um cadáver vivo. No final, a única coisa que a Jessie conseguia mexer eram as pálpebras. Era assim que ela se comunicava com a Jamie, piscando. A Jamie passou cinco meses ao lado dela. Dormia numa cama desmontável instalada no quarto da irmã. A mãe delas ficou arrasada desde o início e não ajudou em absolutamente nada, e o pai, do começo ao fim, agiu exatamente como se esperava dele — não quis nenhum contato com a filha que havia causado todo aquele inconveniente a ele pegando uma doença fatal. Não queria cuidar da Jessie e depois de algum tempo nem mesmo entrava no quarto da filha pra falar com ela, dizer alguma coisa tranqüilizadora, quanto mais pegar nela ou dar um beijo nela. Continuou ganhando dinheiro como se tudo em casa estivesse indo muito bem, enquanto a filha mais moça dele, com vinte e seis anos, estava ajudando a irmã mais velha, de trinta e quatro, a morrer. Mas na véspera, na noite antes da morte da Jessica, ele estava na cozinha com a Jamie, a empregada estava preparando comida pra eles, e de repente ele começou a chorar. Na cozinha, finalmente ele começou a chorar como um menino. Ficou agarrado à Jamie, e sabe o que ele disse? 'Eu preferia que fosse eu em vez dela.' E sabe o que foi que a Jamie respondeu? 'Eu também.' Foi por essa garota que eu me apaixonei. Foi com ela que me casei. A Jamie é assim."

Quando entrou no apartamento carregando as sacolas de compras, Jamie disse: "Na rua, uma pessoa me disse que a situação não está boa no Ohio".

"Eu acabei de falar com o Nick", retrucou Billy. "O Kerry vai ganhar no Ohio."

Ela virou-se para mim. "Eu nem sei o que eu faço se o Bush ganhar outra vez. Vai ser o fim de toda uma forma de vida política. A intolerância deles está voltada contra a sociedade liberal. Com isso, os valores do liberalismo vão continuar a ser derrubados. Vai ser terrível. Não sei se eu agüentaria conviver com isso."

Enquanto ela falava depressa, Billy pegou as compras e levou-as à cozinha, para preparar tudo.

"Nós herdamos um instrumento flexível", respondi. "A gente agüenta muita coisa."

Minha tentativa de consolá-la, ao que parecia, foi encarada por Jamie como condescendência, e ela reagiu à suposta afronta com um tom quase indignado. "O senhor já viveu outra eleição como esta? Com a importância desta?"

"Algumas. Esta foi a que eu não acompanhei."

"Não?"

"Eu expliquei a vocês da outra vez — não acompanho mais essas coisas."

"Então pro senhor tanto faz quem ganhar." Dirigiu-me um olhar de reprovação, censurando aquela minha indiferença assumida.

"Eu não disse isso."

"Essa gente é terrível, perversa", ela ecoou as palavras do marido. "Eu conheço essas pessoas. Eu fui criada entre elas. Não seria só uma pena elas ganharem — pode acabar em tragédia. A guinada à direita neste país é um movimento que quer substituir as instituições políticas pela moralidade — a moralidade *deles*. Sexo e Deus. Xenofobia. Uma cultura de total intolerância..."

Ela estava tão abalada pelo mundo ameaçador em que vivia que não conseguia se conter — e, por algum motivo, tampouco me tratar com a civilidade adequada —, por isso fiquei a ouvi-la sem fazer nenhuma outra tentativa insensata de embarcar na demanda pelo Santo Graal de sua atenção. O corpo esguio, de seios fartos, e a cortina de cabelos negros me agradavam tanto quanto da vez anterior, quando vim conhecer o apartamento. Jamie voltara das compras com uma jaqueta justa de veludo cotelê, que ela retirou assim que Billy pegou as sacolas de compras — e em seguida descalçou as botas marrom-escuras de salto baixo. Por baixo da jaqueta, usava uma suéter de *cashmere* escura, de gola rulê, também justa, como era justo o jeans escuro com uma discreta boca-de-sino, talvez para caberem as botas. Para andar em casa, ela havia calçado sapatos sem salto que lembravam sapatilhas. Embora o cálculo fosse sutil, ela não dava a impressão de estar inteiramente voltada para fins inocentes vestida daquele jeito, e tampouco insegura quanto a seu poder de conquistar a admiração dos homens. Seria ela indiferente ao fato de que eu ficara tão impressionado quanto os outros? Se era, por que havia se produzido tanto só para fazer compras e depois assistir à apuração do resultado da eleição? Por outro lado, talvez ela se vestisse de modo mais atraente sempre que havia uma pessoa estranha em casa. Fosse como fosse, o atrativo das roupas era acompanhado pela voz, pela fala rápida, cálida e musical, até mesmo quando ela estava irritada, e o forte sotaque texano, da sua região do Texas, as vogais relaxadas, macias, em particular o "i", e seu jeito de ligar uma palavra à outra preguiçosamente, fundindo-as. Não era aquele sotaque texano áspero — aquela fala de caubói de George W. Bush —, e sim a fala dos texanos cultos, mais próxima do dialeto sulista, que o Bush pai, nortista, adotou. Há algo de aristocrático nesse falar, pelo menos no de Jamie Logan. Talvez seja apenas o dialeto de River Oaks e do colégio Kinkaid.

Fiquei tão satisfeito quanto Billy de vê-la em casa. Não importava se as roupas não tinham nada a ver com a minha presença. Havia algo de profundamente excitante no modo como ela fazia questão de não ligar para mim. Não há uma situação que um homem apaixonado não consiga explorar em proveito próprio. Olhar para ela provocava um choque visual — eu absorvia sua imagem com os olhos do mesmo modo como um engolidor de espadas engole uma espada.

Como se falasse com uma criança doente, Billy disse: "Você não vai ficar arrasada. Você vai dançar no meio da rua".

"Não", ela retrucou, "não, este país é um poço de ignorância. Eu sei — eu fui criada no interior. O Bush sabe falar com as bases ignorantes. Este país é muito atrasado, e as pessoas são muito fáceis de enrolar, e ele é um vigarista consumado..." Ao que parecia, fazia meses que ela vinha remoendo tais pensamentos, e agora, naquele momento, estava transbordando, e eu me perguntava se ela não seria o tipo de pessoa incapaz de dizer algo sem ser a sério, ou se a eleição era mais importante do que tudo naquele momento e eu não podia fazer idéia de como seria Jamie fora de uma situação de crise, ou se ela sempre reagia ao mundo externo com aquela intensidade sofrida.

Sentamo-nos em torno da mesa de centro com os pratos, talheres e guardanapos de linho que Billy havia trazido, servindo-nos das travessas, e enquanto enxugávamos as duas garrafas de vinho que eu trouxera, olhávamos para a televisão, onde os resultados parciais iam sendo divulgados, estado por estado. A partir das dez horas, os telefonemas de Nick, na sede do Partido Democrata, começaram a ficar cada vez menos otimistas, e por volta das dez e quarenta e cinco tornaram-se catastróficos. "Pelo visto", disse Billy depois que desligou, "as pesquisas de boca de urna não se confirmaram. As coisas não estão nada boas no Ohio, e ele não vai ganhar nem em Iowa nem no Novo México. A Flórida já está perdida."

A maioria dessas informações já tinha sido dada pela televisão, mas Jamie não acreditava naquelas tabulações, e por isso o telefonema de Nick a fez chorar, já um pouco bêbada. "Então esta é a véspera do dia em que as coisas vão piorar ainda mais! Eu nem sei o que pensar!" Enquanto isso, eu pensava: em algum momento, vai cair a ficha da derrota, mas até então ela vai se esforçar para exorcizar as ilusões. Até lá, vai ficar se debatendo de dor ou então fugir para o esconderijo como um animal ferido. Escondendo-se na minha casa. Com essas roupas. Sem roupa nenhuma. Na minha cama, ao lado de Billy, sem roupa.

"Eu nem sei o que pensar!", ela exclamou outra vez. "Agora não há nada mais que segure essa gente, fora a al-Qaeda."

"Meu bem", disse Billy em voz baixa, "a gente ainda não sabe que vai acontecer. Vamos esperar."

"Ah, o mundo é tão burro", Jamie explodiu, com lágrimas nos olhos. "Da outra vez, parecia que tinha sido um acaso. Teve o negócio na Flórida. E a candidatura do Nader. Mas isto, agora, não dá pra entender! Eu não acredito! É inacreditável! Eu vou sair agora mesmo e vou fazer um aborto. Não quero nem saber se estou grávida ou não. O negócio é abortar enquanto eles não proíbem!"

Ela olhava para mim durante essa exibição de humor negro, agora sem antipatia — olhava para mim como se olhasse para a pessoa que a estava ajudando a sair de um prédio em chamas ou de um carro acidentado, como se um observador pudesse ter algo a dizer que explicasse a catástrofe que mudou tudo. Todas as coisas que me ocorreram dizer haveriam de lhe parecer banalidades insinceras. Pensei em repetir: a gente agüenta muita coisa. Pensei em dizer: neste país, quem pensa como você acaba fracassando nove entre dez vezes. Pensei em dizer: a coisa está ruim, mas pior foi acordar de manhã depois do dia em que bombardearam Pearl Harbor. A coisa está ruim, mas pior foi acordar de manhã depois do dia em que mataram Kennedy. A coisa está ruim, mas pior foi acordar de manhã depois do dia em que mataram Martin Luther King. A coisa está ruim, mas pior foi acordar de manhã depois do dia em que mataram os estudantes na Kent State University. Pensei em dizer: todos nós já passamos por isso. Mas não disse nada. Ela não queria ouvir nada, na verdade. Queria um assassinato. Queria acordar de manhã depois do dia em que matassem George Bush.

Foi Billy quem falou. "Alguma coisa vai acabar com eles, meu bem. O terror vai acabar com eles."

"Ah, faz sentido viver desse jeito?", Jamie perguntou, e seu desânimo era tão profundo, e sua vulnerabilidade tão à flor da pele, que ela começou a soluçar.

Os dois telefones celulares do casal começaram a tocar ao mesmo tempo — eram os amigos, cruelmente decepcionados, muitos deles chorando também. A primeira vez, como dissera Jamie, parecera um acaso, mas esta agora era a segunda derrocada eleitoral arrasadora do idealismo deles, era o momento de assimilar a dura realidade de que, por mais que o desejassem, seria impossível fazer o país voltar a ser a fortaleza rooseveltiana que fora cerca de quarenta anos antes de eles nascerem. Embora fossem inteligentes, articulados e cheios de *savoir-faire*, e embora Jamie conhecesse a América dos republicanos ricos e o tipo de ignorância gerada no Texas, os dois não faziam idéia do que era a grande massa da população americana, e jamais tinham visto com tanta clareza que não eram pessoas instruídas como eles que determinariam o destino do país, e sim dezenas de milhões de cidadãos muito diferentes deles, pessoas que eles não conheciam, as quais deram a Bush uma segunda oportunidade, como dissera Billy, de "destruir uma coisa maravilhosa".

Fiquei imóvel, naquele apartamento que em breve se tornaria o lar onde eu despertaria todas as manhãs, ouvindo aqueles dois, que em breve despertariam todos os dias na minha casa, um lugar onde, se você quisesse, era possível sufocar a raiva despertada pela constatação de que as coisas são muito piores do que se imaginava e a tristeza causada pela idéia de que o país havia se rebaixado tanto, e, para quem ainda tinha juventude e esperança, e vivia absorto em seu próprio mundo e entusiasmado por suas próprias expectativas, aprender a se desligar da situação dos Estados Unidos em 2004 — viver sem se torturar por causa da burrice e corrupção gerais — e procurar se realizar com seus livros, sua música, seu companheiro, seu jardim. Olhando para aqueles dois, era fácil compreender por que pessoas daquela idade, com aquele envolvimento, podiam querer fugir de um país que havia se transformado no tipo de paixão que só proporciona dissabores.

"Terrorismo?", Jamie exclamava ao celular. "Mas em todos os estados afetados pelo terrorismo, os lugares onde a coisa aconteceu e os lugares onde moravam as pessoas que morreram — todo mundo votou no Kerry! Nova York, Nova Jersey, Distrito de Colúmbia, Maryland, Pensilvânia —, nenhum desses estados queria o Bush! Olhe só pro mapa, a leste do Mississippi. É a União contra a Confederação. Igualzinho à Guerra da Secessão. O Bush ganhou na antiga Confederação!"

"Quer saber qual vai ser a próxima guerra idiota?", dizia Billy a alguém. "Eles precisam de uma vitória. Precisam de uma vitória fácil, sem uma ocupação complicada depois. Pois bem, está logo ali, a cento e cinqüenta quilômetros da costa da Flórida. Eles vão inventar uma ligação entre Fidel Castro e a al-Qaeda e aí vão declarar guerra a Cuba. O governo provisório já está pronto, em Miami. Os mapas das propriedades já foram desenhados. É esperar pra ver. Na guerra deles contra os infiéis, Cuba vai ser a próxima. E quem é que vai impedir isso? Eles não precisam nem da al-Qaeda. Eles querem é mais violência, e Cuba por si só já é criminosa o bastante pra justificar. A turma que elegeu o Bush vai adorar. Vamos empurrar os últimos comunistas pra dentro do mar."

Fiquei lá mais um tempo, e ainda pude ouvi-los conversando com os pais. A essa altura, já estavam tão esgotados que só podiam desejar ter pais a quem pudessem expor suas emoções e receber apoio em troca. Os dois eram filhos conscienciosos, e assim, quando chegou a hora, ligaram para os pais, mas os pais de Jamie, eu sabia com base no que Billy me dissera sobre as origens dela, eram membros do mesmo clube que Bush pai — e assim, ao telefone, Jamie tentava em vão se lembrar de que era uma mulher casada, que morava a mais de mil e quinhentos quilômetros do lugar onde havia sido doutrinada para se tornar membro da elite por texanos ultraconservadores, chefiados por seu pai, um homem que ela desprezava acima de tudo por ele ter ignorado sua irmã agonizante com a maior insensibilidade, e a quem ela obstinadamente desafiara a deserdá-la por ter desposado um judeu.

A essa altura, Jamie já era bem mais do que uma pessoa bonita que eu contemplava. Na sua voz, percebia-se o quanto se sentia arrasada, ainda mais por saber que seus pais eram o tipo de gente que sua consciência liberal não conseguia suportar, e no entanto ela continuava a ser filha deles e, ao que parecia, ainda sentia necessidade de recorrer a eles num momento de crise. Dava para perceber ao mesmo tempo o vínculo forte e a luta encarniçada para romper aquele vínculo. Dava para perceber que ela forjara uma nova personalidade a duras penas, e que isso de pouco havia adiantado.

Os pais de Billy, na Filadélfia, não eram de modo algum pessoas distantes, antagonistas, desagradáveis, e sim, isso era claro, muito queridas; no entanto, tendo desligado o telefone, Billy sacudiu a cabeça e teve de esvaziar o copo de vinho, cheio até a metade, antes de falar. Seu rosto simpático não conseguia ocultar o desapontamento e a humilhação que ele sentia, e sua ternura, sempre antenada com os sentimentos dos outros, não lhe permitia externar a sua repulsa, o que talvez ajudasse a diminuir o sofrimento. Naquele momento, um coração terno não tinha nenhuma função útil, e Billy estava perplexo. "Meu pai votou no Bush", disse, atônito, como se tivesse ficado sabendo que seu pai havia assaltado um banco. "Minha mãe me contou. Quando perguntei por quê, ela disse: 'Israel'. Ela tinha convencido meu pai a votar no Kerry, e quando ele saiu da cabine, disse: 'Fiz isso por Israel'. 'Tive vontade de matar seu pai', ela me disse. 'Ele continua achando que vão encontrar as tais armas de destruição em massa.'"

Quando voltei ao hotel, escrevi esta pequena cena:

ELE
Você não me disse que nós já tínhamos nos conhecido.

ELA

Eu achei que não valia a pena dizer. Achei que você não se lembrava mais.

ELE

Eu achei que talvez *você* não se lembrasse.

ELA

Não, eu me lembro, sim.

ELE

Você lembra onde a gente se conheceu?

ELA

Foi no Signet.

ELE

Isso mesmo. Lembra o dia?

ELA

Lembro muito bem. Eu era sócia do Signet, mas não costumava almoçar lá. E aí uma amiga minha me ligou pra dizer que tinha convidado você pra almoçar no dia seguinte, ela não tinha certeza se você ia, mas você disse que ia, sim, e que eu devia ir. Aí eu fui. Eu levei o Richard, e tive a sorte de ficar na sua mesa e não na mesa da outra sala. Eu me sentei e você ficou bem na nossa mesa, e eu passei o almoço olhando pra você.

ELE

Você não disse nada, mas ficou olhando.

ELA

(*Rindo como quem pede desculpas*) Desculpe se eu fui assanhada.

ELE

Eu também fiquei olhando para você. E não foi só por autodefesa, não. Você se lembra disso?

ELA

Eu achei que fosse a minha imaginação. Não dava pra acreditar que era uma reação. Não dava pra acreditar que você estava prestando atenção em mim. Eu achava você inacessível. Você lembra mesmo que eu estava sentada à sua frente — falando sério?

ELE

Foi só há dez anos.

ELA

Dez anos é muito tempo pra lembrar de uma pessoa com quem você não falou. Que impressão você teve de mim?

ELE

Eu não sabia se você era tímida ou se tinha só uma serenidade e uma reserva muito grandes.

ELA

As duas coisas.

ELE

Você tinha assistido a minha leitura na véspera?

ELA

Tinha, sim. Eu me lembro de estar sentada na sala, num daqueles sofás de couro, depois do almoço. Mais ou menos metade dos alunos ficou. Eu pensei que devia ser uma coisa meio constrangedora pra aquele homem. Todo mundo lá em volta dele, esperando ele dizer alguma coisa que depois a gente pudesse escrever no diário quando chegasse em casa.

ELE

Você chegou em casa e escreveu no seu diário?

ELA

Vou ter que dar uma olhada no meu diário. Posso verificar. Se você quiser, eu vejo, mesmo. Eu guardo todos os meus diários. O que você achou daquele dia?

ELE

Não me lembro o que eu pensei. Não era raro me pedirem pra fazer isso. Normalmente é uma aula que as pessoas têm que assistir. A gente vai lá e depois volta pra casa. Mas por que você não falou nisso no outro dia, quando a gente se viu?

ELA

Dizer que uma vez passei o almoço inteiro olhando pra você? Pra quê? Não sei, eu não estava guardando segredo, não. Nós vamos trocar de casa. Eu achei que não tinha por que contar que uma vez eu estava na platéia olhando pra você, na faculdade. Por que é que *você* topou ir almoçar com um bando de alunos de graduação?

ELE

Eu devo ter achado que talvez fosse interessante. Na noite anterior, eu tinha feito uma leitura de mais ou menos uma hora e respondido algumas perguntas. Eu só havia me encontrado com as pessoas que me convidaram. Não me lembro de mais nada desse dia, só de você.

ELA

(*Rindo*) Você está flertando comigo?

ELE

Estou.

ELA

Isso é tão improvável que é quase impossível de acreditar.

ELE

De jeito nenhum. Não é nada improvável, não.

Ao reler a cena na cama antes de dormir, pensei: está aí uma coisa que não devia ter sido feita. Pronto, agora você está completamente obcecado por ela.

No dia seguinte, o ambiente em Nova York estava terrível, muita gente com raiva andando pelas ruas com expressões de depressão e incredulidade no rosto. Estava silencioso, o tráfego tão ralo que mal dava para ouvir os automóveis no Central Park, onde fui me encontrar com Kliman num banco não muito longe do Metropolitan Museum. Na véspera, havia uma mensagem dele na secretária eletrônica no meu quarto de hotel, quando voltei da West 71st Street por volta de meia-noite. Seria fácil ignorá-la, e era essa a minha intenção, mas depois, enfeitiçado por aquela reimersão impetuosa — e estimulado pela perspectiva de me encontrar com Amy Bellete, pois era provável que eu conseguisse seu endereço com Kliman —, na manhã seguinte liguei para o número que ele havia deixado, embora um dia antes tivesse batido o telefone em sua cara duas vezes.

93

"Calígula venceu", disse ele, atendendo o telefone. Pensava que fosse outra pessoa, e depois de um instante eu disse: "É o que parece, mas aqui é o Zuckerman". "Hoje é um dia negro, senhor Zuckerman. Passei a manhã inteira engolindo sapo. Eu não conseguia acreditar que isso fosse acontecer. As pessoas votaram nos valores morais? Que valores são esses? Mentir pra meter o país numa guerra? Que idiotice! Que idiotice! O Supremo Tribunal. O Rehnquist já está com um pé na cova. O Bush vai escolher o Clarence Thomas pra presidente do Supremo. Vai poder nomear mais dois, três, talvez até quatro membros do Supremo — é um horror!"

"Você deixou uma mensagem pra mim ontem à noite, a respeito do nosso encontro."

"É mesmo?", ele perguntou. "Passei a noite em claro. Ninguém que eu conheço dormiu. Um amigo meu que trabalha na biblioteca da Forty-second Street disse que tem gente chorando na escadaria da biblioteca."

Eu conhecia bem as emoções teatrais que os horrores da política inspiram. Desde que, em 1965, o candidato da paz, Lyndon Johnson, se transformou em falcão, até que, em 1974, Richard Nixon, à beira do impeachment, renunciou, quase todo mundo que eu conhecia tinha uma história dessas em seu repertório. Você fica arrasado, irritado, um pouco histérico, ou então feliz da vida, sentindo-se vingado pela primeira vez em dez anos, e a única maneira de se acalmar é fazer um grande teatro. Mas agora eu era apenas um espectador. Eu não participava do drama público; o drama público não entrava na minha vida.

"Religião!", exclamava Kliman. "Por que é que eles não adotam a bola de cristal pra saber o que é a verdade? Imagine se descobrem que a evolução não tem nada a ver, que Darwin era mesmo maluco. Será que ele é tão maluco quanto o livro do Gênese, com a história da criação do homem? Essas pessoas não acreditam no conhecimento. Elas não acreditam no conhecimento do mesmo modo que eu não acredito na fé. Tenho vontade de sair na rua", disse Kliman, "e fazer um longo discurso."

"Não ia adiantar", retruquei.

"O senhor é uma pessoa vivida. O que é que adianta?"

"A solução da senilidade: o esquecimento."

"O senhor não está senil", disse Kliman.

"Mas eu esqueci."

"Tudo?", perguntou, abrindo o caminho para uma relação possível que ele poderia tentar explorar: o jovem pedindo sábios conselhos ao velho.

"Tudo", respondi, de certo modo dizendo a verdade — e como se eu tivesse caído na armadilha dele.

Kliman estava fazendo *jogging* em torno daquele gramado oval grande, e fez sinal para mim quando me aproximei do banco do Central Park em que tínhamos combinado nos encontrar. Esperei por ele, achando que, tendo cometido o erro inicial — vir a Nova York para fazer o procedimento de colágeno —, em vez de pensar nas coisas com cuidado, eu agora zanzava de modo errático, embarcando num projeto de renovação que eu nem sequer desconfiava que pudesse ter algum atrativo para mim. Perturbar a unidade fundamental da vida, transformar a previsibilidade da rotina aos setenta e um anos de idade? Nada poderia ser uma fonte mais infalível de desorientação, frustração, até mesmo de desgraça.

Disse Kliman: "Eu tinha que tirar esses putos da minha cabeça. Achei que dar uma corrida ia ajudar. Não adiantou".

Ele não era um rapaz rechonchudo e simpático como Billy, porém pesava noventa e tantos quilos e tinha mais de um metro e noventa de altura, um rapagão ágil e imponente, com farta cabeleira negra e olhos cinza-claros, com o efeito deslumbrante que os olhos dessa cor sempre têm num animal da espécie humana. Um belo físico de zagueiro feito para atuar como bate-estaca. Minha primeira impressão (pouco confiável) era de uma pessoa que também se sentia constrangida por uma estupefação generalizada — com apenas vinte e oito anos, ele já se sentia derrotado pela constatação de que o mundo não estava disposto a se submeter sem protestos a sua força e sua beleza, e às necessidades pessoais urgentes que elas serviam. Era isso que seu rosto exprimia: o reconhecimento indignado de uma resistência inesperada, absolutamente ridícula. Sem dúvida alguma, ele teria sido para Jamie um namorado muito diferente do rapaz com quem ela se casou. Se Billy tinha o tato discreto e eficiente de um irmão prestativo, Kliman ainda conservava muito do valentão da hora do recreio. Foi o que percebi quando ele me telefonou no hotel, e não deu outra: autocontrole não era seu forte. Logo constatei que também não era o meu.

De short, tênis de corrida e camiseta suada, sentou-se ao meu lado, deprimido, cotovelos nos joelhos e cabeça apoiada nas mãos. Pingando suor — é assim que ele vem ao encontro de uma pessoa que é um componente-chave de seu primeiro empreendimento profissional importante, uma pessoa que ele quer desesperadamente conquistar. Bem, trata-se de uma pessoa autêntica, pensei, seja lá o que for além disso, e se é um oportunista ao menos não é a espécie de oportunista consumado e interesseiro que eu havia imaginado com base na nossa primeira conversa.

Ele ainda não havia terminado de se manifestar sobre a eleição. "Um governo direitista motivado pela ganância insaciável e mantido através de mentiras assassinas, liderado por um cretino privilegiado: é isso que encarna a visão infantil que este país tem da moralidade? Como é que a gente pode conviver com uma coisa tão grotesca? Como é que a gente pode se isolar de uma burrice tão abissal?"

Eles teriam concluído a faculdade há seis ou oito anos, pensei, de modo que a derrota de Kerry para Bush estava passando a ocupar um lugar proeminente no aglomerado de choques históricos extremos que mentalmente daria forma à sua relação com a nacionalidade, tal como a guerra do Vietnã definiu de modo público a geração dos pais deles e a depressão econômica e a Segunda Guerra Mundial construíram as expectativas de meus pais e dos amigos deles. Primeiro, a maracutaia quase escancarada que dera a Bush a presidência em 2000; depois, os ataques terroristas de 2001 e a imagem inesquecível das pessoas, pequeninas como bonecos, pulando das janelas mais altas das torres em chamas; e agora isto, o segundo triunfo do "ignorante" que lhes inspirava repulsa tanto por suas faculdades mentais mal desenvolvidas quanto por suas mentirosas histórias da carochinha sobre armas nucleares, para ampliar a experiência comum que haveria de distingui-los de seus irmãos mais jovens, e também de pessoas como eu. Para eles, Bush filho não seria jamais um governo, e sim um regime que adquirira o poder através de chicanas. Eles esperavam recuperar seus direitos em 2004, mas, horror dos horrores, isso não acontecera, deixando-lhes com a sensação, por volta das onze horas da noite anterior, de que não apenas a haviam perdido mas que também de algum modo haviam sido ludibriados outra vez.

"Você queria me falar sobre o segredo imperdoável de Lonoff", comentei.

"Eu não disse 'imperdoável'."

"Mas deu a entender."

"O senhor sabe como foi a infância dele?", Kliman me perguntou. "Sabe alguma coisa sobre a juventude dele? Posso confiar no senhor se lhe disser uma coisa e pedir pra não contar pra ninguém?"

Recostei-me no banco e soltei minha primeira gargalhada desde que voltara a Nova York. "Você está planejando gritar do alto dos telhados dos prédios o 'grande segredo', certamente uma coisa humilhante, que esse homem tão cioso de sua privacidade passou a vida escondendo com cuidado, e você me pede para ser discreto e não contar pra ninguém? Você vai escrever um livro com o objetivo de destruir a dignidade que ele protegeu com unhas e dentes e que era da maior importância pra ele, e vem me perguntar se *eu* sou confiável?"

"Mas o senhor está fazendo como naquele telefonema. Está sendo duríssimo com uma pessoa que o senhor nem conhece."

Pensei: mas eu conheço você, sim. Você é jovem, bonito, e a coisa que mais lhe alimenta a autoconfiança é a trapaça. Você gosta da trapaça. Você acha que prejudicar os outros é mais um direito seu. Estritamente falando, você nem está prejudicando ninguém — está apenas exercendo um direito seu porque seria burrice abrir mão dele. Eu conheço você: sua idéia é conquistar a aprovação dos adultos que, por baixo do pano, você quer conspurcar. Isso lhe proporciona um prazer refinado, sem o expor ao perigo.

Em torno do gramado oval havia certo trânsito de pedestres, mulheres empurrando carrinhos de bebê, idosos cuidados por acompanhantes negras e dois corredores ao longe que, à primeira vista, julguei serem Billy e Jamie.

Naquele banco, senti-me como um menino de quinze anos, inteiramente absorto na contemplação da menina que se sentara a meu lado no primeiro dia de aula.

"Lonoff recusou o convite para se tornar membro do National Institute of Arts and Letters", dizia-me Kliman. "Não enviou seu resumo autobiográfico para o *Contemporary Authors*. Em toda a sua vida, nunca deu uma entrevista nem apareceu em público. Fez tudo pra permanecer invisível lá naquele fim de mundo onde ele morava. Por quê?"

"Porque preferia a vida contemplativa. O Lonoff escrevia. Dava aulas. À noite ele lia. Tinha uma mulher e três filhos, moravam num ambiente rural bonito e bem conservado, numa bela casa de fazenda do século XVIII cheia de lareiras. Tinha uma renda modesta que era suficiente pra ele. Ordem. Segurança. Estabilidade. Ele não precisava de mais nada, não é?"

"Precisava se esconder. Por que ele se cerceou tanto a vida toda? Ele mantinha um autocontrole constante — e isso está na vida dele, está na obra dele. Manteve todos esses controles por medo de ser desmascarado."

"E você vai lhe fazer o favor de desmascará-lo", completei.

Fez-se uma pausa incômoda, e por um momento Kliman ficou procurando uma razão para não me dar um soco na cara por eu não ter ficado deslumbrado com sua eloqüência. Eu me lembrava de tais momentos muito bem, pois eu próprio os vivera quando era um jovem escritor, mais ou menos da idade de Kliman, recém-chegado a Nova York, onde fora tratado por escritores e críticos na faixa dos quarenta e cinqüenta anos como se eu não pudesse saber nada a respeito de coisa alguma, com exceção, talvez, de sexo, um tipo de conhecimento que eles consideravam irrisório, embora eles, naturalmente, vivessem à mercê de seus próprios desejos. Quanto à sociedade, à política, à história, à cultura, quanto às "idéias" — "Você não entende nem quando eu digo que você não entende", um deles gostava de me dizer, com o dedo espetado na minha cara. Esses eram os figurões do meu tempo, os filhos americanos, intelectualmente destacados, de imigrantes judeus que trabalhavam como pintores de paredes, açougueiros e empregados da indústria têxtil, figurões então no auge do poder, editando a *Partisan Review* e escrevendo para a *Commentary* e a *New Leader* e a *Dissent*, rivais irascíveis a se atacar mutuamente, arcando com o ônus emocional de terem sido criados por pais semi-analfabetos que falavam iídiche, cujas limitações de imigrantes e deficiências culturais despertavam uma mistura de ira e ternura igualmente paralisantes. Se eu ousava dizer alguma coisa, esses sábios me mandavam calar a boca, em tom de escárnio, certos de que eu não sabia nada por causa da minha idade e dos meus "privilégios" — privilégios que só existiam na imaginação deles, pois sua curiosidade intelectual, curiosamente, jamais se estendia a alguém que fosse mais jovem, a menos que fosse uma mulher muito mais jovem e bonita. Anos depois, guardando cicatrizes profundas (e problemas financeiros) de casamentos infelizes, tendo sofrido os males da idade e os tormentos de filhos problemáticos, alguns deles se tornaram mais receptivos a mim e até viraram meus amigos, sem ignorar, obrigatoriamente, tudo que eu tinha a dizer o tempo todo.

"Está vendo? Assim eu não me sinto à vontade de lhe contar nada", disse Kliman por fim. "O senhor cai em cima de mim quando eu lhe pergunto se posso lhe contar uma coisa confidencial, mas por que é que o senhor acha que estou me dando o trabalho de lhe perguntar isso?"

"Kliman, por que é que não esquece isso que você acha que descobriu? Ninguém mais sabe quem foi o Lonoff. Pra que isso?"

"A questão é justamente essa. Ele devia ser editado pela Library of America. O Singer foi — três volumes de contos. Por que não E. I. Lonoff?"

"Quer dizer que você vai salvar a reputação do Lonoff como escritor destruindo sua reputação como homem. Substituir o gênio do gênio pelo segredo do gênio. A reabilitação pela desonra."

Quando, após mais uma pausa irritada, ele voltou a falar, foi no tom de voz que a gente usa para explicar pela enésima vez algo que uma criança ainda não conseguiu entender. "Não vou destruir nada se o livro for escrito da maneira como pretendo escrever."

"O modo como você escrever não faz a menor diferença. O escândalo vai surtir efeito sozinho. Você não vai restituir o Lonoff ao lugar que ele merece, e sim negar a ele esse lugar. E o que foi que aconteceu, afinal de contas? Alguém que se lembra de alguma coisa 'incorreta' que o Lonoff fez há cinqüenta anos? Revelações constrangedoras sobre mais um homem branco desprezível?"

"Por que o senhor insiste em trivializar o que eu quero fazer? Por que o senhor faz questão de diminuir o que o senhor nem sabe o que é?"

"Porque remexer na lama e dizer que se está fazendo pesquisa é a mais abjeta das fraudes literárias."

"E remexer na lama e dizer que se está fazendo ficção?"

"Você se refere ao meu trabalho?"

"Eu me refiro à literatura. Ela também desperta a curiosidade. Ela afirma que a vida pública não é a vida real. Ela afirma que existe alguma coisa além da imagem que a gente se esforça pra apresentar — a verdade do eu, digamos assim. O que eu estou fazendo é a mesma coisa que o senhor faz. O que qualquer pessoa inteligente faz. A curiosidade é estimulada pela *vida*."

Nós havíamos nos levantado ao mesmo tempo. Sem dúvida, eu deveria ter me afastado rapidamente daqueles olhos cinza-claros, que agora brilhavam sinistros, movidos pela nossa antipatia mútua. Entre outras coisas, eu percebia que o absorvente colocado dentro da minha cueca de plástico para absorver minha urina estava encharcado e era hora de voltar correndo ao hotel para tomar um banho e mudar de roupa. Sem dúvida, eu não deveria ter dito mais nada. Afinal, se eu estava há onze anos isolado das pessoas, não era justamente para não dizer nenhuma palavra além das que eu tinha escrito nos meus livros? Não era para isso que eu havia parado de ler jornal, de assistir ao noticiário, de ver televisão, justamente para não precisar ouvir mais nada que era insuportável para mim e que estava além do meu poder modificar? Por opção, eu morava num lugar onde estava imune a esse tipo de desapontamento. No entanto, não consegui me conter. Eu havia voltado, eu estava a todo vapor, e nada poderia ter me inspirado mais do que o risco que corria agora, porque não apenas Kliman tinha quarenta e três anos menos que eu, e era um homem enorme, musculoso, em trajes esportivos, como também ele sentia-se indignado por aquela resistência que não conseguia admitir.

"Vou fazer tudo que eu puder pra atrapalhar você", afirmei. "Vou fazer tudo que for possível pra que seu livro sobre o Lonoff jamais seja publicado. Nem livro, nem artigo, nada. Nem uma palavra, Kliman. Eu não sei qual é o grande segredo que você descobriu, mas ele jamais vai ser divulgado. Posso impedir que você seja publicado, e vou conseguir isso, por mais que me custe dinheiro e esforço."

De volta ao drama, ao momento, ao turbilhão dos acontecimentos! Quando percebi que minha voz estava se elevando, não tentei contê-la. É doloroso estar no mundo, mas há também uma sensação de vigor. Quando fora a última vez que eu sentira a emoção de enfrentar alguém? Ponha para fora a intensidade! Ponha para fora a agressividade! Uma lufada rejuvenescedora do velho impulso aguerrido me fizera reassumir o antigo papel, Kliman e Jamie haviam feito minha virilidade renascer, a virilidade da mente e do espírito e do desejo e da intenção, a vontade de estar de novo com outras pessoas e voltar a brigar e voltar a ter uma mulher e sentir mais uma vez o prazer de ter poder. Tudo aquilo voltara — o homem viril voltara à vida! Só que virilidade não há mais. Tudo que existe é a brevidade das expectativas. E, sendo assim, pensei, ao enfrentar os jovens e correr todos os riscos implícitos à situação de alguém da minha idade que se aproxima demais de pessoas com a idade dele, é fatal que eu termine apanhando, um alvo fácil para a juventude ignorante, munida de uma saúde selvagem e armada de tempo até os dentes. "Eu estou avisando, Kliman — deixe o Lonoff em paz."

As pessoas que caminhavam em torno do gramado olhavam para nós quando passavam. Algumas até paravam, temendo que um velho e um jovem fossem se atracar, muito provavelmente por efeito de uma discussão sobre a eleição presidencial, e que a coisa acabasse mal.

"Você fede", ele gritou, "você cheira mal! Volte pro seu buraco pra morrer!" Atlético, ágil, voltou a correr, olhando por cima do ombro e gritando: "Você está morrendo, você vai morrer daqui a pouco, seu velho! Você cheira a podridão! Cheira a morte!".

Mas como é que uma criatura como Kliman poderia conhecer o cheiro da morte? Eu cheirava apenas a urina.

Eu viera para Nova York apenas por conta da promessa daquela intervenção cirúrgica. Viera em busca de uma melhora. Porém, ao sucumbir à vontade de recuperar algo perdido — um desejo que havia muito tempo eu vinha tentando conter — eu me abrira à crença de que me seria possível, de alguma maneira, voltar a ter o desempenho do homem de outrora. Havia uma solução óbvia: no tempo que levei para voltar ao hotel — e me despir, tomar um banho e vestir roupa limpa — resolvi abandonar o plano de trocar de residências e voltar imediatamente para casa.

Jamie atendeu quando telefonei. Expliquei que precisava falar com os dois, e ela respondeu: "Mas o Billy não está. Saiu há duas horas para dar uma olhada na sua casa. Ele deve passar daqui a pouco na casa do seu caseiro pra pegar a chave. Ele ficou de me ligar assim que chegasse lá".

Até onde eu sabia, não ficara combinado que Billy iria ver minha casa, nem que Rob lhe daria a chave. Quando isso fora acertado? Não poderia ter sido na véspera. Só se fosse na noite em que nos conhecemos. No entanto, eu não me lembrava de ter combinado aquilo.

Sozinho em meu quarto de hotel, sem sequer ter o rosto de Jamie à minha frente, senti meu rosto completamente vermelho, muito embora, na verdade, nos últimos anos eu viesse tendo dificuldade de me lembrar de uma série de coisas pequenas. Para enfrentar esse problema, eu tinha agora, além da minha agenda, um caderno de redação pautado — desses com capa de papel marmorizado preto-e-branco e com a tabuada na terceira capa — em que passei a anotar as tarefas de cada dia, e também, de modo mais abreviado, os telefonemas, o que fora dito neles e as cartas escritas e recebidas. Sem aquele caderno, era possível (tal como acabava de acontecer) eu esquecer com quem havia falado, e o que fora dito, até mesmo na véspera, e o que alguém ficara de fazer para mim no dia seguinte. Nos últimos três anos, eu havia acumulado vários cadernos desse tipo, desde o dia em que me dei conta de que minha memória não era mais de todo confiável, quando um branco como aquele era um incômodo ocasional e eu ainda não havia compreendido que o processo de esquecimento era algo progressivo, e que se minha memória continuasse a se deteriorar no ritmo dos últimos anos, minha capacidade de escrever poderia ficar seriamente prejudicada. Se um belo dia eu pegasse a página escrita na véspera e não me lembrasse de que a havia escrito, o que fazer? Se eu perdesse a relação com minhas páginas, se não conseguisse mais escrever um livro, nem mesmo ler um livro, o que seria de mim? Sem meu trabalho, o que restaria de mim?

Não deixei Jamie perceber que eu não sabia do que ela estava falando, que eu começara a viver num mundo cheio de buracos e que minha mente — desde o minuto em que cheguei a Nova York como uma espécie alienígena, um estranho no mundo que os outros habitavam — oscilava entre a obsessão e o esquecimento. É como se tivessem acionado uma chave, pensei, como se estivessem começando a fechar os circuitos um por um. "Se ele tiver qualquer dúvida", disse eu, "é só me telefonar. O Rob conhece a casa melhor do que eu, o Billy não vai ter nenhum problema."

Eu me perguntava se não havia acabado de repetir o que dissera a eles quando combinei que Billy fosse conhecer a casa.

Não era o momento de explicar que eu havia mudado de idéia. Seria preciso esperar até Billy voltar. Talvez ele concluísse que minha casinha não era o que eles queriam, e tudo se resolveria sem dificuldade.

"Eu pensei que você fosse com ele. Principalmente porque você não está muito bem."

"Estou no meio de um conto", ela respondeu, mas não acreditei que fosse esse o seu motivo para ficar. O motivo era Kliman. Ela é que queria se mudar para Massachusetts; assim, não era ela que devia ir conhecer a casa? Jamie ficou para se encontrar com Kliman.

"E o que senhor está achando do seu país agora", ela perguntou, "no primeiro dia do segundo advento?"

"A dor vai passar", respondi.

"Mas o Bush não vai, não. O Cheney também não. O Rumsfeld também não. O Wolfowitz também não. E aquela mulher, a Rice, também não. A guerra não vai passar. Essa guerra inútil, absurda! E logo eles vão inventar outra guerra inútil e absurda. E depois outra, e mais outra, até que todo mundo no planeta vai querer colocar bombas aqui pra acabar conosco."

"É, mas lá na minha casa é bem pouco provável que eles acertem uma bomba em você", comentei, embora eu tivesse ligado pouco antes para desfazer a combinação segundo a qual ela ficaria protegida em minha casa. Mas eu não queria que o telefonema terminasse. Ela não precisava dizer nada de convidativo nem de provocante. Bastava que falasse ao meu ouvido para me proporcionar um prazer que eu não experimentava havia anos.

"Estive com seu amigo", disse eu.

"O senhor deixou meu amigo completamente estupefato."

"Como é que você sabe? Eu acabei de falar com ele."

"Ele me telefonou lá do parque."

"Quando eu era menino, na praia, uma vez vi um nadador afoito se afogar em alto-mar", comentei. "As pessoas só perceberam que ele estava em dificuldades quando era tarde demais. Se ele estivesse com o celular, poderia ter pedido socorro, como o Kliman, assim que a correnteza começou a arrastá-lo."

"O que é que o senhor tem contra ele? Por que o senhor o deprecia? O que é que o senhor sabe sobre ele?", perguntou Jamie. "Ele tem a maior admiração pelo senhor."

"Com toda a sinceridade, os sentimentos dele me pareceram justamente o contrário."

"Esse encontro era importante pra ele", prosseguiu Jamie. "Hoje em dia ele não pensa em outra coisa na vida senão em Lonoff. Ele quer ressuscitar um escritor que ele considera um grande artista, que deixou uma obra que agora está perdida."

"A questão é *como* ele vai fazer essa ressurreição."

"O Richard é um homem sério."

"Por que é que você age como defensora dele?"

"Eu 'ajo' como 'defensora dele' porque eu conheço o Richard."

Achei melhor não ficar tentando pensar concretamente por que motivo ela estaria defendendo a causa daquele homem sério que fora seu namorado na faculdade e com quem (isto dava para imaginar com muita facilidade) ela mantinha um vínculo sexual mesmo depois de casada com o dedicado Billy... o qual, aliás, não estava presente no momento; estava a cento e cinqüenta quilômetros ao norte de Nova York, enquanto a mulher dele, sozinha no apartamento do casal em frente à igreja, curtia a ressaca da reeleição de Bush.

Nada melhor, para completar minha loucura de voltar pelas razões que me levaram a voltar — e depois desse dia resolver ficar na cidade um ano inteiro —, do que tentar marcar um encontro com Jamie na ausência de Billie.

"Então você está sabendo do escândalo", disse eu.

"Que escândalo?"

"O escândalo do Lonoff. O Kliman não lhe contou?"

"Claro que não."

"Claro que sim — especialmente pra você, pra contar vantagem do segredo que só ele sabe e das maravilhas que ele vai fazer com essa descoberta."

Dessa vez ela não se deu o trabalho de negar.

"Você está sabendo de tudo", insisti.

"Se o senhor não quis que o Richard lhe contasse a história toda, por que quer que eu conte?"

"Posso ir aí?"

"Quando?"

"Agora."

Ela me deixou zonzo só por dizer, em voz baixa: "Se o senhor quiser".

Comecei a fazer a mala para ir embora de Nova York. Tentei ocupar a cabeça com todas as coisas que eu teria a fazer em casa nas semanas seguintes, pensar no alívio que seria retomar minha rotina cotidiana e desistir de tentar outra vez o procedimento cirúrgico. Nunca mais eu criaria uma situação em que o arrependimento pungente, na sua sede por recompensa, determinaria o próximo passo a tomar. Em seguida, saí rumo à West 71st Street, entregando-me de imediato à sanha de uma paixão desesperada que não podia ser outra coisa que não inofensiva em se tratando de um homem que tinha entre as pernas uma torneira de carne engelhada, onde outrora havia um órgão sexual em perfeito estado de funcionamento, inclusive com controle do esfíncter da bexiga, de um homem adulto robusto. Esse instrumento de procriação, antes rígido, agora parecia a extremidade de um desses canos que a gente vê saindo do meio da terra num campo, um pedaço de cano sem sentido que esguicha água de modo intermitente, sem nenhum motivo, até chegar o dia em que alguém se lembra de apertar um pouco mais a válvula de modo a fechar de uma vez por todas aquele esguicho idiota.

Ela estava lendo o *New York Times*, interessada em todas as notícias referentes à eleição. Havia páginas de jornal espalhadas sobre a textura complexa, em laranja e ouro, do tapete persa já um pouco gasto, e em seu rosto havia marcas de um sofrimento real.

"É uma pena o Billy não estar aqui hoje", observei. "Não é bom ficar só quando a gente está tão decepcionada."

Ela deu de ombros, num gesto de impotência. "E a gente esperando uma comemoração."

Enquanto eu estava a caminho, ela havia preparado café, e nos instalamos em duas poltronas Eames de couro preto, uma em frente à outra, onde ficamos tomando café em silêncio. Manifestando nossa incerteza em silêncio. Aceitando a imprevisibilidade do que ia acontecer em silêncio. Ocultando nosso constrangimento em silêncio. Eu não havia percebido, nas minhas visitas anteriores, que dois gatos laranja moravam no apartamento, um dos quais pulou sem peso no colo de Jamie e lá ficou, sendo acariciado por ela, enquanto eu, observando a cena, continuei mudo. O outro gato surgiu do nada e esparramou-se sobre os pés descalços dela, criando a agradável ilusão (em mim) de que eram os pés, e não ele, que estavam ronronando. Um dos gatos tinha pêlos compridos e o outro pêlos curtos, e ao vê-los fiquei atônito. Eram exatamente como seriam, quando crescessem, os dois filhotes que Larry Hollis me dera, se eu tivesse ficado com eles mais do que três dias.

Embora Jamie estivesse com uma camiseta de malha azul desbotada e calças largas de moletom cinza, não fiquei menos maravilhado com sua beleza. E estávamos a sós, e assim, longe de me sentir uma personalidade que inspirava admiração profunda, minha sensação era de ter perdido todo meu status por efeito do domínio que ela exercia sobre mim, ainda mais agora que ela parecia arrasada com a derrota de Kerry e as terríveis incertezas por ela despertadas.

Condizente com meu comportamento totalmente oscilante em Nova York, eu agora me perguntava que relação poderia haver entre a preparação da biografia de Lonoff e eu. Desde que eu fora à sua casa em 1956, nunca mais estive com ele, e a única carta que lhe mandei após aquela visita não foi respondida, extinguindo assim todo e qualquer sonho que eu nutrisse sobre a possibilidade de me tornar discípulo de Lonoff. Quanto a biografias e biógrafos, eu nada tinha a ver com E. I. Lonoff e seus herdeiros. Foi por ter visto Amy Bellette depois de tantos anos — mais ainda, por vê-la doente e desfigurada, despejada da morada de seu próprio corpo — e, após esse encontro, ter comprado os livros dele e passado a noite a relê-los no hotel, que eu tivera aquela reação às alusões feitas por Kliman a um suposto "segredo" sinistro na vida de Lonoff. Sem dúvida, se eu estivesse em casa e recebesse uma carta sem mais nem menos de um certo Kliman ou de outra pessoa qualquer, tentando me seduzir pelos mesmos motivos, eu nem sequer teria me dignado a respondê-la, muito menos dizer que estava disposto a praticamente destruí-lo se ele ousasse levar adiante seu projeto. Se ninguém o ajudasse, Kliman não iria conseguir realizar seus planos grandiosos; o mais prová-vel era que até agora o principal estímulo que recebera não lhe fora dado por nenhum agente literário nem nenhuma editora, e sim pela minha oposição veemente. E agora eu estava com Jamie, pondo fim a nosso silêncio com a pergunta: "Com quem eu es-tou lidando? Você pode me dizer? Quem é esse rapaz?".

Desconfiada, ela perguntou: "O que é que o senhor quer saber?".

"Como é que ele pode se achar à altura desse projeto? Vo-cê o conhece há muito tempo?"

"Desde que ele tinha dezoito anos. Quando ele estava en-trando na faculdade. Nós nos conhecemos há dez anos."

"Ele é de onde?"

"Los Angeles. O pai dele é advogado. Advogado da área de entretenimento, famoso pela agressividade. A mãe é completa-mente diferente do pai. É professora, se não me engano, de egip-tologia, na UCLA. Passa duas horas meditando todas as manhãs. Diz ela que, num dia bom, consegue fazer uma bola de luz ver-de levitar à frente dela quando termina a meditação."

"Como você conheceu a mãe dele?"

"Através do Richard, é claro. Sempre que os pais dele vi-nham à cidade, eles levavam os amigos do Richard pra jantar. Também quando os meus pais vinham, ele estava entre meus amigos e ia jantar conosco."

"Então ele foi criado num ambiente de profissionais liberais."

"Bom, o pai é uma pessoa impulsiva e agressiva, e a mãe é intelectual e tranqüila. Ele é inteligente. Muito inteligente. Mui-to esperto. É, ele tem um lado agressivo, sim, está na cara que foi isso que incomodou o senhor. Mas burro ele não é, não. Não vejo por que ele não poderia escrever um livro — quer dizer, só se for pelos mesmos motivos que qualquer pessoa pode não conseguir escrever um livro."

"Por quê?"

"Porque é difícil."

Ela fazia questão de dizer mais do que estava dizendo, tentando me impressionar com sua capacidade de não se deixar impressionar, decidida a não se submeter, mas apenas responder. Estava determinada a não parecer uma pessoa fácil de conquistar, por causa das diferenças de status e idade. Apesar de sua complacência visível quanto ao efeito que exercia sobre os homens, ela parecia ainda não ter se dado conta de que já havia triunfado e que, no caso, o conquistado era eu.

"Como é que ele era com você?", perguntei.

"Quando?"

"Quando vocês eram amigos."

"A gente se divertia muito, eu e ele. Nós dois tínhamos pais teimosos, e por isso o que não faltava eram histórias de sobrevivência pra trocar. Foi assim que nós ficamos muito próximos rapidamente — tínhamos histórias de terror e de humor pra trocar. O Richard é vigoroso e enérgico, sempre experimentando coisas novas, e não sabe o que é medo. Ele nunca se segura. É aventureiro, não tem medo e é livre."

"Você não está exagerando um pouco?"

"Estou respondendo as suas perguntas do modo mais preciso."

"Ele não tem medo do quê, você podia me dizer?"

"Do desprezo. Da reprovação. Ele não tem as limitações que as outras pessoas têm, essas que vivem num grupo em que elas se sentem à vontade. Ele nunca hesita. A vida dele é uma sucessão de atos decididos."

"E ele se dá bem com o pai agressivo que tem?"

"Ah, acho que eles brigam. Os dois são brigões, por isso eles brigam. Eu acho que a coisa não é levada muito a sério, como seria se eu brigasse com a minha mãe. Eles brigam feito cachorros pelo telefone, e aí no dia seguinte um liga pro outro e eles estão se falando de novo, como se nada tivesse acontecido. É assim que eles são."

"Me conte mais."

"O que mais o senhor quer saber?"

"Tudo que você não está me contando." É claro que eu só queria saber a respeito dela. "Você já foi visitá-lo em Los Angeles?"

"Fui."

"E aí?"

"Ele mora num casarão em Beverly Hills. Na minha opinião, a casa é de uma feiúra incrível. Grande demais, ostensiva. Nem um pouco acolhedora. A mãe dele coleciona... sei lá, arte da Antiguidade — esculturas, objetos pequenos. E tem mostruários, nichos na parede, grandes demais — tudo lá é grande demais — pro que tem dentro. É um lugar sem nenhum calor humano. Excesso de colunas. Excesso de mármore. Uma piscina imensa no quintal. Tratamento paisagístico excessivo. Jardim bem cuidado demais. Aquele não é o mundo dele. Ele fez faculdade na Costa Leste. Veio pra Nova York. Optou por morar em Nova York e trabalhar no mundo literário, e não ficar riquíssimo e morar num palácio de mármore em Los Angeles e ganhar a vida perseguindo as pessoas. Ele tem talento pra esse tipo de coisa — aprendeu com o pai —, mas não é isso que ele quer."

"Os pais continuam casados?"

"Continuam, o que é chocante. Eu não sei o que eles têm em comum. Ela faz meditação e aí sai de casa e passa o dia trabalhando. Ele trabalha o tempo todo. Acho que o que eles têm em comum é morar naquela casa. Nunca vi aqueles dois conversando sobre coisa alguma."

"Ele mantém contato com os pais?"

"Acho que sim. Mas não fala sobre eles."

"Eu imagino que ele não deve ter ligado pros pais na noite da eleição."

"Acho que não. Se bem que deve ser bem mais agradável conversar com os pais dele numa eleição do que com os meus. Eles são liberais de Los Angeles."

"E os amigos dele em Nova York?"

Neste ponto ela suspirou, o primeiro sinal de irritação e impaciência. Até então ela estava completamente segura de si, numa postura calculadamente distanciada. "O Richard agora está andando com um grupo que ele conheceu na academia. Jovens profissionais, entre vinte e cinco e quarenta anos. Jogam basquete juntos, ele sai muito com eles. Advogados. Jornalistas. Temos amigos em comum do tempo da faculdade que estão trabalhando em revistas e editoras. Ele tem um grande amigo que abriu uma empresa de videogames."

"Acho que ele devia trabalhar com esse amigo. Ele devia trabalhar com videogames. É um bom lugar pra quem não tem medo. Porque ele acha que é tudo um jogo. Ele acha que 'Lonoff' é o *nome* de um jogo."

"O senhor está enganado", disse ela, e se traiu com um sorriso rápido por ter me dito isso de modo tão direto. "Ele está lhe dando a impressão de que é como o pai dele, uma pessoa intimidadora, mas ele é muito mais como a mãe. É um intelectual. Uma pessoa que pensa. É verdade que ele tem uma energia extraordinária. É dinâmico, empolgante, forte, obstinado, e às vezes assusta também. Mas não é um oportunista que pisa em cima dos outros."

"Pois eu diria que ele é exatamente isso."

"Por que é que um oportunista ia querer fazer a biografia de um escritor que praticamente caiu no esquecimento? Se fosse mesmo oportunista, ele ia seguir os passos do pai dele. Não ia escrever a biografia de um escritor que ninguém com menos de cinqüenta anos conhece."

"Você está enchendo a bola dele. Você está idealizando o Kliman."

"Absolutamente. Eu o conheço bem melhor que o senhor e estou tentando corrigir essa sua impressão. O senhor precisa ser corrigido."

"Ele não é sério. Não tem sobriedade. É só audácia, desafio, fanfarronada. Falta substância."

"Ele pode não ter o autocontrole que outras pessoas têm, nem a *finesse*, mas sobriedade ele tem, sim."

"E integridade? Será que ele tem um mínimo de integridade? Acho que o Kliman é perfeitamente capaz de uma intriga. Por onde passa a integridade dele?"

"Isso que o senhor está fazendo não é uma descrição, é uma caricatura, senhor Zuckerman. É verdade que ele nem sempre se comporta como devia se comportar. Mas princípios ele tem, sim. Veja bem, o Richard não está sozinho — ele vive num mundo de carreiristas, num mundo em que quem não é carreirista se sente um fracasso. Um mundo onde reputação é a única coisa que conta. O senhor é uma pessoa mais velha que andou afastada de tudo, e o senhor não sabe o que é ser jovem agora. O senhor é dos anos cinqüenta e ele é de agora. O senhor é Nathan Zuckerman. Imagino que há muito tempo o senhor não tem contato com pessoas que ainda não se estabeleceram na vida profissional. O senhor não sabe o que é ainda não ter uma reputação sólida num mundo onde a reputação é tudo. Mas se uma pessoa não é totalmente zen nesse mundo carreirista, se ela faz parte dele e está lutando pra conseguir reconhecimento, isso quer dizer que por definição ela é o vilão da história? Até concordo que o Richard pode não ser a pessoa mais profunda que eu conheço, mas no mundo em que vive ele nem se dá conta de que essa maneira obstinada como ele se entrega ao trabalho pode parecer ofensiva a alguém."

"Quanto à profundidade do Kliman, eu diria que ele não tem a metade da profundidade do seu marido. E que o seu marido é dez vezes menos carreirista do que ele, e nem por isso se considera um fracassado."

"Ele também não se acha realizado. Mas de modo geral isso é verdade."

"Você é uma moça de sorte."

"Muita sorte. Eu adoro o meu marido."

O único efeito daquela impecável demonstração de autoconfiança, com duração de menos de dez minutos, fora o de aprofundar meu desejo e torná-la de longe o maior problema da minha vida. A velocidade da atração não permite resignação, não contém nenhuma resignação — só há lugar para a avidez do desejo.

"Certamente você há de concordar que o Kliman é, no mínimo, uma pessoa muito desagradável."

"Não concordo", ela respondeu.

"E o segredo? A busca do segredo? O grande segredo de Lonoff?"

Ela continuou acariciando o gato e, sem alterar o ritmo dos gestos, respondeu: "Incesto".

"E como é que o Kliman ficou sabendo disso?"

"Ele tem documentos. Ele esteve em contato com as pessoas. Fora isso, não sei mais nada."

"Mas eu estive com o Lonoff. Eu o conheci. Li a obra completa dele mais de uma vez. Não dá pra acreditar nisso."

Com apenas um leve toque de superioridade, ela disse: "Nunca dá pra acreditar".

"Isso é bobagem", insisti. "Incesto com quem?"

"Com uma meia-irmã", disse Jamie.

"Como lorde Byron e Augusta."

"Não, é bem diferente", ela respondeu — dessa vez num tom incisivo — e pôs-se a demonstrar sua erudição (ou a erudição de Kliman) sobre o assunto. "Byron e a meia-irmã quase nunca se viram na infância. Eles se tornaram amantes quando eram adultos, e ela era mãe de três filhos. A única semelhança entre os dois casos é que a meia-irmã de Lonoff também era mais velha que ele. Era filha do primeiro casamento do pai. A mãe morreu quando ela ainda era pequena, e o pai casou de novo logo depois, quando então Lonoff nasceu. Na época, ela tinha três anos. Os dois cresceram juntos. Foram criados como irmãos."

"Três anos. Isso quer dizer que ela nasceu em 1898. Já deve ter morrido há muito tempo."

"Ela teve filhos. O mais novo ainda é vivo. Deve estar com mais de oitenta anos. Mora em Israel. Ela foi embora dos Estados Unidos e foi viver na Palestina quando eles foram descobertos. Os pais levaram a filha pra lá pra não passarem vergonha. Lonoff ficou aqui e foi viver sozinho. Na época, tinha dezessete anos."

A história sobre as origens de Lonoff que eu conhecia era parecida apenas até certo ponto. Os pais haviam emigrado da Rússia para Boston, mas com o tempo foram achando a sociedade americana de um materialismo repugnante; quando Lonoff tinha dezessete anos, eles se mudaram para a Palestina, ainda antes do Mandato Britânico. Era verdade que Lonoff havia permanecido na América, mas ele não fora abandonado por ter cometido pecados inadmissíveis; já era um rapaz crescido, com a identidade formada, e preferia se tornar um americano que falava americano do que um judeu palestino falante do hebraico. Eu nunca ouvira falar de irmã nenhuma, nem de nenhum outro irmão; por outro lado, como ele fazia questão de impedir que sua ficção fosse lida de modo errôneo como uma interpretação de sua vida, Lonoff não revelara a ninguém nada além dos fatos mais rudimentares de sua biografia, com exceção, talvez, de sua esposa, Hope ou de Amy.

"Quando começou o relacionamento?", perguntei.

"Ele tinha catorze anos."

"Quem foi que contou isso ao Kliman? O filho que mora em Israel?"

"Isso o Richard mesmo teria lhe dito se o senhor tivesse deixado ele falar", ela respondeu. "Ele teria contado tudo. Ele saberia responder a todas as suas perguntas."

"E a quantas pessoas ele já contou, além de a mim? E além de você?"

"Não vejo qual é o crime que o Richard está cometendo quando conta isso a quem ele quiser. O senhor queria que eu lhe contasse. Foi por isso que o senhor telefonou e veio pra cá. Será que eu cometi um crime? Lamento que a idéia do incesto do Lonoff seja um tormento pro senhor. Pra mim, é difícil acreditar que a pessoa que escreveu os livros que o senhor escreveu preferisse que o Lonoff fosse um santo."

"Entre uma acusação precipitada e a canonização, a distância é muito grande. O Kliman não tem como provar nada a respeito de eventos íntimos que segundo ele aconteceram há quase cem anos."

"O Richard não é precipitado. Eu já disse: ele é um aventureiro. Gosta de aventuras ousadas. Qual é o problema?"

Aventuras ousadas. Eu também tivera um apetite incontrolável por elas.

Repliquei: "O Kliman falou com o filho em Israel, o sobrinho do Lonoff?".

"Várias vezes."

"E ele confirma a história. Ele passou pro Kliman o registro das cópulas. Será que o Lonoff anotava tudo na adolescência?"

"O filho nega tudo, é claro. A última vez que ele conversou com o Richard, ele ameaçou de vir aos Estados Unidos e abrir um processo contra o Richard se ele divulgar essas afirmações sobre a mãe dele."

"E o Kliman acha que ele está mentindo pelos motivos óbvios, ou que ele simplesmente não está sabendo — qual é a mãe que contaria um segredo desses pro filho? Olha, ele não pode saber nada de concreto que garanta que houve incesto. Tem a mentira que revela a verdade: isso se chama ficção; e tem a mentira que é só mentira: isso é o que o Kliman faz."

Jamie se levantou de repente, fazendo com que o gato em seu colo escorregasse para o chão e o outro saísse de cima de seus pés. "Acho que esta conversa não está caminhando bem. Eu não devia ter me metido. Eu não devia ter convidado o senhor pra vir aqui pra tentar defender o Richard. Eu respondi obedientemente a todas as suas perguntas. Não fiz nenhuma objeção enquanto o senhor dava o seu depoimento. Respondi da maneira mais honesta e estou sendo totalmente respeitosa com o senhor, talvez até servil. Desculpe se eu disse alguma coisa ou falei de uma maneira que irritou o senhor. Mas pelo visto, sem a menor intenção, foi isso que eu fiz."

Pus-me de pé também — a apenas alguns centímetros dela — e disse: "Fui eu que a irritei. A começar pelo meu depoimento". Era a hora de cancelar a troca de casas. Mas eu só podia ter alguma chance com ela se o combinado permanecesse de pé e nós trocássemos a minha casa pelo apartamento deles. Desse modo, ela ficaria vivendo entre as minhas coisas e eu entre as dela. Haveria um motivo mais ridículo para manter aquele acordo impetuoso que eu queria muito desfazer? E para mim estava claro o quanto eram frágeis os motivos que eu insistia em evocar para manter aquele plano de mudar de vida, e no entanto tudo que estava acontecendo parecia estar acontecendo apesar da minha consciência e sem levar em conta o meu estado.

O telefone tocou. Era Billy. Jamie ficou um bom tempo escutando, e só depois lhe disse que eu estava com ela. Nesse momento, Billy deve ter perguntado que motivo me havia levado até lá, porque ela respondeu: "Ele quis ver o apartamento outra vez. Estou mostrando a casa a ele".

Sim, Kliman era mesmo seu amante. Ela estava tão acostumada a mentir para o marido — para acobertar seus encontros com Kliman — que agora mentia a ele a respeito de mim. Tal como antes mentira a mim a respeito de Kliman. Ou isso era verdade, ou eu me tornara tão cego por causa daquela atração que minha mente estava obcecada por uma única coisa, com uma intensidade que não ocorria havia anos. Pois ela poderia perfeitamente ter mentido ao marido apenas porque era mais fácil mentir do que explicar toda a verdade na minha presença, estando ele a quilômetros dali, não era?

Não havia nada que Jamie fizesse ou dissesse que não despertasse uma reação desproporcional em mim, até mesmo uma conversa normal com o marido pelo telefone. Eu estava o tempo todo instável. Não havia descanso. Era como se estivesse vendo uma moça pela primeira vez. Ou pela última. Fosse como fosse, o envolvimento era total.

Fui embora sem ousar tocá-la. Sem ousar tocar seu rosto, ainda que ele estivesse bem a meu alcance durante o que ela chamara de meu depoimento. Sem ousar tocar os cabelos longos que estavam próximos a meus dedos. Sem ousar pôr a mão em sua cintura. Sem ousar dizer que já havíamos nos visto antes. Sem ousar pronunciar sei lá que palavras que um homem mutilado como eu pronuncia diante de um mulher desejável quarenta anos mais jovem do que ele, que não o deixarão coberto de vergonha por ele estar dominado por uma tentação, a tentação inspirada por uma delícia que ele não pode provar e um prazer que já morreu para ele. Eu já havia me envolvido demais, mesmo sem que entre nós tivesse ocorrido outra coisa que não aquela conversa rápida e desgastante sobre Kliman, Lonoff e a alegação de incesto. Eu estava descobrindo, aos setenta e um anos, o que é estar tresloucado. Provando que a autodescoberta, afinal, nunca termina. Provando que o drama normalmente associado aos jovens quando dão início à vida adulta — os adolescentes, os jovens como o novo capitão determinado de A *linha de sombra* — também pode surpreender e dominar os idosos (até aqueles que estão firmemente decididos a não sucumbir a qualquer espécie de drama), mesmo em circunstâncias que indicam a proximidade do fim. Talvez as descobertas mais espantosas sejam guardadas para o final.

SITUAÇÃO: *O jovem marido está viajando, o marido amoroso e prestativo que a adora. É novembro de 2004. Ela está assustada e perturbada por causa da eleição, da al-Qaeda, de um caso com um ex-colega de faculdade que continua apaixonado por ela e das "aventuras ousadas" do tipo que ela se casou para nunca mais enfrentar. Está usando a suéter de* cashmere *macio, tom de trigo ou camelo, mais suave do que castanho-amarelado. Os punhos folgados pendem dos braços e as mangas largas prendem-se ao corpo da suéter num ponto bem baixo. O corte lembra um quimono, e mais ainda um* smoking jacket *masculino do final do século XIX. Um viés largo e espesso contorna o pescoço e desce até a bainha da suéter, dando a impressão de formar um colarinho, embora na verdade não haja colarinho: a suéter encosta direto na pele. Na cintura, uma faixa do mesmo material que o viés está amarrada com um laço frouxo. A suéter está aberta no pescoço quase até a cintura, expondo um trecho longo e estreito do corpo, que de resto está oculto. Como a suéter é larga e frouxa, a maior parte do corpo está invisível. Mas dá para perceber que ela é esguia — apenas uma mulher magra pode usar roupas tão amplas impunemente. A suéter parece um roupão de banho muito curto, e assim, embora não possa ver a maior parte do corpo dela, ele tem a impressão de estar em seu quarto de dormir, prestes a ver mais. A mulher que usa essa suéter deve ter dinheiro (para poder usar uma roupa tão cara) e também deve dar muito valor ao prazer físico (pois ela optou por gastar muito dinheiro numa roupa usada quase exclusivamente em casa).*

A ser encenado com as pausas adequadas, pois às vezes um dos personagens faz uma pausa para refletir antes de responder a pergunta feita pelo outro.

MÚSICA: *As* Quatro últimas canções *de Strauss. Pela profundidade obtida não através da complexidade, e sim da clareza e simplicidade. Pela pureza do sentimento sobre a morte, o adeus, a perda. Pela longa linha melódica que se estende e a voz feminina que ascende mais e mais. Pelo equilíbrio, a tranqüilidade, a graça, a beleza intensa da ascensão. Pela maneira como o ouvinte é atraído para dentro do tremendo arco da dor. O compositor tira todas as máscaras e, aos oitenta e dois anos de idade, se expõe ao ouvinte nu. E o ouvinte se dissolve.*

ELA

Eu entendo por que você está voltando para Nova York, mas por que resolveu sair daqui?

ELE

Porque comecei a receber uma série de ameaças de morte pelo correio. Cartões-postais com ameaças de um lado e uma foto do papa do outro. Recorri ao FBI, e o FBI me disse o que fazer.

ELA

Eles chegaram a descobrir a pessoa?

ELE

Não, jamais descobriram. Mas eu fiquei onde estava.

ELA

Então tem malucos que mandam ameaças de morte aos escritores. Isso a gente não aprendeu no mestrado.

ELE

É, e eu não fui o primeiro, nem mesmo nos últimos anos, a receber ameaças de morte. O caso Salman Rushdie é o mais famoso.

ELA

É verdade. É claro.

ELE

Não estou comparando a minha situação com a dele. Mas, deixando de lado o caso Salman Rushdie, não acredito que isso que aconteceu comigo só tenha acontecido comigo. A gente fica se perguntando se o que provoca a ameaça é o que os escritores escrevem, ou se tem pessoas que simplesmente ficam indignadas diante de certos nomes e são movidas por impulsos que nós nem conseguimos imaginar. Pode ser que só ao ver uma foto no jornal elas já fiquem indignadas. Imagine o que acontece quando elas lêem os livros da gente. Pra elas, aquelas palavras são malévolas, são uma espécie de encantamento insuportável. Até mesmo pessoas civilizadas às vezes sentem tamanho ódio que chegam a jogar o livro longe. Pra quem tem menos autocontrole, daí a sacar uma arma é só um pequeno passo. Ou então elas realmente odeiam o tipo de pessoa que a gente é, tal como imaginam que a gente seja — é o que sabemos a respeito dos terroristas que derrubaram as torres gêmeas. O que não falta neste mundo é raiva.

ELA

É, a raiva existe, é uma coisa maluca.

ELE

E deixou você apavorada.

ELA

É verdade. Estou em pânico. Vivo nervosa, com medo o tempo todo — e ao mesmo tempo com vergonha de me sentir assim. Em casa, virei uma pessoa calada, narcisista, obcecada com minha própria segurança, e não escrevo nada que preste.

ELE

Você sempre teve esse medo todo da raiva?

ELA

Não, é uma coisa recente. Perdi completamente a autoconfiança. Agora o problema não é só a gente ter inimigo. As pessoas que deviam estar nos protegendo viraram o inimigo. As pessoas que deviam tomar conta da gente, elas agora são o inimigo. Não é a al-Qaeda que me dá medo — é o próprio governo do meu país.

ELE

Você não tem medo da al-Qaeda? Não tem medo dos terroristas?

ELA

Tenho. Mas eu tenho mais medo é das pessoas que supostamente estão do meu lado. Sempre vai haver inimigos no mundo, mas... imagine que você recorre ao FBI e depois de certo momento começa a achar que o FBI, em vez de protegê-lo da pessoa que está enviando as ameaças, está ameaçando você — isso ia tornar o terror muito mais profundo, e é por isso que estou me sentindo desse jeito agora.

ELE

E você acha que não vai sentir esse medo quando estiver lá na minha casa?

ELA

Acho que se eu estiver lá as minhas ansiedades mais razoáveis vão diminuir, porque a questão do perigo físico vai desaparecer, o que vai me acalmar um pouco. Acho que não vou conseguir me livrar da minha própria raiva — da raiva que sinto pelo governo do meu país —, mas não posso fazer nada no momento, de tão tensa que estou. Como não consigo nem imaginar o que fazer, eu *preciso* ir embora. Posso lhe fazer uma pergunta? (*Riso educado, como quem se desculpa por sua presunção*)

ELE

Claro.

ELA

Você acha que teria ido embora mesmo se não recebesse as ameaças? Você acha que a certa altura iria embora de qualquer modo?

ELE

Sinceramente, não sei. Eu estava sozinho. Estava livre. Meu trabalho é portátil. Eu tinha chegado a uma idade em que já não procurava certos tipos de envolvimento.

ELA

Que idade você tinha quando foi embora?

ELE

Sessenta. Pra você, isso já é uma idade avançada.

ELA

É. É, sim.

ELE

Que idade têm seus pais?

ELA

Minha mãe tem sessenta e cinco, meu pai tem sessenta e oito.

ELE

Eu era um pouco mais jovem que a sua mãe quando fui embora.

ELA

Isso é diferente do que nós estamos fazendo agora. O Billy não está gostando muito da idéia. Ou do que essa idéia revela a meu respeito.

ELE

Mas ele pode escrever lá também.

ELA

Acho que vai ser bom pra nós dois, e acho que ele vai acabar concordando comigo. Pra começo de conversa, ele é uma pessoa mais adaptável.

ELE

Tem alguma coisa que você lamenta deixar aqui? Do que é que você vai sentir falta?

ELA

Vou sentir falta de alguns amigos. Mas vai ser bom ficar uns tempos sem eles.

ELE

Você tem um amante?

ELA

Por que você perguntou isso?

ELE

Por causa do modo como você falou que vai sentir falta de uns amigos.

ELA

Não. Tenho, sim.

ELE

Quer dizer que você tem. Há quanto tempo vocês estão casados?

ELA

Cinco anos. Nós éramos jovens.

ELE

O Billy sabe que você tem um amante?

ELA

Não, não sabe.

ELE

Ele conhece o seu amante?

ELA

Conhece.

ELE

O que o seu amante acha da idéia de você ir embora? Ele sabe que você está indo embora? Ele está irritado com essa idéia?

ELA

Ele ainda não sabe.

ELE

Você não contou?

ELA

Não.

ELE

Você está dizendo a verdade?

ELA

Estou.

ELE

Por que é que você está dizendo a verdade?

ELA

Tem alguma coisa em você que inspira confiança. Já li os seus livros. Você não é fácil de chocar. Com base no que li da sua obra, você é uma pessoa curiosa e não faz juízos superficiais. Acho que dá prazer sentir que uma pessoa curiosa está curiosa em relação à gente.

ELE

Você está tentando provocar ciúmes em mim?

ELA

(*Rindo*) Não. Você está com ciúmes?

ELE

Estou.

ELA

(*Um pouco surpresa*) Ora. Do meu amante?

ELE

É.

ELA

Mas como?

ELE

Você acha isso completamente impossível?

ELA

Eu acho muito estranho.

ELE

É mesmo?

ELA

É, sim.

ELE

Você não sabe o quanto você é atraente.

ELA

Por que é que você veio aqui hoje?

ELE

Pra ficar sozinho com você.

ELA

Entendi.

ELE

Isso mesmo, pra ficar sozinho com você.

ELA

Por que é que você quer ficar sozinho comigo?

ELE

Quer que eu diga a verdade?

ELA

Eu estou dizendo a verdade a você.

ELE

Porque pra mim é estimulante estar sozinho com você.

ELA

Bom. Acho que pra mim também é estimulante estar sozinha com você. Talvez por razões diferentes. Tenho a impressão de que nós dois estamos precisando de um estímulo.

ELE

O seu amante não é um estímulo?

ELA

Ele já está na minha vida há muito tempo. A condição de amante é que é relativamente recente. Não há nada de novo.

ELE

Ele foi seu namorado na faculdade.

ELA

Mas aí deixou de ser por muitos anos. Pra mim, estar com ele é uma volta atrás. A empolgação já passou há muito tempo. Agora é um retrocesso.

ELE

Quer dizer que o seu amante não é estimulante. E seu casamento também não. Você imaginava que o casamento fosse estimulante?

ELA

(*Rindo*) Imaginava, sim.

ELE

É mesmo?

ELA

É.

ELE

Então não ensinaram nada a você em Harvard?

ELA

(*Ri baixinho outra vez*) Nós estávamos muito apaixonados quando nos casamos, e a perspectiva do futuro, a própria idéia de ter um futuro, era gloriosa. Casar era a maior aventura possível. A coisa mais nova que a gente podia fazer. Um grande passo a dar. (*Silêncio*) Você está satisfeito? Por ter feito o que fez?

ELE

Há algumas semanas eu teria dado uma resposta diferente. Há algumas horas eu teria dado uma resposta diferente.

ELA

O que foi que mudou a sua resposta?

ELE

Conhecer uma moça como você.

ELA

O que é que eu tenho que o interessa tanto?

ELE

Sua juventude e sua beleza. A rapidez com que nós dois entramos em comunicação. O clima erótico que você cria com as palavras.

ELA

Nova York está cheia de moças bonitas.

ELE

Há anos que eu estou sem a companhia de uma mulher, e tudo que isso representa. Pra mim, é uma revolução surpreendente, e talvez nem seja bom pra mim. Alguém escreveu — já não lembro quem — o seguinte: "Um grande amor no final da vida atrapalha tudo".

ELA

Um grande amor? Você pode se explicar, por favor?

ELE

É uma doença. Uma febre. Uma espécie de hipnose. Só posso explicar dizendo que tenho vontade de ficar sozinho com você. Quero ficar enfeitiçado por você.

ELA

Que bom. Que bom que você está conseguindo o que você quer. Isso é uma coisa boa.

ELE

É devastador.

ELA

Por quê?

ELE

E você não sabe? Você é escritora. Você quer ser escritora. Por que motivo isso seria devastador para um homem de setenta e um anos de idade?

ELA

(*Com delicadeza*) Porque você voltou a ter todos esses sentimentos e não pode dar o próximo passo.

ELE

Isso mesmo.

ELA

Mas há prazer nisso, não há?

ELE

Um prazer devastador.

ELA

(*Ela aprendeu uma coisa*) Hmmm. (*Após uma longa pausa, com um toque irônico de teatralidade*) Ah, o que há de se fazer?

ELE

Você tem alguma sugestão?

ELA

Não. Não faço idéia do que fazer. Resolvi ir embora porque não consigo imaginar o que fazer a respeito de coisa nenhuma.

ELE

Você parece estar o tempo todo à beira de um ataque de choro.

ELA

(*Rindo*) Pois é, e isso não ajuda, falando sério.

ELE

(*Ri também, mas permanece em silêncio. O flerte é infernal, o homem dentro do homem está pegando fogo*)

ELA

Você já saiu hoje? A cidade inteira está à beira de um ataque de choro. É verdade, eu estou à beira de um ataque de choro. Pra mim é uma coisa gravíssima, você pode imaginar. Você consegue imaginar como a gente se sentiu ontem quando...

ELE

Eu estava aqui. Eu vi. Você percebeu que eu estava aqui?

ELA

E você certamente percebeu que eu estava aqui. Mas alguma coisa tomou conta de você antes de você me conhecer. Não fui eu, não. Você resolveu ver o nosso apartamento. Alguma coisa tomou conta de você — o que foi? Você sabe, as ameaças de morte pra mim não explicam o passo extremo que você deu na vida. Por mais que você diga: eu sou um escritor que sofreu essas ameaças de morte, você tomou uma medida extrema, ir embora e passar a levar a vida que está levando agora. Eu fico me perguntando: qual é a causa verdadeira? Está certo, você recebeu os cartões-postais. E daí? Isso é um pretexto. Se fosse mesmo os cartões-postais, você ficava fora um ano, aí parava de receber os cartões-postais e voltava. Mas um homem que se esconde, que se isola desse jeito, faz o que faz por uma razão muito maior. As pessoas não abrem mão da vida por causa de uma coisa completamente circunstancial e externa como uma ameaça de morte.

ELE

E pode haver uma razão maior do que essa?

ELA

Fugir da dor.

ELE

Que dor?

ELA

A dor de estar presente.

ELE

Você não está falando de você mesma?

ELA

Talvez. A dor de estar presente no momento presente. É, isso também se aplica muito bem à coisa extrema que eu estou fazendo. Mas pra você não era apenas o momento presente. Era estar presente. Estar presente na presença de *qualquer coisa*.

ELE

Você já leu uma novela chamada A *linha de sombra*?

ELA

De Conrad? Não. Lembro que um namorado me falou dela uma vez, mas eu nunca li, não.

ELE

A novela começa com as seguintes palavras: "Apenas os jovens têm momentos assim". Esses momentos, segundo Conrad, são "irrefletidos". Logo nas primeiras páginas ele abre o jogo. "Momentos irrefletidos" — uma frase inteira se resume a essas duas palavras. Ele prossegue: "Refiro-me aos momentos em que os que ainda são jovens se sentem inclinados a cometer atos irrefletidos, como casar-se de repente ou então largar um emprego sem nenhum motivo". E por aí vai. Mas esses momentos irrefletidos não acontecem só na juventude, não. A minha vinda aqui ontem foi um momento irrefletido. Ousar vir outra vez, também. Com a idade, também ocorrem momentos irrefletidos. O meu primeiro foi ir embora, o meu segundo é voltar.

ELA

O Billy acha que está fazendo a minha vontade, apesar de ser um momento irrefletido meu, porque se ele não fizer o que eu quero vou ser dominada pela depressão e pelo medo. Mas ele continua achando que é um momento irrefletido. Eu nunca me achei uma pessoa desesperada. Detesto a idéia de que estou fazendo uma coisa desesperada.

ELE

Acho que você vai gostar de lá. Vou sentir a sua falta.

ELA

Mas a casa é sua. Você pode ir lá. Você pode ter esquecido alguma coisa e ir lá. A gente pode almoçar.

ELE

Você pode ter esquecido alguma coisa e vir aqui.

ELA

Claro.

ELE

Muito bem. Você está menos seca comigo do que estava ontem. Você não deve me ver como um adversário só porque eu não acompanhei as mentiras do Bush.

ELA

Eu fui desagradável?

ELE

Você deu a impressão de não se interessar muito por mim. A menos que eu tenha intimidado você.

ELA

É claro que me intimidou. Eu li todos esses livros na faculdade e todos os que você publicou depois. Você pode nem saber disso, sozinho lá nos montes Berkshire, mas tem muita gente como eu, gente da minha idade, e mais velha (*rindo*) e mais moça também, pra quem você atende a uma necessidade importante. Nós admiramos você.

ELE

Pois eu não vejo a mim mesmo no espelho público há muitos anos. Não sei disso, não.

ELA

Mas eu acabo de lhe dizer.

ELE

Continuo não sabendo. Mas é maravilhoso saber da sua admiração, porque em pouco tempo eu me tornei seu admirador.

ELA

(*Atônita*) Você é meu admirador? Por quê?

ELE

Não gosto de dizer isto, mas "um dia você vai entender". (*Ela ri*)

ELE

Vocês, pós-modernistas, riem muito.

ELA

Eu rio quando acho uma coisa engraçada.

ELE

Você está rindo de mim?

ELA

Estou rindo da situação. Você está falando comigo como se fosse meu pai. Um dia eu vou entender. Fazer a coisa dá prazer, ou o que dá prazer é ter feito? Quer dizer, escrever. Estou mudando de assunto.

ELE

Fazer dá prazer. O prazer de ter feito só dura pouco tempo. Dá prazer segurar a massa de páginas na mão, dá prazer quando chega o primeiro exemplar. Eu pego e largo o livro cem vezes. Vou almoçar com o livro a meu lado. Às vezes levo o livro pra cama.

ELA

Eu sei. Quando meu conto foi publicado, eu dormi com o exemplar da *New Yorker* debaixo do meu travesseiro.

ELE

Você é uma moça encantadora.

ELA

Obrigada, obrigada.

ELE

É por isso que eu moro no interior.

ELA

Entendo.

ELE

É um pouco perturbador pra mim voltar a Nova York, e esta situação também é um pouco perturbadora. Acho melhor eu ir embora.

ELA

Está bem. Quem sabe a gente volta a se encontrar, só nós dois, pra conversar.

ELE

Isso pra mim seria fatal, minha amiga.

ELA

Eu queria ser sua amiga.

ELE

Por quê?

ELA

Porque não tenho ninguém como você.

ELE

Você não me conhece.

ELA

Não. Não tenho interações como esta.

ELE

Você precisa usar esses termos? Você é escritora — não fique falando em "interações".

ELA

(*Rindo*) Eu nunca tenho conversas assim. Nunca vivo situações assim.

ELE

Não tive intenção de corrigir você. Não é da minha conta. Desculpe.

ELA

Eu entendo. Se quiser me ver e conversar comigo de novo, o meu telefone é o seu. É só ligar.

ELE

Não é como se eu estivesse respondendo a um anúncio da seção de aluguéis. É mais um da seção pessoal. "Mulher, branca, casada, muitíssimo atraente, instruída, disponível ocasionalmente para conversas íntimas..." Eu ganhei mais do que um apartamento novo, não é?

ELA

Talvez uma amiga também.

ELE

Mas essa amizade eu não posso ter.

ELA

O que é que você pode ter?

ELE

Pelo visto, pouca coisa. Perdi coisas preciosas e por isso me vejo numa situação difícil, que não adianta tentar enfrentar com muito trabalho etc. Você está me entendendo?

ELA

Não muito bem. Você se refere só ao fato de estar envelhecendo, ou tem mais alguma coisa específica?

ELE

(*Rindo*) Acho que só estar envelhecendo.

ELA

Agora eu entendi.

ELE

Isso está me matando, é melhor eu ir embora. Não vou seguir meu impulso e tentar beijar você.

ELA

Está bem.

ELE

Isso não levaria a nada.

ELA

Você tem razão. Mas gostei de você vir aqui hoje. Gostei muito.

ELE

Você é uma sedutora?

ELA

Não, absolutamente.

ELE

Você tem marido, tem amante, e agora você me quer como amigo. Você coleciona homens? Ou são os homens que colecionam você?

ELA

(*Rindo*) Acho que já colecionei homens, sim, e que já fui colecionada por eles.

ELE

Você tem apenas trinta anos. Já colecionou muitos homens?

ELA

Não sei o que seria considerado muitos. (*Ri outra vez*)

ELE

Quer dizer, depois que você saiu da faculdade, do dia da formatura até hoje, quando você acaba de me colecionar com o seu poder sedutor... Mas agora você está agindo de uma maneira infantil, como se não possuísse esse poder todo. Será que nunca ninguém lhe falou sobre o seu poder?

ELA

Já me falaram, sim. Eu estava rindo porque se você se inclui entre os homens colecionados, eu não saberia como contar os homens que colecionei.

ELE

Você me colecionou, sim.

ELA

E no entanto você não vai me ligar outra vez. E não vai me beijar. A gente pode nunca mais voltar a se ver, a não ser junto com o meu marido, quando a gente fizer a troca das chaves, por isso não entendo por que é que você diz que eu colecionei você.

ELE

Porque pra um homem como eu, um encontro como este é devastador.

ELA

Eu não quero de modo algum devastar você. Lamento se foi isso que eu fiz.

ELE

Eu é que lamento não poder devastar você.

ELA

Você me deu prazer.

ELE

Como eu já disse, isso está me matando, por isso é melhor eu ir embora.

ELA

Obrigada pela visita.

Na rua, voltando a pé para o hotel, pensando na cena que acaba de ser representada — e se ele se sente como um ator voltando do ensaio de uma cena de uma peça ainda não montada, é porque ela lhe parecia uma atriz, uma jovem atriz muito intuitiva e inteligente, que ouve com atenção, concentra-se completamente e reage de modo discreto —, ele se lembra de uma cena de Casa de bonecas, *em que o dr. Rank, um homem sofisticado, apaixonado, que está morrendo, é chamado para ficar um momento com a bela esposa de Torvald Helmer, a jovem Nora, uma moça mimada, que gosta de flertar e provocar os homens. A tarde está morrendo, a sala parece cada vez menor, um ou dois táxis passam na rua, a cidade está cada vez mais distante e tudo ao redor deles torna-se mais próximo, mais escuro. Duas pessoas dedicando seu tempo uma à outra, ouvindo uma à outra. Uma coisa tão sexual e tão triste. Cada uma arcando com seu passado, mas sabendo pouco sobre o passado da outra. O ritmo da cena, todo aquele silêncio e o que pode estar contido nele. Duas pessoas desesperadas por motivos diferentes. Para ele, porém, é a última cena desesperada, sem dúvida com uma atriz talentosa se fazendo passar, manhosa, por uma aprendiz de escritora. A cena de abertura de* Ele e ela, *uma peça sobre desejo, tentação, flerte e agonia — agonia o tempo todo —, um improviso que é melhor abortar e deixar morrer. Tchékhov tem um conto chamado "Ele e ela". A única coisa que ele se lembra do conto é o título (talvez o conto nem exista), mas por causa de um conselho sobre como escrever contos numa carta que Tchékhov escreveu ainda bem jovem, ele se lembra da frase crucial até hoje. Uma carta escrita por um escritor pelo qual ele tem a maior admiração, e que foi lida aos vinte e poucos anos de idade, ainda é uma lembrança viva para ele, mas o lugar e a hora de um compromisso acertado na véspera ele esquece por completo. "O centro de gravidade", escreveu Tchékhov em 1886, "deve se concentrar em dois elementos: ele e ela." Assim deve ser. Assim era. E assim nunca mais voltará a ser.*

Minha mala estava onde eu a havia largado, feita pelo meio, em cima da cômoda do quarto de hotel, quando saí correndo rumo à West 71st Street. Uma luz piscando no meu telefone indicava que havia um recado para mim. Mas eu continuava sem saber de quem era o recado porque, desde que voltara ao quarto, só fizera me sentar diante da pequena escrivaninha junto à janela, olhar para o trânsito da 53rd Street e registrar mais uma vez, no papel de carta do hotel, o mais depressa possível, a conversa que eu não tinha tido com Jamie. No meu caderno de tarefas eu anotava o que tinha feito e o que precisava fazer, para ajudar a memória cada vez mais fraca; esta cena de diálogos jamais ocorridos registrava o que não fora feito e não ajudava nada, não aliviava nada, não realizava nada. No entanto, tal como na noite da eleição, me parecera terrivelmente necessário escrever assim que entrei no quarto, pois as conversas que não tive com ela me emocionam mais do que as conversas que tivemos de fato, e a "Ela" imaginária ocupa um lugar intenso no meio da personalidade dela que a "ela" verdadeira jamais ocupará.

Mas o quociente de dor que a gente sofre já não é chocante o bastante para não precisar de uma amplificação ficcional, que dê às coisas uma intensidade que é efêmera na vida e que por vezes chega a passar despercebida? Não para algumas pessoas. Para umas poucas, muito poucas, essa amplificação, que brota do nada, insegura, constitui a única confirmação, e a vida não vivida, especulada, traçada no papel impresso, é a vida cujo significado acaba sendo mais importante.

3. O cérebro de Amy

Quando por fim peguei o telefone para ouvir o recado, ouvi a voz que eu escutara na quinta-feira anterior ao sair do hospital, a voz jovem da velha Amy Bellette. "Nathan Zuckerman", dizia ela, "fiquei sabendo onde você estava através de um bilhete deixado na minha caixa de correio por um sujeito insuportável chamado Richard Kliman. Não sei se você vai se dar o trabalho de me responder, nem sei se você se lembra de mim. Nós nos conhecemos em Massachusetts em 1956. No inverno. Eu tinha sido aluna de E. I. Lonoff na Athena College. Estava trabalhando em Cambridge. Você era um escritor novato e estava passando uns tempos na colônia de Quahsay. Nós dois tínhamos sido convidados pelos Lonoff para pernoitar na casa deles. Uma noite de muita neve nos montes Berkshire, muitíssimos anos atrás. Se você não quiser me ligar, vou compreender perfeitamente." Deixou o número do telefone dela e desligou.

Mais uma vez, nenhum pensamento, nem mesmo no que teria motivado Kliman, o que para mim era um mistério inescrutável — o que ele imaginava conseguir juntando Amy comigo? Mas não parei para pensar em Kliman nem fiquei imaginando o que poderia ter levado aquela mulher frágil, que estaria ou se recuperando ou morrendo de câncer no cérebro, a me contatar depois que ficou sabendo, através de Kliman, que eu estava em Nova York. Também não parei para pensar por que era tão fácil arrancar uma reação de mim quando a única coisa que eu queria era desfazer o erro de tentar melhorar minha situação e voltar para casa, retomando uma vida que não se limitava às minhas deficiências.

Disquei o número de Amy como se fosse o código que teria o efeito de restaurar a plenitude que outrora pertencera a todos nós; disquei o número como se percorrer em sentido contrário a trajetória de uma existência fosse um ato tão natural e cotidiano quanto acertar o relógio do microondas. As batidas de meu coração mais uma vez se tornaram perceptíveis, não pela expectativa de voltar a ter Jamie Logan ao alcance de meu braço, e sim pela evocação dos cabelos e olhos negros de Amy e de sua expressão autoconfiante em 1956 — relembrando sua fluência, seu encanto, sua inteligência ágil, que naquela época transbordava Lonoff e literatura.

Enquanto o telefone tocava, lembrei-me da cena na lanchonete, ela tirando o chapéu vermelho desbotado, exibindo o crânio desfigurado e as desgraças provocadas pela má sorte. "Tarde demais", pensei naquele momento; levantei-me e paguei o café que havia tomado e fui embora sem me intrometer. "Ela que recorra a suas próprias forças."

O cenário era um quarto comum num hotel Hilton, neutro e esvaziado de qualquer toque pessoal, mas minha determinação de contatá-la me fizera recuar quase cinqüenta anos, até um tempo em que a visão de uma moça exótica com sotaque estrangeiro parecia, para um rapaz ainda verde, a resposta para tudo. Disquei o número como um ser dividido, nem mais nem me-

147

nos integrado do que qualquer outra pessoa, como o escritor novato que ela conhecera em 1956 e ao mesmo tempo como o observador improvável (com a biografia imprevisível) que ele havia se tornado em 2004. Porém nunca me senti tão livre daquele novato, com sua mistura de idealismo inocente, seriedade precoce, curiosidade excitável e desejo irresponsável, ainda ridiculamente insatisfeito, quanto no momento em que fiquei aguardando que ela atendesse. Quando ela atendeu o telefone, eu não sabia quem imaginar do outro lado da linha: se a Amy de outrora ou a de agora. A voz exprimia o frescor radiante de uma jovem prestes a irromper numa dança, porém a cabeça recortada a bisturi era uma imagem sinistra demais para ser escamoteada.

"Eu vi você numa lanchonete na esquina da Madison com a Ninety-sixth", disse Amy. "Não falei com você por timidez. Agora você está tão importante."

"Estou mesmo? Não lá onde eu moro. Como é que você está, Amy?", perguntei, sem dizer que eu ficara tão estupefato diante da brutalidade da sua transformação que, por timidez, não me aproximei dela. "Me lembro muito bem daquela noite em que nos conhecemos. Uma noite de muita neve em 1956. Só fiquei sabendo que ele continuava casado com a esposa ao morrer, quando li o obituário dele. Eu pensei que ele tivesse se casado com você."

"Nós nunca nos casamos. Ele não conseguiu. Tudo bem. Vivemos juntos por quatro anos, a maior parte do tempo em Cambridge. Moramos um ano na Europa, voltamos pra cá, ele escreveu muito, lecionou um pouco, adoeceu, morreu."

"Ele estava trabalhando num romance", comentei.

"Com cinqüenta e tantos anos, escrevendo o primeiro romance. Se não fosse a leucemia, o romance acabava com ele."

"Por quê?"

"O tema. Quando Primo Levi se suicidou, todo mundo disse que foi porque ele esteve em Auschwitz. Já eu achava que era por ele ter *escrito* sobre Auschwitz, o trabalho de escrever o último livro, ficar pensando naquele horror de modo tão claro. Acordar todos os dias e trabalhar naquele livro era o bastante pra matar qualquer um."

Ela se referia a *Os afogados e os sobreviventes*, de Levi.

"Quer dizer que o Manny estava muito infeliz." Era a primeira vez que eu me referia a ele como Manny. Em 1956 eu era Nathan, ela era Amy e ele e Hope eram o sr. e a sra. Lonoff.

"Várias coisas contribuíram pra infelicidade dele."

"Então foi um período difícil pra vocês", disse eu, "depois que vocês dois conseguiram o que queriam."

"Foi difícil porque eu era jovem o bastante pra achar que era isso que ele também queria. Ele sabia que era só o que ele achava que queria. Quando Manny se livrou da mulher e por fim ficou comigo, tudo mudou — ele ficou deprimido, distante, irascível. A consciência o atormentava, era terrível. Quando estávamos morando em Oslo, havia noites em que eu ficava totalmente imóvel ao lado dele na cama, rígida de raiva. Às vezes eu rezava pra que ele morresse dormindo. Então ele adoeceu e tudo ficou idílico outra vez. Era tal como no tempo em que eu era aluna dele. É", disse Amy, enfatizando o fato que ela se recusava a ocultar, "foi isto que aconteceu: na adversidade, por estranho que pareça, era um êxtase só, e quando não havia obstáculo nós éramos muito infelizes."

"Dá pra imaginar", comentei, e pensei: o êxtase. Sim, eu me lembro do êxtase. O preço que ele cobra é muito alto.

"Dá pra imaginar", ela respondeu, "mas é surpreendente."

"Não. De modo algum. Continue, por favor."

"As últimas semanas foram terríveis: ele estava confuso e passava a maior parte do tempo dormindo. Ele produzia uns ruídos às vezes, e agitava as mãos no ar, mas não dizia nada que a gente pudesse compreender. Uns dias antes de morrer, ele teve um acesso de raiva gigantesco. Estávamos no banheiro. Eu ajoelhada na frente do Manny, trocando a fralda dele. 'Isso parece um trote de faculdade', ele disse. 'Saia deste banheiro!' e me bateu. Ele nunca havia batido em ninguém em toda a vida. Você não pode imaginar como fiquei em glória. Ele ainda tinha força suficiente pra bater em mim daquele jeito. Ele não vai morrer! Ele não vai morrer! Ele tinha passado dias quase inconsciente. Ou então tendo alucinações. 'Estou no chão', ele gritava da cama. 'Me tire do chão.' O médico veio e lhe deu morfina. Então um dia, de manhã, ele falou. Tinha ficado inconsciente todo o dia anterior. Ele disse: 'O fim é imenso, é sua própria poesia. Quase não pede retórica. É só enunciá-lo tal como ele é'. Eu não sabia se o Manny estava citando alguém, lembrando alguma coisa das muitas leituras dele, ou se aquilo era a mensagem final. Não consegui perguntar. Não tinha importância. A única coisa que eu fiz foi segurar a cabeça dele e repetir aquelas palavras pra ele. Não consegui mais me conter. Chorei copiosamente. Mas repeti tudo. 'O fim é imenso, é sua própria poesia. Quase não exige retórica. É só enunciá-lo tal como ele é.' E o Manny, com muito esforço, fez que sim com a cabeça, e eu desde aquela época vivo procurando essa citação, Nathan. Não consigo encontrar. Quem foi que disse isso, que escreveu isso? 'O fim é imenso...'"

"Parece coisa dele. A estética dele, resumida."

"O Manny falou mais. Tive que encostar o ouvido na boca dele pra escutar. Num tom quase inaudível, ele disse: 'Quero fazer a barba e cortar o cabelo. Quero ficar limpo'. Arranjei um barbeiro. O homem levou mais de uma hora, porque o Manny não conseguia manter a cabeça erguida. Quando terminou, levei o barbeiro até a porta e lhe dei vinte dólares. Quando voltei à cama, o Manny estava morto. Morto, mas limpo." Neste momento ela fez uma pausa, ainda que apenas por um instante, e eu não tinha nada a dizer. Eu sabia que ele havia morrido, e agora sabia também como havia morrido, e muito embora só tivéssemos nos encontrado uma única vez, fiquei chocado. "Eu vivi aqueles quatro anos, e não me arrependo", disse ela, "cada dia e cada noite. Eu via a careca dele brilhando à luz da lâmpada da luminária, quando ele ficava lendo a noite toda depois do jantar, sublinhando com cuidado o que lia e parando pra pensar e anotar uma frase no caderno espiral, e eu pensava: este homem é único."

Uma mulher que viveu cinqüenta anos relembrando um período de quatro anos — uma vida inteira definida por isso. "Eu preciso lhe dizer uma coisa", observei. "O Kliman também está me infernizando por causa do Manny."

"Eu imaginava, já que foi ele que me disse onde você estava. Ele quer escrever a biografia que eu não queria que ninguém escrevesse. Uma biografia, Nathan. Eu não quero isso. É uma segunda morte. É mais uma maneira de pôr fim a uma vida, encerrando toda uma vida em concreto, pra sempre. A biografia é uma patente de uma vida — e quem é esse garoto pra ter essa patente? Quem é ele pra julgar o Manny? Fixar a imagem dele pra sempre na cabeça das pessoas? Você não acha que ele é uma pessoa extremamente superficial?"

"O que ele parece ser, até mesmo o que ele é, nada disso importa. A única coisa que importa é que você não quer saber dele. O que você pode fazer pra impedir que ele faça o que quer fazer?"

"Eu?" Ela riu um riso fraco. "Ora, não posso fazer nada. Os originais de todos os contos estão em Harvard. Ele pode ir lá pesquisar, qualquer pessoa pode, se bem que, na última vez que verifiquei, fazia trinta e dois anos que ninguém se interessava em ver os originais. Por sorte, pelo visto ninguém está disposto a conversar com o senhor Kliman, pelo menos ninguém que eu conheça. Eu é que nunca mais quero me encontrar com ele. Mas mesmo assim ele talvez não desista. Pode inventar um monte de coisas, e não há como impedir que ele faça isso legalmente. Um morto não pode ser difamado. E se ele difamar os vivos, se ele manipular os fatos de modo a se favorecer, quem é que tem recursos pra processar esse senhor Kliman ou a editora que comprar o lixo dele?"

"Os filhos do Lonoff. E eles?"

"Essa saga fica pra outra vez. Os filhos nunca gostaram muito da moça deslumbrada que roubou o velho célebre. Nem do velho célebre que trocou a esposa velhusca pela moça deslumbrada. Ele jamais teria largado a Hope se ela não tivesse tomado a decisão, mas os filhos preferiam que ele ficasse com a mãe deles até sufocar por completo. A tenacidade do Manny, a austeridade, tudo que ele realizou — era como se ele tivesse sido escolhido pra escalar o monte Everest e depois, chegando lá no alto, não conseguisse respirar. Quem mais me desprezava era a filha dele. Uma pessoa de virtudes impecáveis, que só usa roupa de aniagem e só lê Thoreau — eu sabia lidar com ela, mas nunca consegui não me sentir insultada pelas madames Chacotas, que me travam com desdém ou então me ignoravam. Estou falando sobre as boas mulheres da comunidade liberal e tolerante de Cambridge, Massachusetts, por volta de 1960, uma época em que um dos prazeres rotineiros das mulheres dos professores era exercer a reprovação moral. O Manny dizia: 'Você investe emoção demais numa coisa que não tem a menor importância'. O Manny era o mestre da visão impessoal das coisas, mas eu nunca consegui aprender a fazer isso, nem mesmo com o homem que me ensinou a ler, escrever, pensar, saber o que valia a pena saber e o que não valia. 'Não se deixe intimidar dessa maneira.

Essas pessoas são figuras cômicas saídas de uma comédia de costumes.' Foi ele que apelidou a esposa do nosso distinto decano de madame Chacota. Quando a gente ia a um jantar em Cambridge, pra mim às vezes era insuportável. Por isso eu quis que a gente fosse morar no estrangeiro."

"E pra ele não era insuportável."

"O Manny não se incomodava com essas coisas. Em público, ele conseguia levar na brincadeira o preconceito geral. Ele tinha substância pra isso. Mas eu era apenas a moça bonita que tinha sido aluna dele na Athena. Eu já tinha passado por coisas piores quando menina, muito piores, é claro, mas naquele tempo eu tinha uma família a meu redor."

"Que fim levou a Hope?", indaguei.

"Está em alguma clínica em Boston. Sofre de mal de Alzheimer", disse Amy, confirmando a informação que me fora dada por Kliman. "Está com mais de cem anos."

"Eu gostaria de me encontrar com você", propus. "Posso convidá-la pra jantar? Você jantaria comigo hoje?"

O riso leve e agradável de Amy negava o que ela diria logo em seguida. "Ah, eu não sou mais a garota pra quem você não conseguia parar de olhar naquela noite em 1956. No dia seguinte, quando teve toda aquela barafunda — você se lembra do acesso de histeria da Hope, fingindo que estava indo embora de casa e entregando o Manny a mim? Foi nessa manhã que você me disse — você se lembra? — que eu tinha 'uma certa semelhança com a Anne Frank'."

"Eu me lembro, sim."

"Eu passei por uma cirurgia no cérebro, Nathan. Você não vai jantar com nenhuma garotinha."

"Eu também não sou mais o que eu era. Se bem que pela voz você continua tão sedutora quanto antes. Nunca descobri de onde vem esse seu sotaque. Nunca descobri qual a sua origem.

Deve ser de Oslo. O lugar onde você passou por coisas piores foi Oslo, quando você era uma menina judia, no tempo do nazismo. Deve ter sido por isso que vocês dois foram morar lá."

"Agora você está parecendo o biógrafo."

"O inimigo do biógrafo. O obstáculo do biógrafo. Esse rapaz ia deturpar tudo, ia ser pior do que qualquer coisa que o Manny fosse capaz de imaginar. Vou ajudar", insisti, "vou fazer tudo que eu puder fazer", e era isso, sem dúvida, que ela esperava ouvir quando foi levada a me procurar.

Assim, marcamos um encontro para aquela noite, sem dizer nada a respeito da revelação com a qual Kliman tinha esperança de lançar sua carreira literária.

No entanto, tirando isso, tínhamos dito muita coisa. Duas pessoas, pensei, que só haviam se encontrado uma única vez e mesmo assim vão direto ao ponto sem nenhuma cautela uma com a outra. Havia algo de estimulante nisso, se bem que dava a entender que ela provavelmente vivia tão isolada quanto eu. Ou talvez fosse aquela intimidade imediata entre duas pessoas que não se conheciam apenas porque haviam se visto uma vez antes. Antes de quê? Antes de tudo que aconteceu.

Calculei quinze minutos para caminhar do hotel até o restaurante onde eu me encontraria com Amy às sete horas. Tony estava lá para me receber e me levar até minha mesa. "Depois de tantos anos", disse ele, animado, afastando a cadeira para mim.

"Agora você vai me ver com mais freqüência, Tony. Vou ficar aqui na cidade por uns tempos."

"Bom pro senhor", disse ele. "Depois do 11 de setembro, teve uns fregueses nossos que pegaram os filhos e se mudaram pra Long Island, pro interior do estado, pra Vermont — foram pra tudo que é lado. Eu até respeito a decisão deles, mas isso é pânico, não é? Passou depressa, mas pra dizer a verdade, senhor Zuckerman, nós perdemos uns clientes maravilhosos depois daquela história. O senhor está sozinho?"

"Vem mais uma pessoa", respondi.

Mas Amy não veio. Eu não havia trazido o número do seu telefone e por isso não pude telefonar para saber se havia acontecido alguma coisa. Ocorreu-me que talvez ela tivesse vergonha de se mostrar a mim de perto, uma velha debilitada com metade da cabeça raspada e uma cicatriz que a desfigurava. Ou então ela havia concluído que não era uma boa idéia deixar que eu interviesse em seu favor junto a Kliman, o que a obrigaria a revelar a mim os supostos episódios ocorridos na juventude de Lonoff que ela, como guardiã da memória desse homem que preservara sua privacidade do modo mais meticuloso, não queria de modo algum ver divulgados.

Esperei mais de uma hora — pedi apenas uma taça de vinho, na esperança de que ela ainda aparecesse — quando então me ocorreu que não era aquele o restaurante em que havíamos combinado nos encontrar. Eu viera ao Pierluigi's automaticamente, certo de que havia sugerido o lugar, e agora já não me lembrava se tinha pedido a Amy que ela escolhesse um restaurante de sua preferência. Se eu havia feito isso, não sabia mais qual o restaurante proposto por ela. E a idéia de que talvez Amy estivesse sozinha no restaurante esse tempo todo, imaginando que eu lhe dera um bolo — por causa do que ela dissera sobre sua aparência —, me fez descer correndo até o telefone, ligar para o hotel e perguntar se havia algum recado para mim. Havia um: "Esperei uma hora e fui embora. Eu compreendo".

Naquele dia, algumas horas antes, eu havia entrado numa farmácia para comprar alguns artigos que havia esquecido de trazer de casa. Na hora de pagar, perguntei à vendedora: "Você podia colocar isso tudo numa caixa?". Ela ficou olhando para mim sem entender. "Nós não temos caixa", respondeu. "Quer dizer, num saco", corrigi, "num saco, por favor." Um erro insignificante, mas assim mesmo perturbador. Eu estava cometendo esses deslizes quase todos os dias agora, e apesar de todas as anotações que fazia religiosamente em meu caderno, apesar das tentativas incessantes de permanecer concentrado no que estava fazendo ou planejando fazer, com freqüência eu me esquecia das coisas. Falando ao telefone, eu começara a observar que pessoas bem-intencionadas por vezes tentavam concluir as frases, imaginando o que eu ia dizer, antes mesmo que eu me desse conta de que havia hesitado ou feito uma pausa à procura da próxima palavra, e que as pessoas de boa vontade fingiam não perceber meu erro quando eu inventava (tal como ocorrera recentemente com minha faxineira, Belinda) uma expressão inexistente, como "de cor e saciado" quando minha intenção era dizer "de cor e salteado", ou quando eu trocava o nome de um conhecido em Athena, chamando-o pelo nome de outro, ou quando o nome de uma pessoa se apagava de minha cabeça no momento exato em que falava com ela, obrigando-me a fazer um esforço silencioso para recuperá-lo. Minha vigilância não parecia ter muito efeito contra o que parecia menos uma erosão da memória do que uma espécie de deslizamento para a inconsciência, como se alguma coisa diabólica dentro de meu cérebro, munida de vontade própria — o demônio da amnésia, do esquecimento, contra cujos poderes de destruição eu não conseguia opor uma resistência efetiva —, me obrigasse a sofrer esses lapsos apenas pelo prazer de me ver decair, o cruel objetivo final de transformar a mim, uma pessoa cuja acuidade como escritor dependia da memória e da precisão verbal, num homem esvaziado.

(É por isso que, ao contrário da minha prática habitual, estou trabalhando com o máximo de rapidez enquanto posso, embora esteja longe de trabalhar com a velocidade que eu gostaria de atingir, justamente por causa do impedimento mental que tento combater. Agora a única coisa certa é que esta deve ser minha última tentativa de tatear por entre as palavras para combiná-las de modo a formar as frases e os parágrafos de um livro. Pois é isso que faço agora, tatear o tempo todo, algo muito diferente da busca ansiosa de palavras, na tentativa de ser fluente, que faz parte da atividade de escrever. Durante o último ano que passei trabalhando no romance que acabo de entregar a minha editora, constatei que era necessário me esforçar todos os dias para combater a ameaça da incoerência. Quando terminei — ou seja, quando, após quatro versões, não consegui continuar —, eu já não sabia se era a leitura dos originais que estava sendo perturbada por uma mente desordenada ou se minha leitura era precisa e o texto refletia a desordem de minha mente. Como sempre, enviei os originais para meu leitor mais perspicaz, que foi meu colega na University of Chicago milênios atrás, um leitor em cuja intuição confio cegamente. Quando me fez seu relatório pelo telefone, percebi que ele estava deixando de lado sua franqueza habitual e, para não me magoar, estava sendo insincero ao afirmar que não era o melhor leitor para aquele livro, desculpando-se por não ter nada de útil a dizer, argumentando que lhe fora tão difícil sentir empatia pelo protagonista, com o qual eu me identificava de todo, que durante a leitura não conseguira manter o interesse necessário para que pudesse fazer algum comentário relevante.

Não insisti e sequer fiquei perplexo. Compreendi a tática que ocultava seus pensamentos, mas por conhecer muito bem a capacidade crítica de meu amigo, e por saber que suas observações nunca eram aleatórias, eu teria de ser extremamente ingênuo para não me preocupar com sua reação. Em vez de sugerir que eu tentasse uma quinta versão — por ter calculado, com base na leitura do quarto, que fazer as mudanças substanciais por ele sugeridas seria exigir demais das minhas faculdades que restavam intactas —, ele achou melhor culpar uma inexistente limitação sua, a falta de empatia imaginativa, em vez de apontar para uma deficiência constatada em mim. Se eu havia interpretado corretamente sua reação — se, como eu imaginava, sua leitura chegara à mesma conclusão dolorosa que a minha —, o que fazer com um livro no qual eu havia trabalhado por quase três anos e que me parecia ao mesmo tempo insatisfatório e concluído? Nunca tendo passado por tal situação antes — pois no passado sempre conseguira reunir minhas forças e minha inventividade até chegar a uma resolução —, pensei no que dois dos maiores escritores americanos haviam feito ao perceberem o declínio de suas faculdades ou uma fraqueza numa obra que resistia teimosamente a qualquer tentativa de correção. Eu podia fazer o que Hemingway fez — e não apenas perto do final da vida, quando sua força monumental, a vida ativa e o prazer que lhe proporcionava o conflito violento já haviam sido deslocados pelo impacto da dor física, da decadência alcoólica, da fadiga mental e da depressão suicida, mas em seus melhores anos, quando sua força era ilimitada, sua beligerância estava no auge e a preeminência de sua obra estabelecida em todo mundo — e pôr de lado o livro, para tentar escrevê-lo depois ou deixá-lo inédito para sempre. Ou então eu podia fazer como Faulkner, e teimosamente entregar os originais para publicação, permitindo que o livro no qual ele trabalhara tanto, e que não era possível mais continuar a elaborar, fosse entregue ao público tal como estava e lhe proporcionasse as satisfações que eram possíveis.

Eu precisava de uma estratégia para sobreviver e seguir em frente — quem não precisa? — e, para o bem ou para o mal, acertando ou errando, escolhi a segunda, embora não levasse muito a sério a idéia de que ela não teria um efeito danoso sobre minha capacidade de seguir em frente, no período de declínio de meu talento, sem causar um excesso de ignomínia. E isso foi antes que a luta se tornasse tão encarniçada quanto está agora, antes que a deterioração avançasse até o ponto em que não é possível encontrar nem mesmo as salvaguardas mais frágeis — em que não se trata mais apenas de não conseguir, após um ou dois dias, lembrar os detalhes do capítulo anterior, e sim, por incrível que pareça, não conseguir, após apenas alguns minutos, lembrar boa parte do que estava escrito na página anterior.

Quando decidi procurar um médico em Nova York, o vazamento que eu estava sofrendo não era apenas no pênis e a disfunção não se restringia ao esfíncter da bexiga — e a próxima crise que me aguardava não era algo que implicaria apenas uma perda física, como eu tinha esperanças de que fosse o caso. Dessa vez era minha mente, e dessa vez eu estava tendo mais do que um aviso prévio, porém, ao que parecia, não muito mais que isso.)

Pedi desculpas a Tony e saí do restaurante sem ter comido, voltando ao hotel. Mas no meu quarto não consegui encontrar o telefone de Amy em lugar nenhum. Eu tinha certeza de que o havia anotado num pedaço de papel na mesa-de-cabeceira, mas não estava lá, nem na cama, nem em cima da cômoda, nem no tapete, que percorri com a ponta dos dedos enquanto andava de gatinhas de um lado para outro do quarto. Olhei debaixo da cama, mas também não estava lá. Verifiquei os bolsos de todas as roupas que havia trazido comigo, até das que não tinham sido usadas. Vasculhei o quarto inteiro, mesmo lugares de todo improváveis, como o frigobar, quando então me ocorreu procurar dentro da carteira, e lá estava o papel com o número do telefone — estivera comigo todo esse tempo. Eu não me esquecera de levá-lo ao restaurante. Havia, sim, me esquecido de que o tinha levado.

A luz de meu telefone estava piscando. Imaginando que talvez fosse um segundo recado de Amy, mais longo que o primeiro, peguei o fone. Era Billy Davidoff ligando da minha casa. "Nathan Zuckerman, a casa é maravilhosa. É pequena, mas perfeita para nós. Tirei umas fotos — espero que você não se incomode. A Jamie vai adorar a casa, o laguinho, o pântano em frente — tudo, todo o ambiente. E o Rob Massey é um achado. Vamos acertar tudo o mais depressa possível. Vamos preparar todos os documentos necessários. O Rob me disse que vai levar as suas coisas de carro depois da mudança, mas se você estiver precisando de algo imediatamente, eu posso pegar hoje mesmo. Vou ficar aqui mais uma hora, caso você queira me telefonar. Mais tarde a gente se fala. E obrigado. Morar aqui vai ser muito bom pra nós."

Bom para Jamie, era o que ele queria dizer. Ele faz qualquer coisa por ela. Tanta dedicação e tanto prazer em se dedicar a ela. O que é que Billy quer? Tudo que Jamie quiser. O que é que agrada Billy? Tudo que agradar Jamie. O que é que concentra toda a atenção de Billy? Jamie! Jamie! Fazer a vontade de Jamie! Se aquela harmonia de adoração, coisa inacreditável, jamais perder o poder, eles são um casal de sorte! Mas se algum dia ela se cansar das atenções dele, negar-lhe sua aprovação, não se deixar excitar pela paixão dele, como ele ficará infeliz, vulnerável, fragilizado! Jamais passará um único dia sem ela sem pensar nela cinqüenta vezes. Jamie vai reduzir a pó todas as suas sucessoras, por todo o sempre. Ele há de pensar nela até morrer. Há de pensar nela *durante* a agonia final.

Eram oito e meia. Se Billy ainda ia ficar lá mais uma hora, só chegaria à West 71st Street por volta de meia-noite. Eu poderia ligar para ela com o pretexto de marcar a data da troca de residências que já nem queria mais fazer. Poderia ligar e dizer a verdade, dizer: "Quero ver você — é insuportável não poder ver você". Até a meia-noite, essa moça, de quem eu estivera próximo apenas três vezes, e por pouco tempo, estaria sozinha em casa com seus gatos — ou com os gatos e Kliman.

Vamos cancelar esta seção de autotortura. Pegue o carro e vá embora. Sua grande aventura terminou.

O segundo recado era de Kliman. Ele queria saber se eu poderia falar com Amy Bellette por ele: ela lhe havia feito algumas promessas antes da operação e agora se recusava a cumpri-las. Ele tinha uma cópia da primeira metade dos originais incompletos do último romance de Lonoff, e não adiantaria nada impedi-lo de ler o resto, que era o que ela lhe prometera apenas dois meses antes. Ela lhe dera fotos da família de Lonoff. Ela lhe dera sua *bênção*. "Se o senhor puder, por favor me ajude, senhor Zuckerman. Ela não é mais a pessoa. Efeito da cirurgia. De tudo que eles retiraram, do dano que foi causado. Ela agora está com uma deficiência mental imensa, que não existia antes. Mas talvez ela escute o senhor."

Kliman? Implausível. Você fede, você fede, seu velho, e agora ele telefona e me pede ajuda, sem nem mesmo pedir desculpas? Depois de eu lhe dizer que vou fazer o possível para destruí-lo? Será isso uma manipulação audaciosa, será apenas confusão mental ou será Kliman uma dessas pessoas que grudam em alguém e não conseguem mais largar? Uma dessas pessoas que, por mais que a gente lhes diga não, não largam nosso pé? Não importa a reação que se tenha, elas não desistem de tentar arrancar da gente o que querem. E por mais que aprontem, mesmo depois de dizerem as coisas mais horrorosas, elas jamais admitem que ultrapassaram os limites de modo indesculpável. Isso mesmo, um rapagão viril e bonito, cuja beleza é uma fonte de autoconfiança, que não tem medo de ofender e depois volta como se nada tivesse acontecido.

Ou teria havido algum outro contato entre nós do qual eu havia esquecido? Mas quando? "Talvez ela escute o senhor." Mas

161

por que ele imagina que Amy Bellette seja capaz de me escutar, quando ele sabe que só nos encontramos uma vez? E será que ele tem conhecimento até mesmo disso? Kliman nem sabe que eu e Amy nos conhecemos. A menos que eu tenha lhe contado. Talvez ela tenha lhe contado. Certamente foi o que aconteceu — ela deve ter lhe contado isso também!

Coloquei o número de telefone de Amy na mesa e disquei. Quando ela atendeu, eu lhe disse palavras semelhantes às que eu queria dirigir a Jamie Logan. "Preciso ver você. Gostaria de me encontrar com você agora."

"Onde você estava?", ela perguntou.

"Estava no restaurante errado. Desculpe. Me diga onde você mora. Quero conversar com você."

"Eu moro num lugar horrível", ela respondeu.

"Me diga onde você está, por favor."

Ela me disse, e peguei um táxi rumo ao endereço dela, na First Avenue, porque precisava descobrir se era verdade o que estavam dizendo sobre Lonoff. Não me perguntem por que eu precisava. E o que havia de absurdo em minha busca não me detinha. Nada de absurdo me detinha. Um velho, que já deixou para trás todas as suas lutas, de repente sente um impulso de... de quê? Não bastava uma vida às voltas com as paixões? Uma vida às voltas com o incognoscível não bastava? *Mais* um mergulho na mutabilidade?

A coisa não era tão má quanto eu imaginara no caminho, mas mesmo assim não era admissível uma mulher como ela, a companheira sobrevivente de um escritor brilhante, morar num lugar como aquele. No térreo ficava um restaurante italiano barato e, ao lado dele, um bar irlandês, e não havia tranca no portão do prédio, nem na porta interna que dava acesso à escada. No vão escuro embaixo do primeiro lanço estavam enfiadas várias latas de lixo de metal, muito amassadas. Quando toquei a campainha dela, em meio a várias caixas de correspondência, vi que numa delas faltava a tranca e a portinhola estava entreaberta. Eu não tinha certeza de que a campainha por mim apertada estava funcionando e fiquei surpreso quando ouvi, vindo lá de cima, a voz de Amy: "Cuidado. Tem uns degraus soltos".

Algumas lâmpadas nuas fixadas no teto iluminavam a escada de modo razoável, mas os corredores estavam escuros. O cheiro que dominava o interior do prédio era de urina de gatos ou de ratos, ou dos dois.

Amy esperava por mim no terceiro patamar da escada. A cabeça raspada pela metade e a trança de cabelo grisalho foram os primeiros detalhes que vi dessa mulher idosa, a qual parecia ainda mais digna de pena agora, com o vestido longo e disforme amarelo-esverdeado, cujo objetivo era expressar alegria, do que com a camisola hospitalar que ela havia adaptado para usar na rua. No entanto, Amy parecia não se dar conta de sua aparência, demonstrando uma alegria quase infantil ao me ver. Estendeu a mão para que eu a apertasse, mas quando dei por mim estava beijando-a nas duas faces, uma meta que eu teria me esforçado muito para atingir em 1956. Tudo naquele beijo parecia um milagre, e o maior deles era que, apesar de todas as evidências físicas, ela continuava dolorosamente quem sempre fora, e não uma impostora. O fato de ela ter sobrevivido a todos os seus sofrimentos para encontrar-se comigo naquele ambiente sórdido — aquilo era um milagre muito sério, quase dando a impressão de que eu estar ali com ela naquele encontro, com uma jovem que me atraíra tanto quase cinqüenta anos atrás, era o motivo desconhecido que me trouxera a Nova York, era o que me fizera vir e decidir, num ímpeto, ficar. Voltar a uma pessoa depois de tanto tempo, depois de eu ter tido câncer e de ela ter câncer, agora que nossos cérebros jovens e inteligentes estavam um tanto desgastados, talvez fosse por isso que eu estava quase tremendo agora e que ela escolhera o vestido longo amarelo que, se algum dia esteve em moda, foi há mais de meio século. Nós dois precisávamos muito dessa figura do passado. O tempo — o poder, a força do tempo — e aquele velho vestido amarelo cobrindo seu corpo indefeso ameaçado pela morte! E se eu me virasse naquele instante e visse o próprio Lonoff subindo a escada? O que eu diria a ele? "Continuo admirando você"? "Acabo de reler sua obra"? "Continuo um garoto na sua presença"? O que ele diria — era como se eu ouvisse sua voz — seria: "Cuide dela. Para mim, é insuportável a idéia de ela sofrer". Morto, ele era mais corpulento do que vivo. Havia engordado no túmulo. "Compreendo", ele prosseguia, adotando depressa um tom de sarcasmo amistoso, "que você não é mais o conquistador de antigamente. Assim, tudo vai ficar mais fácil."

"A decadência física", respondi, "não facilita nada. Vou fazer o que posso." Na minha carteira eu tinha algumas centenas de dólares que podia deixar com ela e no hotel eu faria um cheque e o mandaria pelo correio no dia seguinte, embora tivesse de me lembrar, ao sair, de verificar se a caixa de correio dela era a que estava com a portinhola quebrada. Se fosse, eu teria de enviar o dinheiro de outra maneira.

"Obrigado", disse Lonoff enquanto eu seguia o vestido amarelo até o interior do apartamento, com dois cômodos estreitos, ambos — um escritório e, após uma passagem em arco, uma cozinha — desprovidos de janela. Na frente, dando para o trânsito da First Avenue e o restaurante, ficava uma saleta com duas janelas gradeadas, e no fundo um quarto ainda menor com apenas uma janela gradeada, um espaço tão pequeno que nele mal cabiam uma mesa-de-cabeceira e uma cama estreita. Três janelas. Na casa de fazenda de Lonoff nos montes Berkshire haveria mais de vinte janelas, que nunca era necessário trancar.

O quarto de dormir dava para um poço interno de ventilação, no fundo do qual havia um beco estreito onde ficavam as latas de lixo do restaurante. Descobri que havia uma privada num cômodo do tamanho de um armário atrás de uma porta ao lado da pia da cozinha. Uma banheira pequena, com pés, ficava na cozinha, a poucos centímetros da geladeira, de um lado, e do fogão, do outro. Como a frente do apartamento era barulhenta por causa dos ônibus, caminhões e carros que corriam a toda velocidade pela First Avenue e nos fundos ouviam-se os ruídos incessantes da cozinha do restaurante, cuja porta de trás permanecia aberta o ano inteiro para ventilar o ambiente, Amy levou-me ao escritório escuro, relativamente silencioso, cheio de papéis e livros que se amontoavam nas estantes das paredes e formavam pilhas em torno da base da mesa da cozinha com tampo de fórmica, também usada como escrivaninha. A luminária sobre a mesa era a única fonte de luz do cômodo. Tratava-se de uma garrafa comprida e larga, translúcida, de vidro pardo, da qual saía um fio ligado ao bocal da lâmpada, com uma cúpula em forma de chapéu, largo, cheio de estrias, como um abano. Eu vira aquilo pela última vez quarenta e oito anos antes. Era a luminária improvisada de Lonoff. Olhei para o lado e vi outra relíquia do escritório de Lonoff, a espreguiçadeira grande, de crina parda, que ao longo das décadas foi sendo moldada pelo torso substancial do escritor — e, era esta a impressão que eu tinha, por seus pensamentos e seu estoicismo; fora sentado nessa mesma espreguiçadeira já gasta que ele me intimidara ao responder minhas perguntas mais simples sobre meus empreendimentos juvenis. Pensei: "O quê? *Você* está aqui?", e então me lembrei deste exato verso, que aparece no "Little Gidding", de Eliot, no momento em que o poeta, caminhando pelas ruas antes do amanhecer, encontra-se com aquele "fantasma composto", o qual lhe fala sobre o sofrimento que o espera. "Palavras de ontem são do idioma de ontem/ E as de amanhã aguardam outra voz." E como é mesmo que começa a fala do fantasma de Eliot? Num tom sardônico. "Eis os dons reservados para a velhice." Reservados para a velhice. Reservados para a velhice. Daí em diante, não consigo avançar. Começa aí uma profecia terrível da qual não me lembro. Quando chegar em casa, vou consultar o livro.

Em silêncio, dirigi a Lonoff uma observação que só naquele momento me ocorria: "Agora você não é mais trinta e tantos anos mais velho que eu. Eu é que sou dez anos mais velho que você".

"Você comeu alguma coisa?", ela perguntou.

"Não estou com fome", respondi. "Estou atônito demais por estar com você." Aquela visita inimaginável me afetava tanto que não consegui dizer mais nada. Por mais imprecisos e vagos que estivessem meus pensamentos nos últimos tempos, minhas lembranças de Amy, que eu só vira uma vez tantos anos antes, continuavam nítidas e marcadas pela impressão, que eu sentira em 1956, de que ela era uma pessoa da maior importância. Naquela época, eu chegara mesmo a construir um roteiro complexo que atribuía a ela os terríveis elementos da biografia de Anne Frank, porém uma Anne Frank que, para meus próprios fins, havia sobrevivido à Europa e à Segunda Guerra Mundial para recriar-se, sob um pseudônimo, como uma universitária órfã na Nova Inglaterra, uma aluna estrangeira vinda da Holanda, aluna e depois amante de E. I. Lonoff, a quem um dia, aos vinte e dois anos de idade — depois que foi sozinha até Manhattan para assistir à primeira montagem de O diário de Anne Frank —, ela confidenciara sua verdadeira identidade. Naturalmente, eu não tinha mais a motivação daquele jovem para continuar a elaborar essa ficção delirante. Os sentimentos que haviam explorado minha imaginação com esse objetivo quando eu tinha vinte e tantos anos já haviam desaparecido fazia muito tempo, juntamente com os imperativos morais que me eram impostos na época pelos eminentes sábios da comunidade judaica. Eles haviam denunciado os primeiros contos que eu publicara como manifestações sinistras de "auto-repulsa judaica", uma acusação de que de algum modo me atingira, apesar da hipocrisia gritante do narcisismo judaico de meus críticos, que despertava toda a minha ojeriza — e, em oposição a isso, eu transformara a Amy de Lonoff na mártir Anne Frank, a qual, com apenas um toque mínimo de ironia, eu imaginava querer desposar. Encarnando a personagem da santa judaica, jovem e cheia de vida, Amy passou a ser meu baluarte fictício contra a condenação arrasadora que me fora imposta.

"Quer beber alguma coisa?", ela ofereceu. "Uma cerveja?"

Eu bem que aceitaria alguma coisa mais forte, mas agora nunca bebia mais do que uma taça de vinho na hora do jantar, porque o álcool intensificava meus lapsos mentais. "Não, obrigado. Você chegou a comer alguma coisa?"

"Eu não como", disse ela. *Eu não faço isso ou aquilo.* Também para mim, isso havia se transformado num refrão.

"Você está bem?", perguntei.

"Eu estava. Passei alguns meses bem. Mas acabam de me dizer que essa porcaria voltou. É isso que acontece — o destino fica atrás de você e um belo dia ele pula na sua frente gritando: 'Buu!'. Quando tive o primeiro tumor, antes mesmo de saber que estava doente, fiz coisas que não quero nunca mais fazer. Chutei o cachorro do vizinho. Um cachorrinho, ele ficava no corredor latindo o dia inteiro e mordiscando os sapatos da gente, um cachorro pentelho que não tinha nada que estar lá — pois eu dei um bom pontapé nele. Comecei a escrever cartas para o *New*

York Times. Tive um chilique na biblioteca pública. Fiquei completamente enlouquecida. Fui à biblioteca pra ver uma exposição sobre e. e. cummings. Eu adorava a poesia dele logo que cheguei aqui como estudante: 'Eu canto Olaf alegre e grande'. Quando saí da exposição, vi que no corredor, nas paredes, havia uma exposição muito maior, mais chamativa, com o nome de Monumentos da Literatura Moderna. Umas fotos grandes, retratos de escritores, e embaixo delas umas vitrines exibindo primeiras edições com as capas originais, uma bobajada politicamente correta. Se estivesse bem, eu ia embora, pegava o metrô e no caminho contava tudo pro Manny. Ele era o máximo em matéria de tato — tato, presença de espírito, paciência. Nunca se espantava com as loucuras humanas. Mesmo morto, ele me tranqüiliza muito."

"Depois de quarenta anos? Não houve mais ninguém nesses quarenta anos que se tornou importante bastante pra tranqüilizar você?"

"E como poderia haver?"

"E como poderia *não* haver?"

"Depois *dele*?"

"Você tinha trinta anos quando ele morreu. Deixar sua vida toda ser definida por um único episódio... Você ainda era jovem." Não me permiti acrescentar: "Será que tudo que veio depois foi esmagado por aqueles poucos anos?" porque a resposta a tal pergunta era óbvia. Tudo, absolutamente tudo.

"Irrelevante", foi o que ela respondeu à minha pergunta.

"Então o que você fez?"

"O que eu fiz? Que pergunta — o que eu fiz. Traduzi livros: do norueguês pro inglês, do inglês pro norueguês, do sueco pro inglês, do inglês pro sueco. Foi o que eu fiz. Mas o que eu mais faço é andar sem rumo. Vagar sem rumo de um lado pro outro, e agora estou com setenta e cinco anos. Foi assim que cheguei aos setenta e cinco: sem rumo. Mas você, não. A sua vida foi uma flecha apontada pro alvo. Você trabalhou."

"E foi assim que cheguei aos setenta e um. De uma maneira ou de outra, sem rumo ou com rumo, assim mesmo a gente acaba chegando ao fim. Você nunca foi pra aquela vila em Florença com outra pessoa?"

"Como é que você sabe da vila em Florença?"

"Porque o Manny falou sobre ela comigo naquela noite. De modo vago, como se o assunto lhe tivesse ocorrido por acaso. E depois", confessei, "ouvi vocês dois conversando. Tomei a liberdade de bisbilhotar e ouvi você falando com ele naquela noite."

"Como você fez isso?"

"Eu estava dormindo no quarto embaixo do seu. Você não tem como se lembrar disso. Ele preparou o sofá-cama no escritório dele pra mim. Subi na escrivaninha e encostei o ouvido no teto. Você disse: 'Ah, Manny, nós podíamos ser muito felizes em Florença'."

Ao ouvir isso, ela ficou na maior felicidade. "Ah! Mas você era mesmo uma peste. O que mais? O que mais? Uma testemunha de uma coisa acontecida há tanto tempo — isso é uma dádiva! Me conte o que você ouviu, sua peste! Tudo que você ouviu!"

Me conte, ela insistia, me conte, por favor, sobre esse momento íntimo com essa pessoa insubstituível que eu amo, que já morreu, me conte tudo no dia em que fiquei sabendo da volta do tumor que está me arrastando para a minha própria morte e em homenagem ao qual eu pus meu vestido amarelo!

"Bem que eu gostaria", respondi. "Mas não me lembro de quase mais nada. Me lembro de Florença porque ele também havia falado nisso — na vila em Florença e na moça que ia pra lá com ele, onde ele levaria uma vida nova e bela."

"'Nova e bela' — ele disse isso?"

"Acho que disse. Vocês foram pra Florença?"

"Nós dois? Nunca. Fui sozinha. Fui pra lá e fiquei lá depois que ele morreu. Eu colhia flores e punha no vaso dele. Escrevia o meu diário. Dava caminhadas. Aluguei um carro e fiz uns passeios. Por alguns anos, eu ia sempre pra lá em junho, ficava numa pensão, levava as minhas traduções e executava todos os ritos."

"E você nunca ousou fazer isso com outra pessoa."

"E por que eu faria isso?"

"Como é que uma pessoa pode viver tanto tempo só de lembranças?"

"Não é só isso. Eu falo com ele o tempo todo."

"E ele fala com você?"

"Fala, sim. Nós conseguimos resolver muito bem o problema dele ter morrido. Agora somos diferentes de todo mundo e muito parecidos um com o outro."

O impacto emocional de ouvir essas palavras me fez dirigir a Amy um olhar perscrutador, para ver se ela dissera o que de fato pretendera dizer, ou se estava exagerando de propósito, ou se suas palavras haviam sido pronunciadas acidentalmente, digamos assim, por um cérebro que já não estava inteiro. Tudo que vi foi uma pessoa que não era protegida por ninguém. Tudo que vi foi o mesmo que Kliman tinha visto.

"O que ele pensaria se visse você vivendo assim?", perguntei. "Ele não ia preferir que você conhecesse alguém? O que ele pensaria se soubesse que você está sozinha esses anos todos?" Então acrescentei: "O que é que ele lhe diz sobre isso?".

"Ele nunca toca no assunto."

"O que ele acha de você estar morando aqui, agora, neste lugar?"

"Ah, a gente não liga pra isso, não."

"Então sobre o que vocês falam?"

"Os livros que eu leio. A gente fala sobre livros."

"Só isso?"

"Coisas que acontecem. Falei a ele sobre o negócio da biblioteca."

"O que foi que ele disse?"

"Ele disse o que sempre diz. Ele riu e disse: 'Você leva essas coisas muito a sério'."

"O que ele diz sobre o tumor no cérebro?"

"Que eu não devo ficar assustada. Não é uma coisa boa, mas eu não devo ficar assustada."

"Você acredita no que ele diz?"

"Quando a gente conversa, eu passo um tempo sem dor."

"Só sente o amor."

"É. Isso mesmo."

"E então, o que foi que você disse a ele sobre o que aconteceu na biblioteca? Me conte como foi a história toda."

"Ah, eu fiquei andando de um lado pro outro naquele corredor, indignada de ver as fotos daqueles escritores que escreveram os grandes marcos da literatura moderna. Perdi as estribeiras. Comecei a gritar. Vieram dois seguranças, e quando vi eu já estava na escada do lado de fora. Eles devem ter pensado que eu era alguma maluca de rua. Eu também fiquei pensando nisso. Uma mulher maluca e má, cheia de pensamentos maus na cabeça. Nessa época eu estava começando a falar a mil por hora. Eu ainda faço isso às vezes. Até quando estou sozinha. Eu ainda não estava sabendo do tumor. Eu já disse isso. Mas ele já estava lá, atrás da minha cabeça, me virando do avesso. A minha vida inteira, sempre que eu me sinto perdida, eu sempre pergunto a mim mesma: o que é que o Manny faria? O que é que o Manny faria nesta situação ridícula? Ele tem me guiado a minha vida toda. Eu me apaixonei por um grande homem. É uma coisa que dura. Mas aí veio o tumor e não dava mais pra ouvir o Manny, por causa do barulho incessante."

"Faz barulho?"

"Não. Eu devia ter dito 'uma nuvem'. É uma nuvem. Dentro da cabeça você tem uma nuvem de tempestade."

"Qual era a bobagem politicamente correta totalmente idiota?"

Ela riu, o rosto, cheio de rugas finas, sem o menor vestígio da beleza de antes — o rosto riu, mas por efeito do crânio raspado pela metade, já coberto de uma penugem fina, e com aquela cicatriz diabólica, o próprio riso parecia cheio de significados impróprios. "Você sabe. Lá estava a Gertrude Stein, mas não o Ernest Hemingway. Estava a Edna St. Vincent Millay, mas não o William Carlos Williams nem o Wallace Stevens nem o Robert Lowell. Uma bobagem. Começou nas faculdades e agora está assim em todo lugar. Richard Wright, Ralph Ellison e Toni Morrison, mas o Faulkner, não."

"O que foi você gritou?", perguntei.

"Gritei: 'Cadê o E. I. Lonoff? Como é que vocês ousam deixar o E. I. Lonoff de fora!'. Minha intenção era dizer: 'Como é que vocês ousam deixar o William Faulkner de fora!', mas o nome que saiu foi o do Manny. Acabou vindo uma tremenda multidão."

"E como foi que você descobriu que estava com um tumor?"

"Eu tinha umas dores de cabeça. Tão fortes que eu vomitava. Você vai me ajudar a me livrar desse tal de Kliman, não vai?"

"Vou, sim."

"A coisa voltou. Eu já lhe disse?"

"Já", respondi.

"Alguém precisa proteger o Manny desse homem. Se ele escrever essa biografia, vai ser só um monte de ressentimentos de uma pessoa inferior. É a realização da profecia do Nietzsche: o ressentimento matando a arte. Quando eu ainda nem sabia que estava com o tumor, ele veio me visitar. Foi logo depois da cena na biblioteca. Eu já estava falando a mil por hora. Eu ofereci um chá, ele se comportou muito bem e o meu tumor achou que ele falou de modo brilhante sobre os contos do Manny — o meu tumor achou que ele era um verdadeiro homem de letras, um rapaz sério, formado em Harvard, que só queria restabelecer a reputação do Manny. O meu tumor achou o Kliman *encantador*."

"Pois você devia era ter achado o cachorro encantador e chutado o Kliman. Como é que você teve o diagnóstico?", indaguei.

"Eu desmaiei. Um dia estava pondo a chaleira no fogo, abri o gás e quando vi tinha dois policiais debruçados sobre mim no pronto-socorro do Lenox Hill Hospital. O síndico sentiu o cheiro de gás e me encontrou ali" — apontou para trás, para a cozinha, onde ficava a banheira — "caída no chão, e aí eles ficaram pensando que eu tinha tentado me matar. *Isso* me deixou uma fera. *Tudo* me deixava uma fera. E eu que já fui uma moça tão simpática, tão doce, não é?"

"A impressão que eu tinha é que você era bem-comportada."

"Pois bem, eu pintei e bordei com aqueles policiais."

Pela primeira vez, me ocorreu a possibilidade de que não tinha sido eu que havia ido ao restaurante errado, e sim Amy. O tumor que havia voltado estava virando-a do avesso, o tumor que havia voltado induzira nela um estado psicológico que, pelo visto, não lhe permitia ficar apavorada com o retorno da doença. Duas vezes ela me dissera que o tumor tinha voltado, e não como se tivesse chegado àquela noite após um dia da maior importância, mas sempre como se o problema não fosse nada mais sério do que um cheque sem fundos devolvido pelo banco.

Em meio ao silêncio que havia se instalado por alguns minutos, ela disse: "Fiquei com os sapatos dele".

"Não entendi."

"Aos poucos fui me livrando de todas as roupas dele, mas não consegui me desfazer dos sapatos."

"Onde é que eles estão?"

"No armário do quarto."

"Posso ver?", perguntei, apenas porque tinha a impressão de que ela queria que eu perguntasse.

"Você gostaria de ver?"

"Claro."

O quarto era minúsculo, e a porta do armário só se abria um pouco, porque esbarrava num dos lados da cama. Dentro dele havia um barbante pendendo do teto, com a ponta esgarçada, e quando ela o puxou uma lâmpada fraca se acendeu. A primeira coisa que percebi em meio a umas dez roupas penduradas foi o vestido que ela havia confeccionado a partir da camisola do hospital. Então, enfileirados no chão, vi os sapatos de Lonoff. Quatro pares, todos apontando para a frente, todos pretos, todos bem gastos. Quatro pares de sapatos de um morto.

"Estão exatamente como ele os deixou", ela disse.

"Você olha para eles todo dia", comentei.

"Todas as manhãs. Todas as noites. Às vezes mais."

"Você não acha às vezes meio sinistro ver esses sapatos aí?"

"Pelo contrário. Pra mim, não há nada mais confortador do que ver os sapatos dele."

"Ele não tinha sapato marrom?", indaguei.

"Ele nunca usava sapato marrom."

"Você calça esses sapatos às vezes?", perguntei. "Você fica com eles nos pés?"

"Como é que você adivinhou?"

"É humano. A vida humana é assim."

"Eles são o meu tesouro", ela afirmou.

"Pra mim também seriam."

"Você gostaria de ficar com um par, Nathan?"

"Eles estão com você há muito tempo. Melhor não abrir mão deles."

"Não seria abrir mão, seria passar adiante. Se esse tumor me matar, eu não quero que tudo se perca."

"Acho que você devia ficar com eles. Nunca se sabe como as coisas vão acontecer. Quem sabe você ainda não vai ficar com eles por muitos anos?"

"O mais provável, Nathan, é eu morrer desta vez."

"Fique com os sapatos, Amy. Guarde pra ele, aí onde eles estão."

Ela puxou o barbante, apagando a luz, fechou a porta do armário e atravessamos a cozinha para voltar ao escritório. Eu me sentia cansado como se tivesse acabado de correr quinze quilômetros a toda velocidade.

"Você se lembra sobre o que conversou com o Kliman?", perguntei, agora que tinha visto os sapatos. "Você se lembra do que disse a ele quando estiveram juntos?"

"Acho que eu não disse nada, não."

"Nada sobre o Manny, nada sobre você?"

"Não sei. Não tenho certeza."

"Você deu alguma coisa a ele?"

"Por quê? Ele disse que eu dei?"

"Ele disse que está com fotocópias de metade dos originais do romance do Manny. Disse que você prometeu lhe dar o resto."

"Eu nunca faria isso. De jeito nenhum."

"Será que foi o tumor que fez isso?"

"Ah, meu Deus. Ah. Ah, não."

Havia algumas páginas soltas na mesa, e ela começou a mexer nelas, nervosa. "São páginas do romance?", perguntei.

"Não."

"O romance está aqui?"

"Os originais estão num cofre em Boston. Eu tenho uma cópia aqui comigo, sim."

"Ele não podia escrever o romance por causa do tema."

Ela parecia assustada. "Como é que você sabe disso?"

"Foi você quem disse."

"Eu disse isso? Eu já não sei mais o que faço. Não sei o que está acontecendo. Eu queria que todo mundo me deixasse em paz e esquecesse esse livro." Então olhou para as páginas que estava segurando e, com um riso animado, explicou: "Isto aqui é uma carta brilhante para o *Times*. Tão brilhante que eles nem publicaram. Ah, eu estou pouco ligando".

"Quando foi que você escreveu?", indaguei.

"Uns dias atrás. Uma semana atrás. Eles publicaram um artigo sobre Hemingway. Pode ter sido um ano atrás. Ou talvez cinco. Não sei. O artigo está por aí, não sei onde. Eu recortei, e um dia desses encontrei, e fiquei tão irritada que me sentei e escrevi a carta. Um repórter foi até Michigan pra tentar encontrar as pessoas que foram os modelos dos contos de Hemingway passados na Península Norte. Aí eu escrevi uma carta pra eles dizendo o que eu achava disso."

"Meio grande pra uma carta à redação."

"Eu tenho outras maiores ainda."

"Posso ler?", pedi.

"Ah, é só uma velha maluca resmungando. A excrescência da excrescência." De repente ela entrou na cozinha, pôs a chaleira no fogo e começou a preparar alguma coisa para comermos, deixando-me sozinho com a carta. Tinha sido escrita com uma esferográfica. De início, tive a impressão de que fora elaborada não numa única noite, e sim aos poucos, durante um período de vários dias, semanas, meses, porque a cor da tinta mudava no mínimo duas vezes em cada página. Depois me ocorreu que ela havia escrito de uma vez só — uma resposta ao artigo publicado talvez há cinco anos — e as cores diferentes da tinta apenas mostravam o quanto ela estava confusa. As frases, no entanto, eram coerentes, e seu modo de pensar não era de modo algum a excrescência da excrescência de seu cérebro.

Ao editor:
Antigamente as pessoas inteligentes usavam a literatura para pensar. Esse tempo passou. Durante o período da guerra fria, na União Soviética e nos seus satélites na Europa Oriental, eram os escritores sérios que eram expulsos da literatura; agora, nos Estados Unidos, é a literatura que foi expulsa como influência séria sobre a percepção da vida. Hoje em dia, a maneira mais comum de utilizar a literatura, tal como se vê nas páginas de cultura dos jornais mais esclarecidos e nos departamentos de letras das universidades, é tão avessa aos objetivos da literatura criativa e às compensações que ela proporciona ao leitor de mente aberta, que seria melhor se a literatura não tivesse mais nenhuma utilidade pública.

O jornalismo cultural do seu jornal — quanto mais abundante ele se torna, pior fica. Assim que assumimos as simplificações ideológicas e o reducionismo biográfico do jornalismo cultural, a essência do artefato se perde. O seu jornalismo cultural não passa de fofocas de tablóide disfarçadas de interesse pelas "artes", e tudo aquilo que ele toca se reduz ao que não é. Quem é a celebridade, qual é o preço, qual é o escândalo? Quais as transgressões que foram cometidas pelo escritor, e não contra as exigências da estética literária, mas contra a filha, o filho, a mãe, o pai, o cônjuge, a amante, o amigo, o editor ou o animal de estimação? Sem fazer a menor idéia do que há de intrinsecamente transgressivo na imaginação literária, o jornalismo cultural só se preocupa com falsas questões éticas: "O escritor tem o direito de não-sei-quê?". O jornalismo cultural é hipersensível com relação à invasão da privacidade perpetrada pela literatura ao longo dos milênios e ao mesmo tempo se dedica obsessivamente a expor em letra de fôrma, sem nenhuma ficcionalização, quem foi que teve a privacidade invadida e de que modo isso aconteceu. É impressionante a importância que os jornalistas culturais dão às barreiras da privacidade quando o que está em jogo é o romance.

Os primeiros contos de Hemingway se passam na Península Norte de Michigan, e por isso o seu jornalista cultural vai até a Península Norte e faz um levantamento dos nomes dos moradores de lá que supostamente serviram de modelo aos personagens dos contos. Que surpresa: eles, ou seus descendentes, acham que foram prejudicados por Ernest Hemingway. Esses sentimentos, ainda que injustificados, infantis ou simplesmente imaginários, são levados mais a sério do que a ficção, porque para o seu jornalista cultural é mais fácil falar sobre eles do que sobre a ficção. A integridade do informante do jornalista jamais é questionada — só se questiona a integridade do escritor. O escritor passa anos trabalhando no texto, aposta tudo que tem no seu trabalho, escreve cada frase sessenta e duas vezes e no entanto não tem nenhuma consciência literária, compreensão nem meta geral. Tudo que o escritor constrói meticulosamente, juntando trechos e detalhes, não passa de um truque, de uma mentira. O escritor não tem nenhuma motivação literária. Não tem nenhum interesse em representar a realidade. Suas motivações são sempre pessoais, e geralmente vis.

E essa descoberta é confortadora, pois revela que esses escritores não apenas não são superiores às outras pessoas, como afirmam ser — são piores ainda. Esses gênios terríveis!

O fato de que a ficção séria não permite a paráfrase e a descrição — e portanto requer *pensamento* — é um incômodo para o seu jornalista cultural. Ele só leva a sério suas supostas fontes, apenas *essa* ficção, a ficção do jornalista preguiçoso. A natureza original da imaginação dos primeiros contos de Hemingway (uma imaginação que, num punhado de páginas, transformou o conto e a prosa norte-americana) é algo incompreensível para o seu jornalista cultural, cujos escritos utilizam as palavras honestas da língua inglesa para dizer bobagens. Se você disser a um jornalista cultural: "Dê a atenção apenas ao conto em si", ele não terá o que dizer. Imaginação? Isso não existe. Literatura? Isso não existe. Todas as peças delicadas — e mesmo as que não são tão delicadas assim — desaparecem. E só restam aquelas pessoas que ficaram magoadas por terem sido utilizadas por Hemingway. Será que Hemingway tinha o direito...? Será que algum escritor tem o direito...? Vandalismo cultural sensacionalista se fazendo passar pela dedicação à "arte" de um jornal responsável.

Se eu tivesse um pouco do poder que tinha Stálin, eu não o desperdiçaria silenciando os escritores criativos. Eu silenciaria aqueles que escrevem sobre os escritores criativos. Eu proibiria toda e qualquer discussão pública da literatura em jornais, revistas e periódicos acadêmicos. Eu proibiria o ensino da literatura em todas as escolas primárias, secundárias, faculdades e universidades do país. Eu proibiria grupos de leitura e discussões literárias na internet, eu policiaria as livrarias para impedir que os vendedores falassem aos clientes sobre livros, e para que os clientes não ousassem falar uns com os outros. Eu deixaria os leitores a sós com os livros, para que tirassem suas próprias conclusões. Eu faria isso por quantos séculos fosse necessário, até desintoxicar a sociedade das tolices peçonhentas que vocês espalham.

Amy Bellette

Se eu tivesse lido essas páginas sem conhecer Amy, eu haveria de julgar a argumentação por seus próprios méritos, recebendo aquela explosão com certa simpatia, se bem que, ao me colocar fora do alcance do que Amy chamava de "jornalismo cultural", eu me isentava da necessidade de pensar no assunto ou discorrer sobre ele tal como ela fazia, o que era uma vantagem e tanto. Dadas as circunstâncias, porém, a chave das intenções da carta, e do interesse que ela tinha para mim, parecia encontrar-se em uma frase do segundo parágrafo, que eu reli enquanto Amy, na cozinha, continuava a preparar nosso lanche, chá com torradas e geléia. "Quais as transgressões que foram cometidas pelo escritor, e não contra as exigências da estética literária, mas contra a filha, o filho, a mãe, o pai, o cônjuge, a amante, o amigo, o editor ou o animal de estimação?" A expressão "meia-irmã" não aparecia naquela lista de vítimas porque Amy não estava plenamente cônscia do real motivo de sua indignação, ou porque ela sabia muito bem qual era esse motivo e relera com todo o cuidado seu texto, linha por linha, para verificar se inadvertidamente o tumor não havia inserido ali a expressão "meia-irmã"?

Para mim, a carta ao *Times* tinha a ver, acima de tudo, com Richard Kliman.

Quando ela saiu da cozinha, trazendo nossa comida numa bandeja, eu perguntei: "E qual foi a nota que Manny deu a você por essas frases tão convincentes e certeiras?".

"Ele não me deu nota nenhuma."

"Por que não?"

"Por que não fui eu que escrevi."

"Então quem foi?"

"Ele."

"Ele? Você me disse que era só uma velha maluca resmungando."

"Isso não é bem verdade."

"Como assim?"

"Foi ele que ditou. As palavras são dele. Ele disse: 'Nós, que lemos e escrevemos — nosso tempo passou, somos fantasmas testemunhando o fim da era da literatura — escreva o que vou dizer'. Eu escrevi o que ele me disse."

Fiquei ouvindo Amy até bem depois da meia-noite. Eu não disse praticamente nada, ouvi muito e de modo geral acreditei na maior parte do que ouvi e consegui compreender. Até onde percebi, em nenhum momento ela tentou de modo calculado me enganar. O que ela fazia era me passar em grande velocidade uma quantidade tão grande de informações sobre o passado que os detalhes específicos de muitos de seus relatos ficavam interligados, de tal modo que por vezes eu tinha a impressão de que ela estava inteiramente à mercê do tumor. Ou então que o tumor tivera o efeito de derrubar os obstáculos que costumam ser impostos pela inibição e pelas convenções. Ou então que ela era apenas uma mulher desesperadamente doente e solitária, regalando-se com o interesse de um homem depois de tantos anos de privação, uma mulher que, cinco décadas antes, vivera por quatro anos preciosos com um homem brilhante e amado, cuja integridade, chave de sua majestade tanto como escritor quanto como homem, agora corria o risco de ser demolida pelo inexplicável "ressentimento de uma pessoa inferior" que havia se autodenominado biógrafo do homem que ela amava. Talvez a torrente de palavras revelasse apenas o quanto ela estava velha, como era profundo seu sofrimento e quanto tempo ela tinha vivido sem Lonoff.

Era curioso observar uma mente sendo comprimida e distendida ao mesmo tempo. E por vezes ocorriam curtos-circuitos assustadores, quando, por exemplo, após horas de falação, ela me dirigiu um olhar cansado e, talvez com um senso de humor que não fui capaz de perceber, perguntou: "Eu já fui casada com você?".

Rindo, respondi: "Acho que não. Mas pensei nisso".

"Em se casar comigo?"

"Sim, quando eu era bem jovem, no dia em que nos conhecemos na casa de Lonoff. Pensei que seria uma maravilha estar casado com você. Você era incrível."

"Eu era mesmo, não era?"

"Era, você parecia uma moça bem-comportada, mas estava na cara que era uma pessoa diferente."

"Eu não tinha idéia do que estava fazendo."

"Naquela época?"

"Naquela época, agora, sempre. Eu não tinha idéia do risco que estava correndo com aquele homem muito mais velho do que eu. Mas ele era irresistível. *Ele* é que era incrível. Eu me sentia muito orgulhosa de ser amada por ele. Como eu havia conseguido isso? Eu me orgulhava de não ter medo dele. E o tempo todo morria de medo: medo da Hope e do que ela ia fazer, medo do que eu estava fazendo com ela. Eu não tinha idéia da ferida que estava abrindo *nele*. É, eu devia era ter me casado com você. Mas a Hope pôs fim no casamento deles e eu fugi com E. I. Lonoff. Ingênua demais para compreender as coisas, achando que estava assumindo um risco ousado, adulto, voltei à infância, Nathan. A verdade é que nunca saí dela. Eu vou morrer criança."

Criança porque esteve com uma pessoa muito mais velha? Por ter permanecido à sombra dele, sempre levantando os olhos para olhá-lo com adoração? Por que essa união tão sofrida, que certamente destruíra muitas das ilusões dela, era uma força que a conservava na infância? "O que não quer dizer que você fosse infantil", retruquei.

"Não, sem dúvida."

"Então não entendo o que você quer dizer com isso de ser criança."

"Então o jeito é explicar pra você, não é?"

Assim, a biografia lendária que eu inventara para Amy em 1956 foi substituída pela biografia verdadeira, a qual, ainda que menos imbuída daquele significado moral que eu inventara para ela anos antes, na verdade era compatível, do ponto de vista factual, com minha invenção. Como não podia deixar de ser, pois tudo acontecera naquele continente malsinado com um membro daquela geração malsinada pertencente à malsinada raça inimiga da raça dominante. Embora o ser em que eu a havia transformado agora se transformasse em outro, nem por isso lhe foi possível escapar do destino que afetara sua família tanto quanto a família Frank. Era uma catástrofe cujas dimensões nenhuma inteligência poderia reescrever, nenhuma imaginação poderia desfazer, e cuja lembrança nem mesmo o tumor seria capaz de apagar, até que a matasse.

Foi assim que fiquei sabendo que Amy não era da Holanda, onde eu a havia ocultado num sótão camuflado no alto de um armazém à margem de um canal de Amsterdã que posteriormente se transformaria no santuário de uma mártir, e sim da Noruega — da Noruega, da Suécia, da Nova Inglaterra, de Nova York —, ou seja, de lugar nenhum àquela altura, como tantos judeus de sua época que nasceram na Europa e não na América e conseguiram milagrosamente escapar da morte durante a Segunda Guerra Mundial, muito embora sua juventude tivesse coincidido com a maturidade de Hitler. Foi assim que fiquei sabendo das circunstâncias daquele sofrimento cuja realidade jamais deixa de despertar, junto com a raiva, incredulidade. No ouvinte. Na narradora, não havia nenhuma paixão. E certamente nenhuma incredulidade. Quanto mais ela avançava no relato de suas desgraças, mais natural o tom que assumia. Como se tantas perdas pudessem deixar de ter impacto um dia.

"Minha avó era da Lituânia. Já a família do meu pai era da Polônia."

"Então por que cargas-d'água eles foram parar em Oslo?"

"Meus avós estavam vindo para a América da Lituânia. Quando chegaram em Oslo, foram detidos, e meu avô foi obrigado a ficar lá. Foram os funcionários americanos que não o deixaram seguir viagem, e ele não conseguiu os documentos. Minha mãe e meu tio nasceram em Oslo. Meu pai já tinha passado pelos Estados Unidos, numa espécie de aventura juvenil. Ele estava voltando para a Polônia quando estourou a Primeira Guerra Mundial. Na época ele estava na Inglaterra e resolveu não voltar, para não ser convocado pelo Exército. Assim, ficou na Noruega. 1915. Então ele conheceu minha mãe. Antes não deixavam os judeus entrar na Noruega. Mas havia um escritor norueguês famoso que fez uma campanha em favor dos judeus, e a partir de 1905 começaram a permitir a entrada dos judeus. Meus pais se casaram em 1915. Nós éramos cinco, eu e quatro irmãos homens."

"E todos se salvaram", perguntei, esperançoso, "mãe, pai e os seus quatro irmãos?"

"Não, nem minha mãe, nem meu pai, nem meu irmão mais velho."

Assim, indaguei: "O que aconteceu?".

"Em 1940, quando os alemães chegaram, não fizeram nada. Tudo parecia normal. Mas em outubro de 1942 eles prenderam todos os homens judeus com dezoito anos ou mais."

"Os alemães ou os noruegueses?"

"Os alemães davam as ordens, mas quem prendeu foram os nazistas noruegueses, os *quislings*. Às cinco da manhã eles bateram à nossa porta. Minha mãe disse: 'Ah, eu achei que vocês eram da ambulância. Eu acabo de chamar o médico. Meu marido teve um enfarte. Ele está na cama. Vocês não podem tocar nele'. E nós, as crianças menores, estávamos chorando."

"Ela inventou essa história?", perguntei.

184

"Inventou. Minha mãe era muito esperta. Ela implorou e implorou, e eles disseram: está bem, a gente volta às dez pra ver se ele já foi. Então ela ligou pro médico, e meu pai foi levado pra um hospital. No hospital ele planejou a fuga pra Suécia. Mas o medo dele era que, se descobrissem que ele havia fugido, os nazistas viriam nos pegar. Assim, esperou quase um mês, e um dia o hospital ligou pra nós e disse que a Gestapo estava lá. A gritaria era tamanha que dava pra ouvir até mesmo sem ser pelo telefone. Nós morávamos perto do hospital, e assim minha mãe e meus irmãos e eu fomos correndo até lá. Eu tinha treze anos. Meu pai estava estendido numa maca. A gente implorava pra que não levassem meu pai."

"Ele estava doente?"

"Não, não estava. Mas não ia fazer diferença. Eles levaram meu pai. Fomos para casa, era novembro, pegamos agasalhos pra ele e voltamos à sede dos nazistas. Tentamos falar com as pessoas, choramos, dissemos que ele estava doente, a única coisa que ele tinha lá era a camisola hospitalar, mas não adiantou. Dissemos que íamos pra casa e voltaríamos no dia seguinte, mas eles responderam: 'Vocês não podem voltar pra casa, vocês estão presos'. Minha mãe disse que não. Ela era uma mulher forte e disse: 'Nós somos noruegueses como todo mundo e não vamos ser presos, não'. Houve muita discussão, mas depois de algum tempo eles nos deixaram ir pra casa. Lá fora estava escuro. Tudo negro. Minha mãe disse que não podíamos voltar para casa — ela tinha certeza que, se fizéssemos isso, eles nos pegariam na manhã seguinte.

"Então estávamos assim, na rua escura, quando de repente houve um ataque aéreo. Na confusão do ataque, um dos meus irmãos desapareceu, e meu irmão mais velho, que tinha acabado de se casar, caiu na clandestinidade com a família da mulher dele. Assim, sobramos minha mãe, os dois irmãos menores e eu.

Quando terminou o ataque, eu disse a minha mãe: 'A moça que vende flores me trata bem. Eu sei que ela não é simpatizante dos nazistas'. Minha mãe disse que eu devia ligar pra ela. Encontramos um telefone, eu liguei e disse: 'Podemos subir pra festejar?'. Ela compreendeu e disse que sim. 'Tentem ser cuidadosos quando vierem', ela disse. Então fomos pra casa dela e ela nos deixou ficar. Mas não podíamos andar pelo chão — tínhamos que ficar sentados, todos juntos, espremidos, no sofá. Ela era amiga dos vizinhos que moravam do outro lado do corredor, e na manhã seguinte foi falar com eles. Eles tinham ligação com a resistência. Eram noruegueses e não eram judeus, o homem trabalhava como motorista de táxi, e ele nos disse que estavam pegando todos os judeus e levando-os embora. Naquela noite ele voltou com dois homens, e eles levaram meus dois irmãos menores, um de doze e um de onze anos. Disseram que nós duas íamos ter que esperar. Eles voltariam pra nos pegar. Quer dizer, minha mãe e eu. Mas quando voltaram, disseram que só podiam levar uma de cada vez. Eu disse a minha mãe: 'Se eu for, a senhora vai também?'. 'É claro', ela respondeu. 'Eu nunca vou abandonar você.' Depois fiquei sabendo que naquela mesma noite, horas depois, uns homens armados foram pegá-la de táxi, membros da resistência que, saindo de Oslo, pegaram outra mulher e um menino, mãe e filho, uma mulher que minha mãe conhecia de nome. Oslo era uma comunidade pequena. A maioria dos judeus se conhecia. Enfim, eles saíram de Oslo e nunca mais foram vistos. Enquanto isso, os que tinham me levado me puseram num trem. Havia um oficial nazista no trem com uma suástica na braçadeira. Me disseram que quando ele saltasse ele piscaria para mim, e eu devia ir atrás dele. Eu tinha certeza que estava caindo numa armadilha. Ele saltou perto da fronteira sueca e eu também saltei, e aí veio um outro homem e começamos a caminhar. Pelo bosque. Caminhamos, caminhamos. A pessoa que leva você sabe onde estão as marcas das árvores. É uma caminhada longa, oito, nove quilômetros. Andamos até a Suécia. Atravessando o bosque e chegando numa fazenda. E o meu irmão que havia desaparecido na noite do ataque aéreo — foi ele que me recebeu. Ele pensava que tinha perdido a família toda. Então meus dois irmãos menores apareceram e, depois deles, eu. Mas foi só. Esperamos pela minha mãe e pelo meu irmão casado, mas eles jamais vieram."

Quando ela terminou, eu disse: "Agora eu entendi".

"Me diga, por favor. Você entendeu o quê?"

"De modo geral, quando uma pessoa diz que nunca saiu da infância ela quer dizer que permaneceu inocente, que foi tudo muito bonitinho. Quando você diz que nunca saiu da infância, você quer dizer que nunca saiu dessa história terrível — a vida continuou a ser uma história terrível. Significa que você sofreu tanto na juventude que, de uma maneira ou de outra, nunca conseguiu sair dela."

"Mais ou menos isso", ela respondeu.

Embora já fosse bem tarde quando cheguei ao hotel, comecei a anotar imediatamente tudo que eu conseguira reter na memória do que Amy me contara sobre sua fuga da Noruega ocupada para a Suécia neutra, sobre os anos que vivera com Lonoff e sobre o romance que ele não pudera concluir quando viviam juntos em Cambridge, depois em Oslo, depois de novo em Cambridge, onde ele morreu. Três ou quatro anos antes, eu ainda teria sido capaz de guardar na memória a maior parte daquele monólogo por vários dias — minha memória fora para mim um recurso importante desde a primeira infância, e proporcionava um lastro para uma pessoa que, por motivos profissionais, tinha sempre de anotar tudo. Mas agora, menos de uma hora após sair do apartamento de Amy, eu era obrigado a esmiuçar pacientemente minhas lembranças para poder juntar os pedaços do que ela havia me confidenciado até onde isso era possível. De início, foi uma luta, e muitas vezes me senti impotente, me perguntando por que insistir em tentar fazer algo que sem dúvida alguma agora estava além das minhas possibilidades. No entanto, eu me sentia demasiadamente estimulado por Amy e suas peripécias para desistir, e já estava demasiadamente habituado àquela tarefa para me livrar dela, dependente demais da força que guiava minha mente e a tornava minha. Às três da madrugada eu havia preenchido quinze páginas de papel de carta do hotel, frente e verso, registrando tudo que havia retido na memória, e enquanto escrevia eu me perguntava quais daquelas histórias ela contara a Kliman e de que modo ele, movido por suas intenções pessoais, as transformaria, truncando, distorcendo, interpretando e compreendendo mal o que ouvira, eu me perguntava o que poderia se fazer para salvar Amy de Kliman antes que ele a utilizasse para transformar tudo em falsidade e confusão. Eu me perguntava quais daquelas histórias ela própria não teria transformado, truncado, distorcido, interpretado e compreendido mal.

"Ele começou a escrever de uma maneira totalmente diferente da habitual", ela me dissera. "Antes ele tentava omitir o máximo possível. Agora ele queria incluir o máximo. Achava que seu estilo lacônico era uma barreira e no entanto odiava a nova maneira de escrever que havia adotado. Ele dizia: 'É chato. Não acaba mais. Não tem forma. Não tem plano'. Eu respondia: 'Nada disso pode ser imposto por você. A coisa vai impor sua própria forma'. 'Quando? Depois que eu morrer?' Ele ficou muito amargo e ríspido — tanto o homem quanto o escritor, uma mudança radical. Mas era necessário dar algum significado ao caos da sua vida, e assim ele escrevia o romance, passando semanas bloqueado, e dizia: 'Eu nunca vou poder publicar isso. Ninguém precisa disso. Meus filhos já me odeiam mesmo sem isso'. E eu não conseguia tirar da cabeça que ele estava arrependido de ter ficado comigo. Ele tinha sido expulso de casa pela Hope por minha causa. Tinha sido rejeitado pelos filhos por minha causa. Eu não devia ter ficado. Mas como ir embora se aquilo era tudo que eu sempre tinha sonhado? Ele chegou até a me dizer para ir embora. Mas eu não podia ir. Ele jamais conseguiria sobreviver sozinho. E mesmo assim acabou morrendo."

O clímax de toda aquela noite veio quando eu estava à porta, prestes a sair, e Amy me fez um pedido. Antes, eu lhe pedira um envelope, um envelope de carta, e dentro dele pus todo o dinheiro que levava comigo, menos o necessário para pegar um táxi. Achei que para ela seria mais fácil aceitar o dinheiro dessa maneira. Entreguei-lhe o envelope, dizendo: "Isso é pra você. Daqui a alguns dias eu lhe mando um cheque. Eu quero que você desconte esse cheque". Eu tinha anotado no envelope o endereço e o telefone da minha casa nos montes Berkshire. "Em relação ao Kliman, não sei o que posso fazer, mas posso ajudar você financeiramente, posso e quero. O Manny Lonoff me tratou como um homem quando eu não passava de um garoto com dois contos publicados em revistas. O convite que ele me fez pra ir à casa dele valeu mil vezes mais do que está neste envelope."

Ela não ofereceu resistência, ao contrário do que eu imaginara, simplesmente pegou o envelope, e então, pela primeira vez, começou a chorar. "Nathan", ela pediu, "você não quer ser o biógrafo do Manny?"

"Ah, Amy, eu não ia saber por onde começar. Não sou biógrafo. Sou romancista."

"Mas aquele horror do Kliman, desde quando ele é biógrafo? Ele é um impostor. Ele vai sujar tudo, todo mundo, e dizer que isso é a verdade. Ele quer é destruir a integridade do Manny — não, ele não quer nem isso. É o que se faz agora, expor o escritor a acusações. Computar definitivamente todos os erros que ele cometeu. É assim, destruindo reputações, que esses zeros à esquerda ficam conhecidos. Os valores, os deveres, as virtudes, as normas das pessoas, tudo isso não passa de um disfarce, uma camuflagem pra esconder a imundície que está embaixo de tudo. Será por causa do poder das pessoas que o público fica tão fascinado por seus defeitos? Será hipocrisia delas serem gente de carne e osso? Ah, Nathan, eu tive esse tumor desgraçado e cometi erros. Eu cometi erros imperdoáveis com ele, mesmo levando em conta o tumor. E agora não consigo me livrar dele. O *Manny* não consegue se livrar dele. Ninguém vai pensar mais que existiu uma imaginação ilimitada e incomparável neste mundo chamada E. I. Lonoff — tudo vai ser visto através da lente do incesto. Com base nisso ele vai liquidar todos os livros do Manny, todas as palavras maravilhosas que ele escreveu, e ninguém vai fazer a menor idéia de tudo que esse homem foi e do quanto ele trabalhou, do artesanato preciso dele, dos objetivos e das motivações dele. Em vez disso, o homem que era correto, cumpridor de seus deveres, disciplinado até demais, que só queria produzir obras literárias que permanecessem, vai se transformar num pária. Tudo que o Manny realizou neste mundo vai se reduzir a isso — o único fragmento dele que vai ser lembrado! Ele vai ser *difamado*! Isso vai esmagar *tudo*!"

"Isso", no caso, era o incesto.

"Quer que eu fique mais um pouco?", perguntei. "Posso entrar de novo?" E voltamos ao escritório, onde Amy se sentou outra vez à sua escrivaninha e me surpreendeu ao dizer sem maiores delongas — e sem verter uma única lágrima: "O Manny teve um caso incestuoso com a irmã dele".

"Por quanto tempo?"

"Três anos."

"Como eles conseguiram esconder isso por três anos?"

"Não sei. Com aquela esperteza que têm os apaixonados. Com sorte. Eles esconderam o caso com a mesma paixão com que se amaram. Não havia nenhum tormento na coisa. Eu me apaixonei por ele — por que ela não haveria de se apaixonar também? Eu era aluna dele, tinha menos de metade da idade do Manny, e ele deixou a coisa acontecer. Pois bem, ele deixou isso acontecer também."

Era esse, portanto, o tema do romance que Manny não conseguiu escrever, e foi por isso que ele não conseguiu escrevê-lo, e foi por isso que ele dizia que jamais poderia publicá-lo. Durante todo o tempo em que esteve casado com Hope, Amy explicou-me, ele jamais dissera a ninguém nem mesmo que tinha uma irmã, jamais escrevera uma palavra sequer a respeito daquele relacionamento clandestino da adolescência. Quando foram descobertos juntos por um amigo da família e o escândalo foi revelado a seus vizinhos em Roxbury, Frieda foi levada pelos pais para começar uma vida nova com eles na atmosfera moralmente pura da Palestina, entre os pioneiros sionistas. Manny foi considerado o culpado, denunciado como um demônio, o irmão que corrompera a irmã mais velha, o responsável pela vergonha da família, e foi expulso — abandonado em Boston para se virar sozinho aos dezessete anos de idade. Se tivesse ficado com Hope, Manny teria continuado a escrever seus contos brilhantes, secos, e jamais lhe passaria pela cabeça revelar a vergonha oculta. "Mas quando ele voltou a se tornar um pária para sua família, quando foi viver com uma mulher mais moça", explicou Amy, "quando o caos destruiu a disciplina de sua vida pela segunda vez, o mundo desabou. Quando a família o abandonou em Boston, ele tinha apenas dezessete anos, estava sem um tostão e fora amaldiçoado. No entanto, por mais cruel que fosse aquela expulsão, ele era forte, ele sobreviveu e se transformou no oposto de um homem amaldiçoado. Mas quando a coisa aconteceu pela segunda vez, quando foi ele quem abandonou a família, o Manny já tinha mais de cinqüenta anos e nunca mais conseguiu se recuperar."

"Bom, isso é o que ele escreveu sobre o que aconteceu com ele aos dezessete anos", eu repliquei, "mas não é o que ele contou a você sobre a vida dele aos dezessete anos."

Essa afirmativa a deixou perplexa. "Mas por que eu ia mentir para você?"

"Eu me pergunto se você não está fazendo confusão. Você me diz que ele fez essa revelação a você e que você já sabia disso antes que ele começasse a escrever o livro."

"Só fiquei sabendo quando o livro começou a enlouquecê-lo. Não, eu não sabia de nada antes disso. Ninguém na vida adulta dele sabia."

"Então eu não entendo por que ele disse a você, por que ele simplesmente não disse: 'Isso está me enlouquecendo porque é uma coisa que eu não consigo entender. Está me enlouquecendo porque estou me obrigando a imaginar o que eu não posso imaginar'. Ele se impôs uma tarefa que era incapaz de realizar. Ele estava imaginando não o que tinha feito, mas o que jamais seria capaz de fazer. Ele não foi o primeiro."

"Eu sei o que ele me disse, Nathan."

"Sabe mesmo? Me diga em que circunstâncias o Manny contou a você que o livro que ele estava escrevendo, ao contrário de tudo que tinha escrito antes, era inteiramente baseado na vida pessoal dele. Tente lembrar quando foi, onde foi. Tente se lembrar das palavras exatas."

"Isso aconteceu há um século. Como é que eu posso me lembrar dessas coisas?"

"Mas se esse era o maior segredo dele, e se o segredo o estava atormentando fazia tanto tempo — ou mesmo se era uma lembrança reprimida há tanto tempo —, então o momento em que ele fez a revelação deve ter sido parecido com a cena em que

Raskolnikov confessa seu crime a Sonia. Depois de ter escondido por tantos anos esse conflito familiar, a confissão dele só pode ter sido inesquecível. Então me diga como foi. Me diga como foi a confissão."

"Por que é que você está me atacando desse jeito?"

"Amy, você não está sendo atacada, pelo menos não por mim. Por favor, me escute", e dessa vez, ao me sentar, me instalei de propósito na espreguiçadeira de Lonoff ("O quê! *Você está aqui?*") e comecei a falar com Amy sentado naquela cadeira. "A fonte dessa história de incesto não é a vida do Manny. Não pode ser. A fonte é a vida de Nathaniel Hawthorne."

"O quê?", ela exclamou bem alto, como se eu a tivesse acordado. "Será que eu perdi alguma coisa? Quem é que está falando sobre Hawthorne?"

"Eu. E por um bom motivo."

"Você está me deixando totalmente confusa."

"Não é a minha intenção. Me escute. Você não vai ficar mais confusa. Eu vou esclarecer tudo pra você."

"Ah, o meu tumor é que vai adorar."

"Por favor, me escute", insisti. "Eu não posso escrever a biografia do Manny, mas posso escrever a biografia daquele livro. E você também pode. E é isso que nós vamos fazer. Você sabe como é que a mente de um romancista oscila. Ele põe tudo em movimento. Ele faz tudo deslizar, mudar. Está muito claro como foi que esse livro surgiu. O Manny tinha um interesse profundo pela vida dos escritores, principalmente dos escritores da Nova Inglaterra, porque ele havia vivido lá por mais de trinta anos com a Hope. Se ele tivesse nascido e crescido nos montes Berkshire trinta anos antes, ele teria sido vizinho de Hawthorne e Melville. Ele estudava a obra deles. Ele lia a correspondência desses escritores com tanta freqüência que sabia trechos inteiros de cor. É claro que ele sabia o que Melville tinha dito sobre

Hawthorne, que era amigo dele. Que Hawthorne guardava um 'grande segredo'. Ele sabia o que estudiosos sem escrúpulos haviam concluído com base nesse comentário, e em outros comentários feitos por familiares e amigos, a respeito do silêncio de Hawthorne. O Manny conhecia as conjecturas engenhosas, impossíveis de ser provadas, que os estudiosos fizeram sobre Hawthorne e a irmã dele, Elizabeth, e assim, tentando encontrar uma história em que pudesse colocar tudo que ele próprio tinha de improvável — para examinar todas as emoções novas e surpreendentes que o haviam transformado, como se diz, num homem tão diferente do que sempre fora —, ele se apossou dessas conjecturas sobre Hawthorne e a irmã mais velha dele, uma mulher bela e encantadora. Para um escritor como ele, que nada tinha de autobiográfico, dotado de um talento extraordinário para a transformação completa, a escolha era quase inevitável. Foi assim que ele saiu do beco sem saída em que havia entrado e conseguiu deixar para trás os dados pessoais. Para ele, a ficção nunca foi representação, e sim ruminação em forma de narrativa. Ele pensou: vou transformar isso na minha realidade." Na verdade, era o que eu estava pensando: vou fazer com que essa realidade se torne minha, de Amy, de Kliman, de todo mundo. E passei uma hora fazendo justamente isso, argumentando a lógica desse raciocínio do modo mais brilhante, até conseguir convencer a mim mesmo.

4. Meu cérebro

ELE

O que leva uma mulher como você a se casar aos vinte e cinco, vinte e quatro anos? No meu tempo, isso nem se discutia, você já teria filho aos vinte e quatro ou vinte e cinco anos — ou aos vinte e dois. Mas agora... me diga... eu não sei nada do que você sabe. Estou meio por fora.

ELA

Bom, além do óbvio, quer dizer, porque conheci um homem por quem me apaixonei e que ficou loucamente apaixonado por mim, e um homem que... mas, sim, além de todas essas coisas óbvias, foi justamente pelo motivo oposto — porque ninguém faria uma coisa dessas na minha época. Se todo mundo agia assim quando você tinha a minha idade, eu fui a única pessoa da minha turma de faculdade, a única entre todas as minhas amigas que se mudaram para Nova York depois de se formarem que (*rindo*) — que se casou aos vinte e cinco anos. Era como se nós dois estivéssemos embarcando numa aventura louca.

ELE

(*Sem acreditar de todo*) Isso é verdade?

ELA

É verdade, sim. (*Rindo de novo*) Por que é que eu ia mentir?

ELE

O que foi que seus amigos pensaram na época?

ELA

As pessoas ficaram... ninguém ficou chocado. Elas ficaram felizes. Mas eu fui a primeira. A primeira a ousar assumir o compromisso. Eu gosto de ser a primeira.

ELE

Mas vocês não têm filhos.

ELA

Não, ainda não. Por enquanto, não. Acho que nós dois queremos nos firmar mais um pouco antes.

ELE

Como escritores.

ELA

Isso. Isso mesmo. É um dos motivos pra gente se mudar pra lá. Lá nós só vamos ficar trabalhando, trabalhando.

ELE

Em vez de...?

ELA

Em vez de trabalhar aqui, confinados num apartamento na cidade, esbarrando um no outro o tempo todo, e nos encontrando com os amigos o tempo todo. Eu ando tão nervosa ultimamente que não consigo mais parar quieta numa cadeira. Não consigo trabalhar. Não consigo fazer nada. Então, se a gente fizer essa mudança, vou ter mais chance de realizar alguma coisa.

ELE

Mas por que você optou por casar com esse rapaz? Ele foi a pessoa mais empolgante que você conheceu? Você diz que queria uma aventura. Eu conheci o seu marido. Gostei dele, ele tem sido muito conscencioso comigo nas últimas vinte e quatro horas, mas a impressão que eu tenho é que o Kliman é que seria uma aventura. Você teve um caso com ele na faculdade, certo?

ELA

Seria impossível ficar casada com o Richard Kliman. Ele é elétrico. Ele é melhor pra outras coisas. Por que o Billy? Ele é inteligente, ele era interessante, a gente ficava horas conversando, eu nunca achava o Billy chato. Ele é uma pessoa legal, e parece que tem toda uma idéia que uma pessoa legal não pode ser interessante. É claro que eu sei que ele *não* é muita coisa: ele não é arrebatador, não é um bólide. Mas um bólide — quem quer ficar com um bólide? Ele sabe ser doce, ser encantador, e me adora. Ele realmente me adora.

ELE

E você o adora também?

ELA

Eu o amo, e muito. Mas ele me adora de uma maneira diferente. Ele vai passar um ano em Massachusetts porque eu quero. Ele não quer. Acho que eu não faria isso por ele, não.

ELE

Mas você é quem tem o dinheiro. É claro que ele faz isso por você. Vocês dois estão vivendo com o seu dinheiro, não é?

ELA

(A *franqueza dele parece surpreendê-la*) De onde você tirou essa idéia?

ELE

Ora, você publicou um conto na *New Yorker*, ele por enquanto não publicou nada em nenhuma revista comercial. Quem é que está pagando o aluguel? A sua família.

ELA

É, mas o dinheiro agora é meu. Veio da minha família, mas agora é meu.

ELE

Então ele está vivendo com o seu dinheiro.

ELA

Você está dizendo que é por isso que ele vai comigo pra Massachusetts?

ELE

Não, não. Estou dizendo que sob um aspecto importante ele depende de você.

ELA

É, acho que sim.

ELE

Você não acha que leva certa vantagem por ter dinheiro e ele não ter?

ELA

É, acho que sim. Muitos homens iam se sentir bastante incomodados por isso.

ELE

E muitos não ficariam nem um pouco incomodados.

ELA

É verdade, muitos iam adorar. (*Rindo*) Pois ele não é nem de um tipo nem do outro.

ELE

É muito dinheiro?

ELA

Dinheiro não é problema.

ELE

Garota sortuda.

ELA

(*Quase atônita, como se se espantasse sempre que pensa no assunto*) É. Muito.

ELE

O dinheiro vem do petróleo?

ELA

Vem.

ELE

O seu pai é amigo do pai do George Bush?

ELA

Amigos, não. O pai do Bush é bem mais velho. É uma questão de negócios. (*Com ênfase*) Eles não são amigos, não.

ELE

Mas votaram neles.

ELA

(*Rindo*) Se os amigos do Bush fossem os únicos a votar nele, seria muito melhor pra todos nós. É ou não é? É aquele mundo. O mesmo mundo. Meu pai e (*confessando*) eu também, acho, temos os mesmos interesses financeiros que o Bush e o pai dele. Mas eles não são amigos, não — eu não diria isso.

ELE

Eles não se encontram socialmente?

ELA

Às vezes eles vão à mesma festa.

ELE

No clube?

ELA

É. O Houston Country Club.

ELE

É o clube dos aristocratas?

ELA

É. Dos aristocratas do século dezenove. Os houstonianos mais antigos. Lá tem muito baile de debutantes. Elas desfilam. Todas de branco. E depois as pessoas dançam, bebem e vomitam.

ELE

Você ia nadar nesse clube quando era menina?

ELA

Eu passava todos os dias lá no verão, nadando e jogando tênis, menos às segundas-feiras, quando fechava. Eu e a minha amiga ajudávamos o tenista profissional australiano, pegando as bolas pra ele quando ele estava dando aula. Eu tinha catorze anos. Minha amiga era dois anos mais velha, e muito mais atirada, e ela transava com ele. O assistente do australiano era filho de um membro do clube, um rapaz bonito. Ele era capitão da equipe de tênis da Tulane University. Eu não cheguei a transar com ele, não, mas nós fizemos todo o resto. Um sujeito frio. Eu não gostava. Sexo adolescente é uma coisa horrível. Você não entende nada, e passa quase o tempo todo tentando ver se você consegue fazer, e não acha graça nenhuma na coisa. Uma vez eu vomitei, felizmente bem em cima dele, quando ele começou a enfiar fundo demais na minha garganta.

ELE

E você ainda era menina.

ELA

As meninas não faziam isso nos anos quarenta?

ELE

Nada parecido. A Louisa May Alcott se sentiria à vontade no meu colégio. Você debutou? Teve festa de debutante?

ELA

Ah, você está descobrindo todos os meus segredos vergonhosos. (*Rindo gostosamente*) Teve, teve, sim. Eu debutei. Foi horrível. Eu odiei aquilo. Minha mãe fazia muita questão. Nós brigávamos o tempo todo. Nós brigamos durante todo o colegial. Mas eu fiz aquilo por ela. (*Agora ri um riso mais delicado — seu riso cobre uma gama bem ampla, mais um sinal do quanto ela se sente à vontade sendo quem é*) E ela ficou agradecida. Ficou mesmo. Acho que eu agi bem. Quando fui pra faculdade, logo no primeiro ano, minha mãe, que nasceu em Savannah, me disse: "Seja boazinha com as moças do Leste, Jamie Hallie".

ELE

E você se enturmou com as outras debutantes em Harvard?

ELA

Em Harvard as pessoas escondem que foram debutantes.

ELE

É mesmo?

ELA

É, sim. Não se fala nisso. A gente esconde esse segredo sórdido. (*Os dois riem*)

ELE

Então você se enturmou com as outras garotas ricas lá de Harvard.

ELA

Com algumas.

ELE

E aí? Como é que foi?

ELA

O que é que você quer saber?

ELE

Eu não sei nada. Eu estudei em outra escola, numa outra era.

ELA

Falando sério, eu não sei o que dizer. Elas eram minhas amigas.

ELE

Elas eram como o Billy — interessantes e nunca chatas?

ELA

Não. Eram bonitas, muito bem vestidas, muito cheias de si. Elas se achavam — nós nos achávamos — superiores.

ELE

Superiores a quem?

ELA

Àquelas moças de cabelo escorrido, não muito bem vestidas, de Wisconsin, que eram ótimas em ciência. (*Ri*)

ELE

E você era ótima em quê? De onde você tirou a idéia de que queria ser escritora?

ELA

Desde cedo. Eu já sabia quando estava no colegial. E sempre escrevi muito.

ELE

Você é boa?

ELA

Espero que sim. Sempre me achei boa. Não tenho tido muita sorte.

ELE

O conto que saiu na *New Yorker*.

ELA

Isso foi muito bom. Eu fiquei achando que iria engrenar, mas depois — (*descrevendo a trajetória com uma das mãos*) foi ladeira abaixo...

ELE

Há quanto tempo foi isso?

ELA

Cinco anos. Uma época muito boa. Eu me casei. Publiquei meu primeiro conto na *New Yorker*. Mas depois perdi a confiança e não consigo mais me concentrar. Como você sabe, a concentração é tudo, ou quase tudo. Isso me deixa desesperada, e aí eu perco ainda mais a concentração e fico menos autoconfiante ainda. Eu fico achando que não sou mais uma pessoa capaz de fazer alguma coisa.

ELE

É por isso que você está conversando comigo.

ELA

O que é que uma coisa tem a ver com a outra?

ELE

Talvez você não tenha perdido a confiança tanto quanto imagina. Você não parece estar sem autoconfiança.

ELA

Eu me sinto confiante lidando com homens. Eu me sinto confiante lidando com gente. Eu tenho cada vez menos confiança diante do meu computador.

ELE

E quando você estiver na minha casa, em frente ao pântano, tendo apenas os juncos altos e as garças como companhia lá fora?...

ELA

Isso faz parte do plano. Não vai haver homens, não vai haver gente, não vai haver festas, eu não vou poder recorrer a nenhuma dessas fontes, e aí de repente não vou ficar tão tensa, não vou ficar tão frágil, de repente vou sair desse estado em que estou, e eu acho que...

ELE

Você usa "de repente" errado.

ELA

(*Ela ri. Tímida — para surpresa dele — ela pergunta*) Uso mesmo? É mesmo?

ELE

Seria melhor "talvez". Ou então "quem sabe". Antigamente, no tempo em que mocinhas bem-criadas não eram obrigadas a engolir a pica do namorado, ninguém usava "de repente" desse jeito. Às vezes saía um "talvez" sem o verbo no subjuntivo, mas isso era o pior que acontecia quando eu tinha a sua idade e queria ser escritor.

ELA

Não faça isso. Você fez isso ontem. Não faça isso de novo.

ELE

Eu estava só corrigindo um erro de linguagem.

ELA

Eu sei. Não faça isso. Se você quer conversar, vamos conversar. Se algum dia eu lhe der uma coisa que escrevi para você ler, então, por favor, pode corrigir. Mas nós estamos conversando — isto não é uma prova. Se eu começar a achar que é uma prova, não vou mais falar com tanta liberdade. Então, por favor, não faça isso. (*Pausa*) Mas, sim, a idéia é que se eu não conseguir extrair autoconfiança da minha vida social, então vou voltar minha energia para o trabalho, e de repente a minha autoconfiança vai voltar. Não fique de rindo de mim.

ELE

Estou rindo porque você, que se achava tão superior às meninas de cabelo escorrido lá de Wisconsin, não se corrigiu. Não quer se corrigir.

ELA

Porque eu estava pensando no que ia dizer em vez de ficar pensando se você ia me aprovar, ou se ia aprovar minha maneira de falar.

ELE

Por que é que estou fazendo isso com você? O que você acha?

ELA

Pra mostrar que *você* é que é superior?

ELE

Por causa de um "de repente"? Muita burrice minha.

ELA

É, (*ri*) muita burrice sua.

ELE

Acho que eu tenho medo de você.

ELA

(*Pausa longa*) Eu tenho um pouco de medo de você.

ELE

Já lhe ocorreu que eu posso estar com medo de você?

ELA

Não, eu não imaginei que você teria medo de mim. Me ocorreu que você ia gostar de mim, de estar na minha presença, mas não que você pudesse ter medo de mim.

ELE

Pois eu tenho.

ELA

Por quê?

ELE

O que você acha? Você é escritora. De repente.

ELA

(*Ri*) Você também é. (*Pausa*) A única coisa que eu posso imaginar é que eu sou jovem, sou mulher e sou bonita. Mas eu não vou ser jovem pra sempre, e aí o fato de eu ser mulher não vai ser tão importante, e a beleza — o que é que a beleza tem a ver com a história? Mas pode haver outras razões que eu desconheço. O que você acha?

ELE

Não tive oportunidade de tentar descobrir.

ELA

Se você encontrar mais alguma razão, eu vou adorar ficar sabendo. Se você encontrar só essas três que eu mencionei, não precisa me dizer nada. Mas se pensar em mais alguma, você me ajudaria muito se me contasse, então por favor me conte.

ELE

Você esbanja autoconfiança. Esse seu jeito de ficar sentada com os braços cruzados em cima da cabeça, segurando o cabelo com as mãos assim, pra que eu veja que você não fica menos bonita nessa posição. Você toda, nessa posição. Você esbanja autoconfiança quando sorri. Esbanja autoconfiança com as suas formas, com o seu corpo. Isso deve ser pra você uma fonte de autoconfiança.

ELA

É, sim. Mas não vai me dar a autoconfiança com o pântano e as garças. Aí eu vou ter que encontrar a minha autoconfiança aqui. (*Inclina a cabeça*)

ELE

No cérebro e não nos seios.

ELA

Isso.

ELE

Os seus seios lhe dão autoconfiança?

ELA

Dão.

ELE

Me fale sobre isso.

ELA

Sobre os meus seios como fonte de autoconfiança? Eu sei que tenho uma coisa que as pessoas vão gostar, vão ficar com inveja, vão querer. Saber que você vai ser desejada — autoconfiança é isso. Saber que você vai ser aprovada, bem considerada, desejada. Eu sei que qualquer coisa que tenha a ver com isso...

ELE

Os seus seios.

ELA

Os meus seios. Nisso eu vou me dar bem.

ELE

Você é única, Jamie. Não existem milhões de cópias de você, não.

ELA

Você descobre o que as pessoas querem, a coisa que impressiona as pessoas, e aí você dá a elas essa coisa, e aí você consegue o que quer.

ELE

Então o que é que me impressiona? O que é que eu quero? Ou você não está interessada em me impressionar?

ELA

Ah, eu gostaria muito de impressionar você. Eu tenho admiração por você. Você é muito misterioso, sabe? Você exerce muito fascínio.

ELE

Fascínio por quê?

ELA

Porque tirando aquelas garças que você vê pela janela, ninguém sabe nada sobre você. Quando uma pessoa é famosa, todo mundo sabe tudo sobre ela — é o que as pessoas pensam. Enquanto você, você escreveu essas coisas que fizeram você famoso em certos círculos. Você não é o Tom Cruise. (*Ri*)

ELE

Quem é Tom Cruise?

ELA

Ele é tão famoso que você nem sabe quem ele é. Está aí uma boa definição do Tom Cruise. Se você lê todas essas coisas que saem nas revistas de celebridades sobre uma pessoa, todos os dias, é claro que você não sabe nada sobre ela, mas você imagina que sabe. Mas ninguém pode imaginar que sabe alguma coisa sobre você.

ELE

Eles acham que sabem tudo cada vez que eu publico um livro.

ELA

Só os idiotas. Você é um mistério.

ELE

Então você quer impressionar um mistério.

ELA

Quero. Quero impressionar você, sim. Então, o que é que impressiona você?

ELE

Os seus seios me impressionam.

ELA

Me diga uma coisa que eu não sei.

ELE

Você toda me impressiona.

ELA

O que mais?

ELE

O seu cérebro. Eu sei que isso é o que eu devo dizer segundo as regras vigentes em 2004, mas eu não obedeço a essas regras.

ELA

Afinal, é ou não é verdade que meu cérebro impressiona você?

ELE

Até aqui, sim.

ELA

Mais alguma coisa?

ELE

A sua beleza. O seu charme. A sua graça. A sua franqueza.

ELA

Então é isso o que eu tenho.

ELE

E que o Billy tem.

ELA

É, sim.

ELE

O que é que você quer dizer quando diz que o Billy adora você? Como é essa adoração?

ELA

Quando a gente vai ao Texas, ele quer conhecer o lugar onde eu brincava quando era criança. Ele quer se sentar no balanço em que a minha ama me balançava e na gangorra onde eu brincava com ela quando tinha quatro anos. Ele me faz ir com ele à minha escola, a Kinkaid, pra ver a sala de terceira série onde a gente fazia manteiga e a sala da quarta série onde fizemos uma experiência científica com uma placa de Petri. Ele quis ir à biblioteca porque eu era membro do Clube da Biblioteca, o clube especial para os melhores alunos, ele foi até a janela e ficou olhando pros jardins bem cuidados da escola como se fosse um poeta romântico contemplando o arco-íris. Ele fez questão de ver a quadra esportiva onde eu participei de uma corrida de pernas de pau na quarta série, parecia um desfile medieval, cheio de flâmulas roxas e douradas, e aí eu fiquei tão empolgada que caí, caí de cara no chão a três metros da linha de partida, eu que era considerada a mais rápida e a vencedora mais provável. Tivemos que sair de carro da minha casa em River Oaks e seguir exatamente o caminho que eu fazia quando ia à escola, pra ele poder ver os gramados, as árvores, os arbustos e as casas por onde eu passava quando o motorista me levava até a Kinkaid, uma distância de oito quilômetros. Em Houston, quando a gente vai correr, ele só quer usar a pista de *jogging* que eu usava quando tinha quinze anos. O Billy não se cansa. O pólo magnético dele sou eu. Quando sonho que estou transando com alguém, o tipo de sonho que todo mundo tem, homem ou mulher, ele sente ciúme dos meus sonhos. Quando vou ao banheiro, ele tem ciúme do banheiro. Ele tem ciúme da minha escova de dentes. Tem ciúme do meu prendedor de cabelo. Tem ciúme da minha *lingerie*. Ele anda com a minha *lingerie* nos bolsos de todas as calças. Eu encontro as peças quando vou levar as roupas dele pra lavanderia. Já chega ou quer mais?

ELE

Então adoração quer dizer que ele não está apaixonado só por você — ele está apaixonado pela sua vida.

ELA

Isso mesmo, a minha biografia é uma maravilha pra ele. Ele vive se desmanchando em palavras de amor. Quando me visto ou me dispo, ele parece que está com o nariz encostado numa vidraça.

ELE

As curvas são tão hipnóticas quanto a gangorra.

ELA

Ele não pára de elogiar minha silhueta quando a luz bate por trás de mim no quarto. Quando estou só de calcinha na cozinha preparando o café-da-manhã, ele me pega por trás, segura meus seios e lambe minhas orelhas, recitando versos de Keats: "Um suspiro é sim, um suspiro é não,/ E 'não posso mais!' — esse é o terceiro./ Ah, o que fazer? Ficar ou correr?/ Divide essa doce maçã ao meio!".

ELE

São poucos os rapazes da geração do Billy que sabem recitar de cor um poema de amor de Keats.

ELA

É mesmo. Ele é assim. Ele recita mil coisas de Keats pra mim.

ELE

Ele cita trechos das cartas? Ele já citou a última carta de Keats? Foi escrita quando ele tinha cinco anos menos que você e estava muito doente. Morreu poucos meses depois. "Tenho a sensação habitual de que minha vida verdadeira já terminou", diz ele, "e que estou vivendo uma existência póstuma."

ELA

Não, não conheço as cartas de Keats. Isso da existência póstuma, ele nunca citou.

ELE

Me diga, como é que o objeto de um verdadeiro culto uxório tem forças pra suportar isso?

ELA

Ah, (*riso carinhoso*) eu sei me comportar.

ELE

Você recebe toda a atenção sexual dele. No entanto, você está inquieta e desesperada.

ELA

A gente faz sexo o tempo todo. Mas o sexo às vezes é uma fonte tremenda de excitação pra um e não pro outro. Embora no começo seja igual pros dois.

ELE

Eu me lembro disso.

ELA

Quando foi a última vez que você teve um caso com uma mulher?

ELE

No tempo em que você era uma debutante.

ELA

Foi difícil pra você passar tantos anos sem ter um caso com uma mulher? Você está esse tempo todo sem fazer sexo?

ELE

Estou.

ELA

Isso é muito difícil?

ELE

Tudo é difícil a partir de um certo ponto.

ELA

Mas isso, em particular. (*As vozes deles agora estão baixas, quase inaudíveis quando passa um carro pelo edifício*)

ELE

É uma das coisas mais difíceis.

ELA

Por quê? Eu sei que você mora no interior, num lugar isolado, mas deve haver... bem, você disse que tem uma faculdade por perto. Apesar da sua idade, deve ter umas alunas que lêem os seus livros e ficam muito impressionadas. Por quê? Por que você resolveu abrir mão do sexo, juntamente com a cidade?

ELE

Foi o sexo que abriu mão de mim.

ELA

O que você quer dizer com isso?

ELE

Exatamente o que eu disse.

ELA

Não entendi.

ELE

E não vai entender.

ELA

Não vou mesmo, se você não me explicar. Você nunca vai mudar de idéia sobre abrir mão do sexo?

ELE

Estou mudando de idéia. É por isso que continuo aqui.

ELA

Bom... eu me sinto lisonjeada. Se é verdade que faz tanto tempo assim, estou muitíssimo lisonjeada.

ELE

Jamie. Jamie Logan. Jamie Hallie Logan. Você fala algum idioma, Jamie?

ELA

Não muito bem.

ELE

Você fala inglês muito bem. Gosto do seu sotaque texano.

ELA

(Ri) Eu me esforcei muito pra perder o sotaque texano quando entrei pra faculdade.

ELE

Sério?

ELA

Sério, sim.

ELE

Pois eu imaginava que você fazia questão de ressaltar o sotaque.

ELA

Era como a história do meu passado de debutante, que eu escondia das pessoas. Assim como eu escondia que eu freqüentava o mesmo clube que os dois George Bush, pai e filho.

ELE

Mas o sotaque continua.

ELA

É, mas eu tento não ter. A menos que esteja sendo irônica. Quando cheguei em Harvard, eu ainda falava "uai", mas parei com isso bem depressa.

ELE

Que pena.

ELA

Ah, eu não conhecia ninguém, eu só tinha dezoito anos e entrei no Wigglesworth Hall e todo mundo olhou pra mim, aí eu disse "Uai!". Elas me acharam a maior caipira. Eu nunca mais disse isso. Eu era muito ingênua em comparação com muitas das outras calouras. Em comparação com a garotada que tinha estudado nas escolas preparatórias de Manhattan, eu era mesmo uma caipira. Eu morria de medo de todo mundo. Se hoje eu estou com sotaque, é por estar nervosa. Talvez esteja um pouco mais forte do que o normal. Quando fico nervosa, o sotaque aparece.

ELE

Você não perde uma. Tem uma razão para tudo.

ELA

É porque eu me conheço. Muito bem. Eu acho.

ELE

São três coisas diferentes. Eu me conheço. Muito bem. Eu acho.

ELA

Sabe quem faz isso? Conrad.

ELE

Tríades.

ELA

É. As tríades de Conrad. Você já reparou? (*Mostra a ele a brochura que estava debaixo de uma revista na mesa de centro com tampo de vidro*) Eu comprei *A linha de sombra*. Você mencionou, aí eu fui lá na Barnes and Noble e comprei. O trecho que você citou pra mim estava perfeito. Você tem boa memória.

ELE

Pros livros, pros livros. Você é rápida no gatilho.

ELA

Escute isto. As tríades, o drama das tríades. Na página 35, ele acaba de se tornar comandante de um navio pela primeira vez, e está em glória. "Desci a escada flutuando. Saí pelo imponente portão oficial flutuando. Andei pela rua flutuando." Página 47, ainda em êxtase. "Pensei no meu navio desconhecido. Era uma diversão, era um tormento, era uma ocupação." Página 53, falando sobre o mar. "Uma imensidão que não recebe marcas, que não retém lembranças e que não guarda registro de vidas." Ele faz isso o tempo todo, mais ainda perto do final. Página 131. "'Mas vou lhe dizer, capitão Giles, como me sinto. Sinto-me velho. E devo estar velho.'" Página 130. "Ele parecia um espantalho assustador e sofisticado, instalado na popa de um navio moribundo, para afastar as aves marítimas dos cadáveres." Página 129. "A vida era um bônus para ele — essa vida dura e precária — e ele estava muitíssimo assustado consigo mesmo." Página 125. "O senhor Burns retorcia as mãos, e de súbito exclamou." Lá vem mais um: "'Como o navio vai entrar no porto, senhor, sem homens para conduzi-lo?'". No parágrafo seguinte, mais dois: "E eu não podia lhe contar". No parágrafo seguinte, três: "Bem — a coisa foi feita cerca de quarenta horas depois". E tem mais. Ainda na página 125. "Jamais me esquecerei da última noite, escura, ventando, estrelada. Eu guiava o navio." O parágrafo continua. Então o parágrafo seguinte começa assim: "E eu guiava o navio...".

ELE

(*Tudo é um flerte, até mesmo as citações de Conrad*) Leia o trecho inteiro pra mim.

ELA

"E eu guiava o navio, cansado demais para estar ansioso, cansado demais para pensar direito. Eu tinha momentos de um êxtase amargo e depois sentia uma terrível pontada no peito ao pensar no castelo de proa na outra extremidade do tombadilho escuro, cheio de homens febris — alguns deles morrendo. Por minha culpa. Mas isso não importava. O remorso teria de esperar. Eu precisava guiar." Eu podia ler mais. (*Abaixa o livro*) Gosto de ler pra você. O Billy não gosta que leiam pra ele.

ELE

Guiar. Eu precisava guiar. Você já leu alguma outra obra de Conrad?

ELA

Antigamente eu lia. Muita coisa.

ELE

O que você gostou mais?

ELA

Você já leu o conto chamado "Juventude"? É maravilhoso.

ELE

"Tufão"?

ELA

Genial.

ELE

No tempo em que você morava no Texas, quando você estava na piscina do clube, de biquíni com todas as outras filhas de milionários, você lia?

ELA

É engraçado você perguntar isso.

ELE

Você era a única que lia?

ELA

Era. É verdade. Sabe, quando eu era menina, bem garota, chegou uma época em que a coisa ficou ridícula. Um dia me pegaram em flagrante, e foi tão constrangedor que eu parei. Eu levava meus livros e escondia dentro da revista *Seventeen* pra ninguém ver o que eu estava lendo. Mas eu parei com isso. O constrangimento, se me pegavam, era muito maior do que se eu simplesmente lesse o livro, e aí eu parei de fazer isso.

ELE

Quais os livros que você escondia dentro da revista?

ELA

A vez que me pegaram, eu tinha treze anos e estava lendo *O amante de lady Chatterley* dentro da *Seventeen*. Todo mundo encarnou em mim, mas se eles começassem a ler o livro, iam descobrir que tinha muito mais sexo que a *Seventeen*.

ELE

Você gostou do *Amante de lady Chatterley*?

ELA

Eu gosto muito de Lawrence. *O amante* não foi o que eu mais gostei, não. Sem querer decepcionar você, naquela idade eu não entendi muita coisa. Eu li *Ana Kariênina* aos quinze anos. Por sorte, reli depois. Eu vivia lendo livros que ainda não tinha condição de ler. (*Rindo*) Mas mal não me fez, não. É uma boa pergunta, o que eu lia quando tinha catorze anos. Hardy. Eu lia Hardy.

ELE

Quais livros?

ELA

Eu me lembro de *Tess of the D'Urbervilles*. Eu me lembro... como é mesmo o outro? É engraçado. Não é *Judas, o obscuro*. Como é mesmo o outro?

ELE

Aquele que tem o vendedor de almagre? Não é *Longe deste insensato mundo*?

ELA

Esse mesmo. *Longe deste insensato mundo.*

ELE

Tem também o outro, o do vendedor de almagre. Como é mesmo o nome desse livro? E a protagonista, a heroína trágica. Ah, minha memória. (*Mas ela não ouve esse lamento de três palavras. Está pensando nos seus catorze anos. E com a maior facilidade*)

ELA

O morro dos ventos uivantes. Eu adorava *O morro dos ventos uivantes.* Esse, eu era um pouco mais moça, talvez doze ou treze anos. Foi logo depois que eu li *Jane Eyre.*

ELE

Agora, os homens.

ELA

(*Bocejando um pouco, já bem à vontade*) Você está me entrevistando pra um emprego?

ELE

Isso mesmo, estou entrevistando você pra um emprego.

ELA

Que emprego?

ELE

O emprego de largar o marido que adora você pra ir viver com um homem pra quem você possa ler em voz alta.

ELA

Ora... você deve estar maluco.

223

ELE

Estou, sim, e daí? Só mesmo louco pra estar aqui. É uma loucura eu estar em Nova York. O motivo que me trouxe a Nova York foi uma loucura. Estar aqui conversando com você é uma loucura. Estar aqui e não conseguir me afastar de você é uma loucura. Não consigo me afastar de você hoje, e não consegui me afastar de você ontem, e é por isso que estou entrevistando você pro emprego de largar o marido jovem e ir viver uma existência póstuma com um homem de setenta e um anos. Vamos continuar. Continuar com a entrevista. Me fale sobre os homens.

ELA

(*Em voz baixa, agora, quase como se em transe*) O que é que você quer saber?

ELE

(*Também em voz baixa*) Quero morrer de ciúme. Me fale sobre todos os homens que você já teve. Já sei do garoto da equipe de tênis de Tulane que enfiou o pau tão fundo na sua garganta, no verão em que você tinha catorze anos, que você vomitou em cima dele. Ouvir isso já foi difícil pra mim, mas pelo visto eu ainda quero mais. É, me conte mais. Me conte tudo.

ELA

Então vou falar sobre o primeiro. O primeiro homem. Ele era meu professor. No colegial. Meu último ano de colegial. Ele tinha vinte e quatro anos. E ele era... ele me seduziu.

ELE

Quantos anos você tinha?

ELA

Foi três anos depois. Dezessete.

ELE

Não houve nada entre os catorze e os dezessete?

ELA

Houve, sim, mais algumas desventuras adolescentes.

ELE

Todas desventuras? Nenhuma foi emocionante?

ELA

Algumas até foram. Foi emocionante um homem adulto levantar a minha camiseta no tradicionalíssimo Houston Country Club e chupar os meus mamilos. Eu fiquei pasma. Não contei pra ninguém. Fiquei esperando que ele voltasse e fizesse aquilo de novo. Mas pelo jeito ele ficou assustado, porque quando encontrei com ele depois ele agiu como se nada tivesse acontecido entre nós. Era amigo da minha irmã mais velha. Trinta e poucos anos. Tinha acabado de ficar noivo da amiga mais bonita da minha irmã. Eu chorei muito. Fiquei achando que ele não me procurou de novo porque eu tinha algum defeito.

ELE

Quantos anos você tinha?

ELA

Isso foi antes. Eu tinha treze anos.

ELE

Continue. O seu professor.

ELA

Esse era totalmente autêntico. Não queria impressionar ninguém. (*Rindo*) Mas é que ele não era aluno do colegial. Ele era mais velho. Só por isso ele já causava impressão.

ELE

Ele era mais velho pra *você*, eu diria. Me diga uma coisa: alguém de vinte e quatro anos parece mais velho para uma garota de dezessete anos do que alguém de setenta e um para uma mulher de trinta? Trinta parece mais velho para uma garota de treze anos do que setenta e um para uma mulher de trinta? Vamos ter que discutir essas questões mais cedo ou mais tarde.

ELA

(*Pausa longa*) É, o professor parecia muito, muito mais velho. Ele era de Maine. Pra mim, Maine era um lugar exótico. Parecia um exotismo incrível. Ele não era do Texas e não tinha dinheiro. Por isso trabalhava como professor. Ele levava o magistério a sério. Tinha trabalhado no Ensinar para a América por dois anos depois que se formou. Lá não se ganha um tostão.

ELE

O que é Ensinar para a América?

ELA

Ah, mas você está mesmo por fora. É um programa em que pessoas que concluem a faculdade trabalham dois anos como voluntárias nas escolas mais pobres do país, que eles chamam de "carentes"...

ELE

A palavra "carente" incomoda você.

ELA

(*Rindo gostosamente*) Não gosto dessa palavra.

ELE

Por quê?

ELA

O que é que ela quer dizer? Carente. O que é ser carente? É ter carência de alguma coisa. Pode ser carência de luxo. Quem é carente, não tem luxo. O luxo em si é uma coisa acima da média. É um privilégio. Detesto essa palavra.

ELE

Você sabe bem o que é privilégio. Bem até demais.

ELA

Certo. Isso é pra me punir por eu não ser Louisa May Alcott? Ou por eu ter chupado o jogador de tênis quando tinha catorze anos, ou por causa do homem que me excitou chupando meus mamilos quando eu tinha treze anos?

ELE

Eu só queria saber se é por isso que a palavra incomoda você.

ELA

Eu só acho que é uma palavra mal usada. Um vício de linguagem. Igual a "de repente".

ELE

O seu charme está me matando. Tortura e charme ao mesmo tempo.

ELA

Porque eu falei sobre o meu primeiro amor? Você quer que eu
mate você de charme?

ELE

Quero.

ELA

É uma boa morte. Mas, enfim, o Ensinar para a América é isto:
uma espécie de Corpos de Paz sem ir pro estrangeiro. Pois é, ele
fez isso, esse jovem idealista, mas precisava pagar uma bolsa
reembolsável, e não queria parar de lecionar e virar banqueiro,
por isso foi dar aula num colégio rico em Houston, onde pagam
um salário decente. Era isso que ele estava fazendo lá — ele
não tinha nada a ver com aquele mundo social. Não achava a
menor graça naquilo. Aliás, tinha a maior repulsa. No estaciona-
mento, tinha os carros dos alunos, os BMWs com que eles iam à
aula, tinha os carros dos professores, Hondas e não sei que mais,
e aí tinha o carro dele — sei lá qual a marca, um calhambeque
enferrujado com mais de doze anos, com placas de Maine e
uma corda fechando a porta de trás, porque a maçaneta tinha
caído. Uma pessoa completamente autêntica — eu nunca tinha conhecido ninguém assim. Estava se lixando pro sistema
de castas de Kinkaid. Era meu professor de história. A nossa turma era a única da escola que estudava história contemporânea.

ELE

Como foi que começou?

ELA

Como começou? Eu tinha um atendimento semanal com ele,
na sala dele. Ele abriu pra mim um mundo de idéias que eu nem

sabia que existia. Eu ia lá e a gente conversava, conversava, conversava, e eu sentia uma coisa por ele, e apesar daquelas primeiras experiências que deixam a gente perplexa — e que, mesmo que você não saiba disso, agora são praticamente universais — eu era apenas uma menina, e não fazia idéia de que aquele sentimento era sexual. (*Sorri*) Mas ele sabia. Foi maravilhoso. Pois é, foi o primeiro.

ELE

Quanto tempo durou?

ELA

O ano inteiro. Quando fui pra Harvard, nós combinamos que íamos continuar juntos. E eu fiquei arrasada quando isso não aconteceu. Passei boa parte do meu primeiro semestre da faculdade chorando. Mas eu não tinha mais treze anos. Dessa vez eu dei a volta por cima. Conheci um monte de garotas, os namorados delas, e me recuperei. Eu me diverti. É, fui pra Harvard, ele parou de responder os meus telefonemas e eu me diverti.

ELE

Pelo visto, o jovem idealista arranjou outra garota de dezessete anos.

ELA

Você implicou com ele tanto quanto implicou com o jogador de tênis.

ELE

Não deve ser difícil entender por que, pra uma garota que estudou no Kinkaid desde o jardim-de-infância até a décima segunda série.

ELA

Ele me escreveu uma carta um ano depois, quando eu já tinha finalmente conseguido me recuperar. Dizendo que fez o que fez porque achou que era o melhor para mim, que ele mesmo estava tão confuso... Mas você provavelmente tem razão.

ELE

Acho que eu não agüento ouvir mais.

ELA

Por que não? (*Riso leve*) Só lhe contei um.

ELE

Você só me contou três. Mas já deu pra ter uma idéia. Você era fascinante desde muito cedo.

ELA

Isso surpreende você?

ELE

Não. Apenas me mata.

ELA

Por quê?

ELE

Ah, Jamie.

ELA

Você não quer dizer?

ELE

Dizer o quê?

ELA

Por que é que isso mata você.

ELE

Porque estou enlouquecido por você.

ELA

Bem... eu só queria ouvir isso.

ELE

(*Pausa longa, e mais dolorosa para ele do que para ela; o que ela mais sente é curiosidade*) Mas sim. Dou por encerrada a nossa entrevista pro emprego de largar o marido pra ficar com um homem muito mais velho. Eu telefono pra você.

ELA

Você vai me telefonar?

ELE

Eu telefono pra lhe dizer como você se saiu.

ELA

Está bem.

ELE

Você está livre pra assumir o cargo?

ELA

Se me for oferecido, vou ter que pensar bem, se dá pra levar minha vida de modo a cumprir minhas obrigações profissionais direito. Aí *eu* ligo para você.

ELE

Isso não está certo. Perdi minha autoridade.

ELA

E como é que a gente se sente quando perde a autoridade?

ELE

Eu cheguei aqui com tanta autoridade. Vou embora sem nenhuma.

ELA

Isso é bom?

ELE

Um homem desorientado por tudo que antes ele conhecia tão bem agora é um homem perdido ainda por cima. Vou embora.

ELA

Ficar sozinho comigo nunca é bom pra você.

ELE

Não tem como ser.

ELA

Quanto melhor, pior.

ELE

Isso mesmo. Exatamente.

(*Ele se levanta e vai embora. Lá fora, na escada da entrada do prédio, ele olha para a igreja do outro lado da rua e se lembra de algo:* O retorno do nativo, *o título do romance de Hardy em que*

*aparece um vendedor de almagre. Ele tem boa memória para li-
vros? Não, nem mesmo para livros. Só agora se lembra do nome
da heroína trágica que sempre o fascinou: Eustacia Vye. Continua parado na escada, no entanto se esforça para conter o impulso de voltar atrás, levantar a mão, tocar a campainha do apartamento dela e dizer: "O retorno do nativo, Eustacia Vye", e desse
modo voltar ao apartamento e ficar de novo a sós com ela. Eles
nunca se beijam, ele nunca toca nela, nada: essa é sua última cena de amor. Sua memória só falhou uma vez. Durante toda aquela conversa, só uma vez. Duas: quando ela lhe perguntou há quanto tempo ele estava sozinho. Ou teria ela feito essa pergunta na
véspera? Ou não teria feito essa pergunta nunca? Bem, não era
necessário que ela soubesse mais a respeito das falhas de sua memória do que ela havia presenciado até então. Assim, eles nunca
se beijam e ele nunca toca nela — e daí? Isso o deixa arrasado?
E daí? Sua última cena de amor? Deixe estar. Isso não importa.
O remorso tem de esperar.)*

5. Momentos irrefletidos

Acordei com o telefone tocando. Eu havia adormecido na cama, vestido e com meu exemplar sublinhado de A *linha de sombra* ao lado. Pensei: "Amy, Jamie, Billy, Rob", mas não incluí Kliman na lista de pessoas que poderiam ter um motivo para me telefonar no hotel. Tendo ficado até quase as cinco da madrugada escrevendo, eu me sentia como um homem que bebeu demais na véspera. E eu havia sonhado, lembrei-me naquele momento, um sonho bem pequenino, etéreo, cheio de esperanças infantis. Estou falando com minha mãe pelo telefone. "Mãe, a senhora me faz um favor?" Ela ri da minha ingenuidade. "Meu amor, por você eu faço qualquer coisa. O que é, meu queridinho?", ela indaga. "Vamos fazer incesto?" "Ah, Nathan", ela responde, rindo outra vez, "eu sou um cadáver apodrecido. Estou no túmulo." "Assim mesmo, eu queria cometer incesto com a senhora. A senhora é minha mãe. Minha única mãe." "O que você quiser, meu queridinho." Então ela aparece à minha frente, e não é um cadáver num túmulo. Sua presença me empolga. Ela é a morena de vinte e três anos de idade, esguia, bonita, cheia de vida, com quem meu pai se casou, tem a leveza de uma moça e aquela voz suave que jamais é severa, enquanto eu tenho minha idade atual — *eu* é que estou debaixo da terra para sempre. Ela pega minha mão como se eu ainda fosse um menininho com os objetivos mais inocentes do mundo, saímos do cemitério e vamos para o meu quarto, e o sonho termina com meu desejo ganhando força e o quarto de janelas grandes e nuas inundado de luz. As últimas palavras de triunfo que ela pronuncia são: "Meu queridíssimo, meu queridíssimo — nascimento! Nascimento!". Onde já se viu uma mãe mais terna e amorosa que essa?

"Oi", disse Kliman. "Posso esperar aqui embaixo?" "Esperar pra quê?" "Pra gente almoçar." "Do que é que você está falando?" "Hoje. Ao meio-dia. O senhor disse que eu podia convidá-lo pra almoçar hoje ao meio-dia." "Eu não disse nada disso." "Disse, sim, senhor Zuckerman. O senhor queria que eu lhe falasse sobre o funeral de George Plimpton." "O George Plimpton morreu?" "Morreu. Nós falamos sobre isso." "O George morreu? Quando ele morreu?" "Há pouco mais de um ano." "Que idade ele tinha?" "Setenta e seis. Teve um infarto fulminante quando estava dormindo." "E você me disse isso quando?" "Pelo telefone", respondeu Kliman.

Nem é preciso dizer que eu não me lembrava desse telefonema. No entanto, parecia-me impossível que eu tivesse me esquecido disso — tão impossível quanto a morte de George. Eu conhecera George Plimpton no final dos anos 1950, quando, depois de sair do Exército, vim morar em Nova York pela primeira vez, pagando setenta dólares por mês por um quarto-e-sala no subsolo de um prédio, e comecei a publicar na revista literária que ele acabara de criar os contos que escrevera à noite quando ainda estava servindo o Exército; até então, eles tinham sido rejeitados por todas as publicações para as quais haviam sido enviados. Eu tinha vinte e quatro anos quando George me convidou para almoçar com ele e os outros editores da *Paris Review*, na maioria rapazes de vinte e muitos e trinta e poucos anos, e tal como ele quase todos pertencentes a famílias ricas e tradicionais, que mandavam os filhos para escolas preparatórias exclusivas, das quais eles seguiam para Harvard, que na época, logo depois da guerra, continuava a ser acima de tudo um educandário dos filhos da elite social. Todos se conheceram lá, se ainda não haviam travado conhecimento nas quadras de tênis ou nos clubes de iatismo de Newport, Southampton ou Edgartown. Minha familiaridade com o mundo deles, ou de seus pais, limitava-se à leitura de obras de Henry James e Edith Wharton nos meus tempos de estudante na University of Chicago, livros que eu havia aprendido a admirar mas que para mim tinham tão pouco a ver com a vida americana quanto *O peregrino*, de Bunyan, ou o *Paraíso perdido*, de Milton. Antes de conhecer George e seus colegas, a única imagem que eu tinha dessas pessoas era formada com base nas transmissões radiofônicas do presidente Roosevelt e suas aparições nos cinejornais da minha infância — e para uma criança como eu, filho de um podólogo judeu que estudara num curso de madureza, Roosevelt não era o representante de nenhuma classe nem casta, e sim um político e estadista ímpar, um herói democrata visto pela maioria dos judeus do país, inclusive por minha enorme família extensa, como uma bênção e uma dádiva. A maneira esdrúxula de falar de George poderia me parecer uma imitação cômica da fala de um grã-fino, talvez até ridícula, não fosse ele um jovem tão direto, talentoso, inteligente e amável, pois sua fala era marcada pela enunciação e entonação britânicas características da hierarquia protestante endinheirada que reinava na sociedade bostoniana e nova-iorquina, enquanto meus ancestrais pobres eram governados por rabinos nos guetos da Europa Oriental. George me mostrou pela primeira vez o que era ser privilegiado e dispor de recursos amplos — ao que parecia, ele não precisava fugir de nada, não tinha nenhum defeito a ocultar, nenhuma injustiça a combater, nenhuma deficiência a compensar, nenhuma fraqueza a dominar, nenhum obstáculo a contornar, e parecia ter aprendido tudo e estar aberto a tudo sem nenhum esforço. Para mim, era inimaginável chegar a algum lugar sem a persistência tenaz que minha família diligente havia incutido em mim; George, porém, desde o início sabia qual seria seu destino automático.

Em festas no seu espaçoso apartamento na East 72nd Street, conheci praticamente todos os outros escritores jovens de Nova York e também alguns dos já estabelecidos e famosos, e contemplei cobiçoso as pernas das moças glamorosas que gravitavam a seu redor, debutantes americanas, modelos européias, princesas cujas famílias viviam exiladas em Paris desde o Tratado de Versalhes. Nas primeiras vezes, eu encontrava com freqüência alguns colaboradores da revista que tinham menos *status*, pessoas cujas preocupações literárias e conflitos amorosos revelavam um passado de dificuldades que eu compreendia bem, pessoas para quem, assim como para mim, a Dificuldade ainda era uma espécie de deus. E no entanto fui ao decadente Stillman's Gym, na Eight Avenue, e fiquei admirado com a coragem de George, que ousara lutar três *rounds* curtos e vigorosos com o campeão dos pesos-leves do momento, Archie Moore, uma luta que lhe valeu um nariz quebrado e ensangüentado e material para uma reportagem que seria publicada na *Sports Illustrated*. E eu estava entre os convidados, num apartamento de um amigo seu na Central Park South, quando George se casou pela primeira vez, nos anos 1960, e em vários anos sucessivos estava também entre os cento e poucos outros convidados na praia escura e larga de Water Mill, em Long Island, onde George realizava sua abundante queima de fogos no Quatro de Julho, permanecendo desse modo um menino endiabrado ao mesmo tempo que manifestava os interesses de um homem vivido, lúdico, jovial e profundamente inquisitivo, atuando como jornalista, editor e de vez em quando como personalidade do cinema e da televisão. Há mais de um ano (portanto, eu me dava conta agora, apenas semanas antes de sua morte) George havia me telefonado e, falando de modo quase tão formal quanto se seu interlocutor fosse um desconhecido, e no entanto, como mandava sua natureza, com tanto calor humano como se tivéssemos jantado juntos na véspera — e àquela altura já fazia no mínimo dez anos que não nos víamos —, me perguntou se eu podia vir a Nova York para fazer alguns comentários de abertura num evento de gala com o objetivo de levantar fundos para a *Paris Review*. Eu me lembrava muito bem daquele telefonema, não apenas por causa dos bons sentimentos manifestados por nós dois como também porque ele me levou a passar as noites das duas semanas que se seguiram relendo suas famosas obras de "jornalismo participativo" — os livros em que ele demole o mistério de sua vida de privilégios registrando suas desventuras e fracassos como atleta amador incompetente a enfrentar os grandes profissionais — e as diversas coletâneas de escritos mais breves, nas quais ele assumia sua personalidade habitual, um cavalheiro urbano e espirituoso, de inteligência rápida e porte aristocrático, que nada tinha de incompetente para aqueles que o conheciam.

Nesses escritos, seu charme (como nos relatos sobre o dia em que ele foi com a filha de nove anos assistir ao jogo entre Harvard e Yale, ou em que levou a poetisa Marianne Moore ao Yankee Stadium), seu lirismo (como no hino evocativo aos fogos de artifício), sua gravidade filial (como no panegírico de seu pai) revelam a habilidade de um ensaísta elegante, que eclipsa por completo o George Plimpton incompetente que ele criou para os livros sobre esporte, nos quais, repetidamente levado por sua inépcia a assumir o papel da vítima virginal, ele leva às últimas conseqüências as tentativas de se humilhar, e consegue por alguns momentos desfrutar a ignomínia masoquista de se ver na posição de inferior. Parodiando Truman Capote relatando sua operação plástica no estilo de Ernest Hemingway, ele se colocou no nível de Mark Twain satirizando de modo implacável o estilo de James Fenimore Cooper; aliás, era quando via os outros fazendo fiasco, e não quando via a si próprio fazendo fiasco, que George se mostrava mais sutil. Sim, eu me lembrava dos bons sentimentos despertados por aquele telefonema um ano antes e do prazer que me proporcionara a releitura de seus livros, mas não conseguia me lembrar de nenhum telefonema de Kliman no qual havíamos combinado almoçar juntos para conversar sobre a morte de George.

Também não conseguia acreditar que George havia morrido. Era uma idéia exorbitante, e exorbitante era tudo o que George não era, não condizia com a curiosidade robusta que ele manifestava pela "enorme variedade da vida" — uma expressão que ele utilizou quando se imaginava, feliz, como uma ave aquática africana, a contemplar todos os seres dotados de asas, patas, cascos, penas, escamas e couro atraídos pelas águas do rio. Kliman certamente tivera a intenção de dizer outra coisa que não essa a respeito de George Plimpton, pois se alguém me houvesse perguntado: "Qual dos seus contemporâneos será o último a morrer? Qual dos seus contemporâneos é o que menos corre o risco de morrer? Qual dos seus contemporâneos vai não apenas escapar da morte mas também escrever de modo espirituoso, preciso e modesto sobre sua própria perplexidade bem-humorada por ter conseguido atingir a vida eterna?", a única resposta possível teria sido: "George Plimpton". Tal como o conde de noventa e quatro anos de *Adeus às armas*, com quem Frederick Henry joga uma partida de bilhar — e a quem Frederick Henry, ao se despedir, diz: "Espero que o senhor viva para sempre", e que responde: "É o que faço" —, George Plimpton estava destinado a viver para sempre desde o dia em que nasceu. George tinha tão pouca intenção de morrer quanto, por exemplo, Tom Sawyer; sua não-mortalidade era um pressuposto que não podia ser separado de suas disputas competitivas com os maiores atletas. Eu estou jogando contra os New York Yankees, estou jogando com os Detroit Lyons, estou no ringue com Archie Moore, para poder depois relatar com autoridade como é sobreviver a tudo que é mais forte do que nós, disposto a nos esmagar.

Havia mais do que isso por trás daqueles livros, é claro, e George foi mais consciencioso do que nunca na noite em que, muitos anos atrás, durante o jantar, conversei com ele sobre quais seriam seus motivos ocultos. A meu ver, a questão da classe social era a inspiração mais profunda para seus escritos singulares sobre esportes, para as situações em que ele brinca de livrar-se das vantagens de sua classe social (menos as boas maneiras aristocráticas, as quais, num mundo inteiramente estranho ou mesmo hostil às boas maneiras, ele emprega de propósito, sabendo que elas terão um efeito cômico naquele lugar tão impróprio). Esse "eu" é seu duplo autodepreciativo — o jornalista em ação — livre da criatura privilegiada que George era de modo inevitável, magistral, e que lhe proporcionava tanto prazer ser. Sem dúvida, suas vantagens — concretizadas no sotaque a que ele se referia, com modéstia, como "sotaque cosmopolita da Costa Leste", mas que na verdade era o sotaque da classe dominante da Costa Leste, já em extinção naquela época — faziam dele o alvo predileto das brincadeiras dos atletas profissionais com os quais ele competia como amador. No entanto, em seus livros *Paper lion* e *Out of my league* sua atuação é muito diferente da do primeiro "jornalista participativo" da era moderna — este outro George com sotaque de aristocrata, um observador extraordinariamente atento que jamais deixou de perceber uma diferença social, óbvia ou minúscula, por onde quer que passasse — relatada em *Na pior em Paris e Londres*. Tal como Orwell, Plimpton tentava olhar para as coisas de modo direto e relatar com clareza o que via, descrever seu funcionamento e fazer com que o leitor o apreendesse. Porém jamais exerceu as tarefas mais humildes nas cozinhas sujas e quentes dos restaurantes de Paris, para ser reduzido nessas pocilgas turbulentas à condição de um escravo brutalizado e aprender com essa lição prática de pobreza; tampouco tentou, como fez Orwell depois, quando viveu como vagabundo pelas estradas da Inglaterra, descobrir como era ser totalmente marginalizado. O que Plimpton fez foi penetrar num mundo tão glamoroso quanto o seu, o mundo da classe dominante da transcendental cultura popular americana, o mundo do esporte profissional. *Na pior nas primeiras divisões do beisebol. Na pior na Federação de Futebol Americano. Na pior na Federação Americana de Basquetebol.* Enfrentando o constrangimento, perdendo a dignidade e exibindo sua incompetência em meio aos profissionais, o que George conseguiu na verdade foi maximizar seu glamour e não repudiá-lo, uma manobra que despertava minha admiração e que era a base do prazer que seus livros me proporcionavam. Os livros, anunciados como relatos de um amador incapaz enfrentando profissionais invencíveis, na verdade contavam a história de um atleta muito bem equipado, dotado de ótima coordenação motora, filho da mais antiga elite da nação, representando o papel de atleta incompetente em meio aos mais magníficos atletas da elite mais nova dos Estados Unidos: os superastros do esporte. Em *Out of my league*, o mestre do equilíbrio e do autocontrole chega a invejar o *aplomb* do *batboy** dos Yankees; em *Paper lion* ele finge que mal sabia

---

* Rapaz que cuida dos tacos e demais equipamentos de um time de beisebol. (N. T.)

segurar uma bola de futebol americano quando atuava como zagueiro dos Detroit Lions, embora eu me lembrasse de partidas informais no gramado da casa de um de seus amigos mais íntimos, em Westchester, nas quais George fazia passes com efeito, tão precisos quanto os que se vêem em partidas profissionais. Hemingway não tinha razão ao se referir às aventuras de George no esporte profissional como "o lado escuro da lua de Walter Mitty".* Era o lado iluminado de ter nascido George Plimpton, que conseguiu como ninguém transformar em uma vocação muitíssimo prazerosa a prática de sair de seu velho mundo de privilégio glamoroso para participar, ainda que de modo provisório, do novo mundo de privilégio glamoroso, o único mundo americano que poderia rivalizar com o prestígio que a sua esfera de origem tivera no passado. Nisso residia o verdadeiro brilho de George, sua capacidade de atravessar as fronteiras de classe, tornando-se, como ele mesmo dizia, "alvo de escárnio", sem se tornar, como George Orwell sobrevivendo por um triz em meio à "escória" como um ignóbil lavador de pratos em Paris e um vagabundo esfomeado e sem vintém em Londres, uma autopunição terrível — e levada a sério —, um *déclassé*. George fugia de seu próprio glamour sem perder o glamour, acentuando-o ainda mais em obras autobiográficas aparentemente marcadas pela autodepreciação. Ao subir no ringue com Archie Moore, ele estava apenas praticando a *noblesse oblige* em sua forma mais sofisticada — forma essa, aliás, que ele próprio inventou. Quando as pessoas dizem a si próprias: "Quero ser feliz", elas podiam perfeitamente estar dizendo: "Quero ser George Plimpton" — realizar, ser produtivo, e ao mesmo tempo conseguir isso com prazer e facilidade.

---

* Personagem de um conto famoso de James Thurber, que tem uma existência mesquinha mas em sua imaginação vive fantasias de grandeza. (N. T.)

Ninguém tão à vontade entre os poderosos, os talentosos e os renomados; ninguém tão apaixonado por atos e palavras empolgantes; ninguém tão distante do sofrimento da mortalidade; ninguém com tantos admiradores quanto George, tantos talentos quanto George; ninguém capaz de falar com todos e qualquer um com tanta facilidade quanto George... E assim prossegui, pensando que a coisa mais próxima de morrer de que George era capaz seria simular sua morte num artigo para a *Sports Illustrated*.

Levantei-me da cama e, na mesa onde havia passado a maior parte da noite escrevendo, encontrei meu caderno de tarefas e comecei a folhear as páginas de trás para a frente, procurando uma anotação a respeito de um encontro marcado com Kliman, dizendo ao mesmo tempo a ele: "Não posso almoçar com você".

"Mas eu trouxe. Está aqui comigo. Vou mostrar ao senhor."

"Mostrar o quê?"

"A primeira metade do romance. Os originais de Lonoff."

"Não estou interessado."

"Mas foi o senhor que me pediu pra trazer."

"Não pedi coisa nenhuma. Adeus."

As folhas de papel de carta do hotel cobertas dos dois lados com anotações sobre minha conversa com Amy e as páginas do diálogo entre *Ele e Ela*, todas as coisas que eu havia escrito entre chegar da casa de Amy e adormecer, inteiramente vestido, e sonhar com minha mãe, continuavam sobre a mesa. Nos cinco minutos que decorreram até Kliman voltar a ligar, reli minhas anotações e descobri o que eu dissera a Amy sobre Kliman e a biografia. Eu lhe prometera que o impediria de escrever seu livro. Havia conseguido convencê-la de que a inspiração de Lonoff para o romance não provinha de sua própria vida, e sim de uma especulação acadêmica muito discutível referente à vida

243

de Nathaniel Hawthorne. Eu dera a ela um pouco de dinheiro... Reli o texto, relembrando o que havia dito e feito, mas não ficou muito clara qual era minha intenção geral, ou mesmo se eu havia tido alguma intenção.

Quando Kliman ligou do saguão do hotel, perguntei a mim mesmo se não teria sido ele que enviara aquelas ameaças de morte a mim e ao resenhista onze anos antes. Era muito improvável que ele tivesse feito tal coisa há tanto tempo — mas e se fosse verdade? E se uma brincadeira maliciosa de um calouro universitário dado a travessuras de mau gosto me tivesse levado a viver como eu tinha vivido, e morar onde vinha morando, nos últimos dez anos? Ridículo, se fosse verdade, e por um momento não pude conter a convicção de que era mesmo verdade, justamente por ser absurdo. Ridícula minha decisão de ir morar no interior e nunca mais voltar — tão ridícula quanto a idéia de que Richard Kliman fora a pessoa que me levara a tomar essa decisão. "Eu desço daqui a uns minutos", disse eu, "e vamos almoçar." E vou frustrar todas as suas ambições. Vou acabar com você.

Pensei isso por não ter alternativa. Eu não podia falar sobre isso nem escrever — antes de sair de Manhattan e voltar para casa, eu teria que derrotar Kliman, mesmo que não conseguisse fazer mais nada. Derrotá-lo era meu último compromisso com a literatura.

Como George poderia ter morrido? Essa idéia me voltava à cabeça com insistência. O fato de que George tinha morrido havia um ano tornava tudo absurdo. Como uma coisa dessas poderia acontecer com *ele*? E como poderia acontecer comigo o que acontecera comigo nos últimos onze anos? Nunca mais me encontrar com George — nunca mais me encontrar com ninguém! Então fiz isso por esse motivo? Eu fiz isso por aquele motivo? Definir toda a minha vida a partir daquele acidente, ou daquela pessoa, ou daquele evento ridiculamente insignificante?

Como eu parecia absurdo! E tudo porque, sem que eu soubesse, George Plimpton havia morrido. De repente minha maneira de ser não tinha justificativa, e George era meu... qual era mesmo a palavra que eu estava procurando? O antônimo de "duplo". De repente, George Plimpton representava tudo aquilo que eu havia desperdiçado ao me recolher de modo tão peremptório à serra onde Lonoff vivera, para me proteger da grande variedade da vida. "É o nosso tempo", George disse, sua voz incomparável ressoando cheia de autoconfiança e entusiasmo. "É a nossa humanidade. Temos que fazer parte dela também."

Kliman me levou a um café perto do hotel, na Sixth Avenue, e assim que fizemos nossos pedidos começou a me falar sobre o funeral de George. Acostumado a regular minha rotina cotidiana de modo sistemático, utilizando cada hora para o fim que eu lhe destinara, dei por mim — usando roupas que fazia quase trinta horas eu não trocava e, ocorreu-me, com o mesmo absorvente que eu havia colocado dentro da cueca plástica na noite da véspera — sentado a uma mesa de almoço diante de uma força imprevisível, determinada a me dominar. Seria por isso que eu estava sendo pressionado ao máximo antes mesmo que me trouxessem meu suco de laranja, sendo obrigado a assistir a uma demonstração de que, apesar das minhas advertências e ameaças, eu não estava à altura dele, e muito menos lhe era superior, e que ele não podia ser controlado por mim e não conhecia limites? Pensei: os judeus não param de produzir gente assim. Eddie Cantor. Jerry Lewis. Abbie Hoffman. Lenny Bruce. O judeu em sua manifestação mais exuberante, incapaz de estabelecer uma relação tranquila com algo ou alguém. Eu imaginava que esse tipo praticamente não existisse na geração dele, e que um sujeito meigo e razoável como Billy Davidoff fosse mais representativo da norma atual — pelo que me constava, Kliman talvez fosse mesmo o último dos agitadores e afrontadores. Fazia um bom tempo eu não tinha contato com ninguém semelhante a ele. Fazia um bom tempo eu não tinha contato com muitas coisas, não apenas com a resistência de seres cheios de vitalidade mas também com a necessidade de ter de representar o tempo todo o papel de mim mesmo, ou de me esquivar das fantasias sobre o autor baseadas em obras fictícias, elaboradas pelos leitores mais ingênuos — um trabalho cansativo e tedioso, do qual eu também havia me poupado. Pois outrora eu também fora uma espécie de afrontador. Eu era um afrontador quando George Plimpton me publicou, numa época em que ninguém mais se dispunha a fazer tal coisa. Mas agora não é nada disso, pensei. Não, não é como ver George no ringue do Stillman's Gym enfrentando Archie Moore em 1959; agora sou eu no ringue de uma Manhattan desconhecida, enfrentando esse garoto de punhos poderosos em 2004.

"Foi há mais ou menos um ano, em novembro", disse Kliman. "Na Catedral de São João. Um lugar enorme, apinhado de gente — não tinha um lugar vazio. Duas mil pessoas. Talvez mais. Começa com um grupo de *gospel music*. O George tinha visto esse grupo uma vez e gostado muito, por isso eles estavam lá. O líder é um negro muito alto, bonitão, curtindo muito toda a pompa e circunstância, e assim que eles começam a cantar ele começa a gritar: 'É uma celebração! Uma celebração!'. E eu pensei: ah, meu Deus, essa não, o sujeito morre e vira uma celebração. 'É uma celebração! Uma celebração! Todo mundo dizendo que é uma celebração. Diga pra quem está do seu lado que é uma celebração!' Assim, todos os brancos começam a balançar a cabeça no ritmo errado, e vou lhe dizer uma coisa, parecia que o funeral do George não ia dar certo, não. Então o pastor faz lá o discurso dele, e os oradores vão subindo um por um.

Primeiro a irmã do George fala sobre o museu em que o George transformou o quarto dele na casa de Long Island, onde ele guardava todas as peles de animais e pássaros mortos, como o George se empolgava com essas coisas quando era menino, e a fala dela é muito eloqüente. Uma coisa totalmente natural, aquela falta absoluta de estranheza que chega a ser estranha, coisa de que só mesmo um membro puro-sangue da velha elite protestante é capaz. Depois vem um sujeito do Texas chamado Victor Emanuel, devia ter uns cinqüenta e tantos anos, talvez um pouco mais, que entendia tudo sobre pássaros, ele e o George ficaram amicíssimos por conta do interesse que os dois tinham por pássaros. Sabiam tudo sobre o assunto. Esse cara fala de uma maneira bem simples, sobre as expedições que ele fez com o George pra estudar os pássaros, e tudo isso sendo contado na casa do Senhor — se bem que as únicas pessoas que falam no Senhor são o pastor e os cantores de *gospel music*. Com relação a esse assunto, ninguém mais diz coisa nenhuma, cara, é como se não tivesse nada a ver com eles. Eles estão ali por acaso. Aí vem o Norman Mailer. Eu nunca tinha visto o Norman Mailer fora de uma tela. Ele está com oitenta anos agora, os dois joelhos estão ferrados, anda com duas bengalas, não pode andar mais de quinze centímetros sem ajuda, mas ele não quer ajuda pra subir até o púlpito, dispensa até mesmo uma das bengalas. Sobe até o alto do púlpito sozinho. Todo mundo torcendo por ele, degrau por degrau. O conquistador chegou, é agora que o espetáculo vai começar pra valer. O Crepúsculo dos Deuses. Ele contempla a congregação. Olha pra outra ponta da nave, vê a Amsterdam Avenue, vê o outro lado dos Estados Unidos, até o oceano Pacífico. Parece o padre Mapple em *Moby Dick*. Achei que ele ia começar dizendo 'Companheiros de bordo!' e fazer um sermão sobre as lições da história de Jonas. Mas não, ele também fala sobre o George com muita simplicidade. Não é mais o velho Mailer procurando briga, e no entanto cada palavra que ele diz tem sua marca registrada. Ele fala sobre sua amizade com o George, que só floresceu em anos recentes — diz que os dois viajaram juntos com as esposas pra todos os lugares em que elas se apresentaram numa peça que eles escreveram juntos, e que os dois casais tinham ficado muito amigos, e eu cá com meus botões: ora, veja, demorou mas aconteceu: lá está o Norman Mailer no púlpito falando na qualidade de marido, louvando a instituição do casal. É, seus fundamentalistas furibundos, agora vocês vão ter um rival."

Impossível detê-lo. Tudo que havia acontecido entre nós até então ele estava decidido a anular, graças a uma grande performance com o objetivo de me apaziguar, e estava dando certo: eu me sentia — contra a vontade — cada vez menor, quanto mais exuberante era a exibição de narcisismo de Kliman. Mailer não está mais procurando briga e mal consegue caminhar. Amy já não é bonita e não goza plenamente de suas faculdades mentais. Eu já não domino por completo minhas funções mentais, minha virilidade, nem mesmo minha bexiga. George Plimpton morreu. E. I. Lonoff já não detém seu grande segredo, se é que esse segredo de fato existiu. Todos nós viramos "já-eras", enquanto a mente acelerada de Richard Kliman acredita que o coração dele, os joelhos dele, o cérebro dele, a próstata dele, o esfíncter da bexiga dele, *tudo* que é dele é indestrutível, e que ele, e mais ninguém, não está à mercê de suas células. Acreditar nisso não é nada difícil para alguém de vinte e oito anos, principalmente se sabe que a glória acena para ele. Pessoas assim não são "já-eras", perdendo suas faculdades, o controle de tudo, vergonhosamente não mais donas de si próprias, marcadas pela privação e que sofrem os efeitos da rebelião orgânica na qual o corpo se levanta contra o idoso; eles são "ainda-nãos", gente que nem imagina que as coisas podem degringolar num piscar de olhos.

A seus pés, Kliman tinha uma pasta surrada que, pensei, continha a primeira metade dos originais de Lonoff. Talvez contivesse também as fotos que Amy lhe dera sob influência do tumor. Não, livrar Amy dele não seria fácil. Qualquer tentativa de persuadir Kliman haveria de fracassar; pior, acentuaria mais ainda sua presunção. Fiquei a imaginar se daria certo recorrer a um advogado, ou tentar comprá-lo, ou talvez uma combinação das duas táticas — ameaçá-lo com um processo e ao mesmo tempo lhe dar dinheiro. Talvez fosse possível chantageá-lo. Talvez, ocorreu-me, Jamie não estivesse fugindo de bin Laden, e sim dele.

ELA

Richard, eu sou casada.

ELE

Eu sei. O Billy é bom pra casar, e eu sou bom pra trepar. Você mesmo me diz por que o tempo todo. "É tão grosso. A base é tão grossa. A cabeça é tão bonita. É justamente o tipo que eu gosto."

ELA

Me deixe em paz. Você precisa me deixar em paz. Isso tem que acabar.

ELE

Você não quer mais gozar? Não quer mais ter aquela sensação intensa? Não quer isso nunca mais?

ELA

Não vamos falar sobre isso. A gente não fala mais assim um com o outro.

249

ELE

Você quer gozar agora, agora mesmo?

ELA

Não. Pára com isso. Terminou. Se você voltar a falar comigo desse jeito, nós nunca mais vamos nos falar.

ELE

Pois eu estou falando com você agora. Quero que você chupe aquela cabeça linda.

ELA

Vá se foder. Saia da minha casa.

ELE

O amante bruto faz você gozar, e o amante obediente não faz.

ELA

Não é disso que nós estamos falando. Eu estou casada com o Billy. Não estou casada com você. O Billy é meu marido. Eu e você terminamos. O que você está dizendo não tem nada a ver.

ELE

Peça arrego.

ELA

Não. Você é que vai pedir arrego. Vá embora.

ELE

Não é assim que a coisa rola entre a gente.

ELA

Pois é assim que rola agora.

ELE

Você adora pedir arrego.

ELA

Cala essa boca, porra. Pára com isso. Agora.

ELE

Eu achava que você falava tão bem. Você fala bem quando a gente joga os nossos jogos. Você diz umas coisas diabólicas quando a gente brinca de garota de programa e freguês. Você faz uns barulhos deliciosos quando a gente brinca de currar a Jamie. Isso é tudo que você consegue dizer agora — "Cala essa boca, porra" e "pára com isso"?

ELA

Eu já disse que terminou, terminou. Sai da minha casa.

ELE

Não saio.

ELA

Então saio eu.

ELE

E vai pra onde?

ELA

Embora.

ELE

Ah, o que é isso, amorzinho. Você tem a bocetinha mais bonita do mundo. Vamos jogar aqueles jogos malucos. Dizer aquelas coisas diabólicas.

ELA

Me deixa em paz. Sai daqui agora mesmo. O Billy já vai chegar. Vai embora. Sai da minha casa senão eu chamo a polícia.

ELE

Deixa a polícia ver você só com esse top e esse short. Ela também não vai embora. Você tem a bocetinha mais bonita e os instintos mais depravados.

ELA

Então eu digo alguma coisa e você só sabe falar da minha boceta? A gente tenta falar com a pessoa e ela não ouve a gente.

ELE

Isso está me deixando excitado.

ELA

Isso está me deixando irritada. Eu vou embora desta casa agora.

ELE

Olha aqui, ó.

ELA

Não!

(*Mas ele não pára, e por isso ela foge*)

No café, as pessoas podiam perfeitamente estar achando que Kliman era meu filho, porque eu o deixava falar sem parar daquele modo narcisista e insolente, e também porque, em momentos estratégicos, ele estendia o braço e me tocava — no braço, na mão, no ombro — para dar força à sua argumentação.

"Ninguém decepcionou naquele dia", dizia ele. "O mais interessante de todos foi um jornalista chamado McDonell. Ele disse mais ou menos o seguinte: 'Estou me esforçando pra ficar alegre porque é a única maneira que eu vou conseguir me controlar aqui'. Contou várias histórias ilustrativas sobre o George. Falou com muito amor. Quer dizer, não que os outros também não tenham falado com amor. Mas a gente sentia no McDonell um amor viril intenso. E admiração. E compreensão do que o George representava. Acho que foi ele que contou a história da camiseta do George, se bem que pode ter sido o cara dos pássaros. Enfim, eles foram até o Arizona procurar um pássaro. Saíram pelo meio do deserto ao pôr do sol. Que é a hora em que o tal pássaro aparece. Não conseguiram encontrar o bicho. De repente o George tirou a camiseta e jogou ela pro alto. Aí um bando de morcegos apareceu e acompanhou a camiseta até ela cair no chão. Assim, o George ficou jogando a camiseta pra cima, várias vezes, o mais alto que ele conseguia. E cada vez vinha mais morcego, e o George gritou: 'Eles pensam que é uma mariposa gigantesca!'. Isso me lembrou um trecho de *Henderson, o rei da chuva*, no final, quando o Henderson salta do avião em Labrador ou na Terra Nova, já não me lembro, e começa a dançar em cima do gelo com toda a sua exuberância de rei da chuva africano, com aquele tipo raro de exuberância de protestante privilegiado e rico, que a gente só vê em um em cada dez mil deles. E foi esse o triunfo do George. Era isso que o George *era*. O anglo-saxão protestante exuberante. Pena que eu não me lembro mais do que esse sujeito maravilhoso disse, porque foi ele que deu o recado. Mas aí começou aquela droga daquela cantoria de novo. 'Ah, louvado seja o Senhor! Louvado seja o Senhor!' E cada vez que eu ouvia 'louvado seja o Senhor' eu murmurava baixinho: 'Ele não está aqui, e todo mundo sabe disso, menos vocês. Aqui é o *último* lugar pra onde ele viria'. Tinha negra de tudo que era tamanho e forma naquele grupo. Umas com bundas enormes; outras mirradas, quase carecas, que pareciam ter cem anos de idade; e meninas, mais pra magras e altas, elegantes, bonitas, algumas tímidas, aquelas que só de olhar pra elas você entende o pavor que corria entre os escravos quando o senhor chegava a fim de se divertir. E aquelas grandonas que são autoconfiantes e aquelas grandonas que são mal-encaradas, e uma meia dúzia de homens elegantes cantando também, e eu fiquei pensando na escravidão, senhor Zuckerman. Acho que eu nunca tinha pensado tanto na escravidão na presença de negros. Porque eles estavam se apresentando pra uma platéia de brancos, aquilo parecia um *minstrel show*. Eu vi os últimos vestígios da escravidão ali no meio do cristianismo. Atrás deles, no alto da abside, havia uma cruz de ouro tão grande que dava pra crucificar o King Kong nela. E eu tenho que confessar — as duas coisas que eu mais detesto neste país são a escravidão e a cruz, principalmente a interligação que havia entre elas, os escravocratas usando o que Deus disse no livro sagrado deles pra justificar a escravidão. Mas isso não tem nada a ver, o meu ódio por essas merdas. Os oradores voltaram a falar. Nove ao todo."

O almoço havia chegado, e ele parou por um instante para beber metade da xícara de café, mas eu continuei calado, determinado a não perguntar nada e esperar para ver o que ele ia fazer agora na tentativa de me convencer de que, aos vinte e oito anos, ele era um titã da literatura e eu devia sair da frente dele.

"O senhor deve estar querendo saber como foi que eu conheci o George", disse. "Foi quando ele foi a Harvard, numa festa da *Harvard Lampoon*. Ele dançou em cima de uma mesa com a minha namorada. Ela era a moça mais sexy, por isso é que foi escolhida. Ele era genial. Fez um discurso genial. O George Plimpton era um grande homem. As pessoas disseram que mesmo morrendo ele não perdeu a linha. Isso é bobagem. Ele não teve nenhuma chance de brigar. Ele tinha espírito competitivo. Se tivesse acontecido durante o dia, ele era capaz até de vencer a parada. Mas de noite, dormindo? Foi pego de surpresa."

Lembrei-me então de que em um de seus livros George havia entrevistado vários escritores amigos seus, perguntando-lhes a respeito das suas "fantasias de morte". Quando cheguei em casa, fui à minha biblioteca e descobri que o livro era *Shadow box* e que começa com o relato da sua aventura no ringue com Archie Moore em 1959 e termina em 1974, no Zaire, onde George foi cobrir a disputa pelo título de pesos-pesados entre Muhammad Ali e George Foreman, para a *Sports Illustrated*. Plimpton tinha cinqüenta anos quando *Shadow box* foi publicado, em 1977, e provavelmente teria quarenta e muitos quando estava pesquisando e escrevendo o livro, de modo que deve ter lhe parecido uma idéia engraçada perguntar aos outros escritores como é que eles imaginavam que iriam enfrentar a morte — tal como ele os relata, essas fantasias eram invariavelmente ou cômicas, ou dramáticas ou extravagantes. O colunista Art Buchwald disse a ele que "se imaginava caindo morto na quadra central de Wimbledon na final masculina — com noventa e três anos de idade". No bar do Intercontinental Hotel de Kinshasa, uma jovem inglesa que se autodenominava "poeta freelance" disse a George que "seria um barato ser eletrocutada tocando baixo num conjunto de rock". Mailer também estava em Kinshasa para escrever sobre a luta, e a idéia que lhe parecia mais atraente era ser morto por um animal — se estivesse na terra, um leão; se estivesse no mar, uma baleia. Quanto a George, ele se imaginava morrendo no Yankee Stadium, "às vezes como um batedor levando uma bolada de um vilão barbudo, de vez em quando como um jardineiro esbarrando num dos monumentos que antigamente ficavam no fundo do jardim externo do campo".

De maneiras engraçadas e extravagantes — era assim que George e seus amigos se imaginavam morrendo naquela época em que não acreditavam que iam morrer, no tempo em que a morte era apenas mais um motivo para fazer graça. "Ah, é claro, tem a morte também!" Mas a morte de George Plimpton não foi nem engraçada nem extravagante. Também não foi uma fantasia. Ele não morreu com uniforme de jogador no Yankee Stadium, e sim de pijama, dormindo. Morreu como todos nós morremos: como um total amador.

Eu não o suportava. Não suportava aquele excesso juvenil de energia e autocomplacência e orgulho por ser tão entusiasmado e saber contar casos. A pressão esmagadora de sua presença imediata — sem dúvida, George também não o teria suportado. Mas se eu queria de fato fazer o possível para impedir que Kliman se tornasse o biógrafo de Lonoff, eu teria de conter o impulso de pegar o carro e voltar para os montes Berkshire, que ora aumentava, ora diminuía. Como nos últimos anos eu praticamente desaprendera a negociar uma situação de antagonismo frontal, fiquei me alertando para o perigo de subestimar a esperteza do adversário só porque ele se fazia passar por um gêiser de tagarelice.

Quando terminou a segunda xícara de café, Kliman disse de modo abrupto: "O caso de Lonoff com a irmã muda as coisas, não é?".

Então Jamie lhe dissera que me havia contado. Mais uma faceta desconcertante de Jamie. Como eu deveria entender seu papel de intermediária entre Kliman e mim? "Isso é bobagem", repliquei.

Ele estendeu o braço e deu um tapinha na pasta.

"Um romance não prova nada", insisti, "um romance é um romance", e continuei a comer.

Sorrindo, ele estendeu o braço novamente, e dessa vez abriu a pasta, tirou de dentro dela um envelope fino de papel pardo, abriu-o e espalhou seu conteúdo sobre a mesa, entre os pratos. Estávamos sentados à janela da lanchonete e víamos as pessoas que passavam na calçada. No momento em que levantei a vista, todas estavam falando em seus celulares. Por que motivo aqueles telefones eram para mim a encarnação de tudo de que eu precisava fugir? Eles representavam um progresso tecnológico inevitável, e no entanto, em sua abundância, eu via o quanto eu me afastara da comunidade de meus contemporâneos. Isto aqui não é mais o meu lugar, pensei. Minha carteira de sócio havia expirado. Vá embora.

Peguei as fotografias. Havia quatro fotos desbotadas de Lonoff, alto e magro, e uma garota alta e magra que, segundo Kliman, seria a meia-irmã dele, Frieda. Numa das fotos os dois estavam parados na calçada à frente de uma casa de madeira sem nada de especial, numa rua que parecia arder sob um sol forte. Frieda usava um vestido branco fino e tinha o cabelo preso em tranças longas e pesadas. Lonoff apoiava-se em seu ombro, fingindo estar passando mal por causa do calor, e Frieda sorria de orelha a orelha, uma moça de queixo avantajado e dentes grandes que lhe davam uma aparência de gado bem fornido. Ele era um rapaz bonito, com um topete de cabelo negro e um rosto fino que lhe permitia passar por habitante do deserto, meio muçulmano, meio judeu. Em outra foto, os dois olhavam para cima, sentados numa toalha de piquenique, rindo de algo invisível que Lonoff apontava num dos pratos. Numa terceira fotografia, os dois estavam alguns anos mais velhos. Um dos braços de Lonoff estava levantado, e Frieda, agora mais cheia de corpo, fingia ser um cachorro, implorando com as patas. Lonoff, fazendo cara de mau, dava-lhe uma ordem. Na quarta, ela aparentava vinte anos e já não estava à disposição dos caprichos do irmão: era uma jovem alta, corpulenta, de rosto sério; contrastando com ela, aos dezessete anos, Lonoff tinha um ar etéreo e parecia estar além do alcance de qualquer tentação que não os apelos da inofensiva musa da juvenília. Seria possível argumentar que as fotos não revelavam nada de excepcional, senão para uma mente, como a de Kliman, ávida de excitação; no máximo, só se podia concluir que os meios-irmãos eram amigos, dedicados um ao outro e, nas primeiras décadas do século XX, haviam sido fotografados juntos algumas vezes por um dos pais, ou um vizinho, ou um amigo.

"Essas fotos", comentei. "Essas fotos não dizem nada."

"No romance", disse ele, "Lonoff conta que a iniciativa foi de Frieda."

"Não há nenhum Lonoff e nenhuma Frieda no romance."

"Não me venha passar um sermão sobre a linha impenetrável que separa a ficção da realidade. Isso foi uma experiência de vida de Lonoff. É uma confissão sofrida disfarçada de romance."

"Ou então um romance disfarçado de confissão sofrida."

"Então por que ele ficou tão arrasado ao escrever?"

"Porque os escritores às vezes ficam arrasados com o que escrevem. A primazia da vida da imaginação tem esse efeito, entre outros."

"Eu lhe mostrei as fotos", disse ele, como se eu tivesse visto fotografias pornográficas, "e agora vou lhe mostrar os originais, e quero ver o senhor me dizer que o que está por trás desse livro foi uma possibilidade imaginada e não uma realidade."

"Olha aqui, isso pega mal pra você, Kliman. Uma notícia como essa não pode deixar tão surpreso um homem de letras como você."

Neste ponto ele retirou os papéis da pasta e colocou-os na mesa, em cima das fotos — duzentas ou trezentas páginas presas por um elástico grosso.

Uma catástrofe. Aquele jovem estouvado, impetuoso, desavergonhado e oportunista, que absorvia uma obra ficcional de um modo que era a exata antítese da postura de Lonoff, tinha em sua posse a primeira parte de um romance que Lonoff jamais concluíra, por achar que não estava bom, e que talvez jamais viesse a publicar mesmo se não tivesse morrido antes de concluí-lo.

"A Amy Bellette deu isso a você? Ou foi você que tirou dela?", indaguei. "Você roubou isso daquela pobre coitada?"

A resposta dele foi empurrar os papéis em minha direção. "É uma fotocópia. Tirei especialmente para o senhor."

Kliman continuava decidido a me aliciar. Eu podia lhe ser útil. Talvez lhe fosse útil o simples fato de ele poder dizer que me dera uma cópia. Ele devia achar que eu me tornara uma pessoa frágil, pensei, e em seguida me perguntei se não haveria mesmo me tornado uma pessoa frágil, sozinho naquela casinha. Afinal, o que eu estava fazendo naquela mesa? Nada do que Kliman dizia ter ocorrido entre nós tinha de fato acontecido — não havíamos nos falado pelo telefone, não havíamos combinado almoçar juntos, eu não lhe pedira um relato do funeral de Plimpton nem pedira para ver os originais do romance. Então me lembrei exatamente do que havia acontecido na verdade. *Você cheira mal, seu velho, você cheira a morte.* E eu estava cheirando mal outra vez, o cheiro subia de meu colo, muito semelhante ao que eu sentira nos corredores do prédio de Amy — e, enquanto isso, a pessoa que havia me insultado aos berros continuava tranqüilamente terminando seu sanduíche a alguns centímetros de mim. O fato de eu haver permitido que esse encontro ocorresse me fazia sentir tão desprotegido quanto Amy, poroso, diluído, mentalmente enfraquecido a um ponto que me parecia inimaginável.

E Kliman sabia disso. Kliman havia arquitetado isso. Kliman havia compreendido minha situação desde o início: quem seria capaz de imaginar que Nathan Zuckerman não conseguiria resistir? Pois foi o que aconteceu — ele já era, é uma criaturinha minúscula e isolada, um homem esgotado fugindo das asperezas do mundo, eviscerado pela impotência, no pior momento de sua vida. É só confundir bem esse velho fodido, bater com toda a força, que ele não agüenta. Releia *Solness, o construtor*, Zuckerman: abram alas para os jovens!

Lá estava ele, no pináculo, prestes a dar o bote em mim. E de repente passei a vê-lo não como uma pessoa, e sim uma porta. Vejo uma pesada porta de madeira no lugar onde Kliman está sentado. O que isso quer dizer? Uma porta que dá para onde? Uma porta entre o que e o quê? A clareza e a confusão? Talvez. Nunca sei se ele está dizendo a verdade, se fui eu que esqueci alguma coisa ou se ele está inventando tudo na hora. Uma porta entre a clareza e a confusão, uma porta entre Amy e Jamie, uma porta que dá para a morte de George Plimpton, uma porta se abrindo e fechando a poucos centímetros de meu rosto. Será que ele é mais do que isso? Tudo que eu sei é que é uma porta.

"Com o seu imprimátur", disse ele, "eu poderia fazer muita coisa por Lonoff."

Ao ouvir isso, eu ri. "Você se aproveitou da maneira mais insensível de uma mulher gravemente doente de câncer no cérebro. Você roubou essas páginas dela, de uma maneira ou de outra."

"Não fiz isso, não, absolutamente."

"Claro que fez. Ela não teria dado a você só a primeira metade. Se ela quisesse que você lesse o livro, ela daria tudo. Você roubou o que conseguiu roubar. A outra metade não estava à vista, ou estava em outro lugar do apartamento a que você não tinha acesso. É claro que você roubou — quem é que vai dar metade de um romance a alguém? E agora", prossegui, antes que ele pudesse responder, "agora você quer se aproveitar de um sujeito como eu?"

260

Nem um pouco abalado, ele replicou: "O senhor sabe se defender. O senhor escreveu um monte de livros. Teve lá suas aventuras. E também sabe ser implacável".

"Sei, sim", concordei, torcendo para que isso ainda fosse verdade.

"O George sempre falava do senhor com a maior admiração. Ele admirava a força moral que impelia o seu talento. Eu também tenho essa mesma admiração."

Com o máximo de simplicidade, respondi: "Muito bem. Nesse caso, não chegue perto de mim, não tente de modo algum entrar em contato comigo". Coloquei um pouco de dinheiro na mesa para pagar a minha parte da conta e saí em direção à porta.

Kliman levou alguns segundos para juntar suas coisas e vir correndo atrás de mim. "Isso é censura. O senhor, que é escritor, está tentando impedir a publicação do trabalho de outro escritor."

"Não ajudar você a fazer esse livro espúrio não é impedir você de modo algum. Pelo contrário, se eu voltar pro meu buraco pra morrer, não vou atrapalhar você."

"Mas não é espúrio, não. A própria Amy Bellette admite que houve incesto. Foi *ela* quem tocou no assunto pela primeira vez."

"A Amy Bellette perdeu metade do cérebro."

"Mas eu falei com ela antes disso. *Antes* da operação. Ela ainda não tinha retirado nada. Ainda nem tinha o diagnóstico de tumor."

"Mas o tumor estava lá, não é? O câncer já estava na cabeça dela, não é? Não havia diagnóstico, é verdade, mas o tumor já estava invadindo o cérebro dela. O *cérebro* dela, Kliman. Ela desmaiava, tinha vômitos, às vezes ficava cega de tanta dor de cabeça, e cega de tanto medo, e já não sabia o que dizia a *ninguém*. Naquele momento, ela estava *completamente* fora de si."

"Mas é *óbvio* que a coisa aconteceu mesmo."

261

"Óbvio só pra você."

"Eu não acredito!", exclamou, caminhando a meu lado e me exibindo o rosto perplexo de sua fúria. Não estava mais com disposição para saborear meu desprezo; assim, caíram todas as suas defesas contra minha reprovação, e por fim o pedinte rancoroso que havia por trás do valentão presunçoso entrou em cena — a menos que também isso fosse um disfarce e do início ao fim eu só estivesse ali para bancar o velho otário. "Logo o senhor, quem diria! Afinal, senhor Zuckerman, o homem tinha pênis. Por causa do pênis dele, no mundo em que eles viviam eles se tornaram criminosos por mais de três anos. Aí veio o escândalo e Lonoff escondeu a história por quarenta anos. Então, no final, escreveu este livro. Este livro que é a obra-prima dele! A arte brotando de uma consciência atormentada! O triunfo estético sobre a vergonha! *Ele* não sabia disso — estava assustado e sofrendo demais pra perceber. E a Amy também estava assustada demais com o sofrimento dele pra perceber. Mas como é que *o senhor* pode ficar assustado? O senhor, que sabe muito bem o que faz as pessoas serem insaciáveis! O senhor, que conhece essa fome que quer sempre mais e mais! Aqui um grande escritor presta contas do crime que o atormentou a vida inteira. É a luta final de Lonoff contra sua impureza. A tentativa, adiada por tantos anos, de deixar que o asqueroso se manifeste. O senhor sabe isso tudo muito bem. Deixe o asqueroso se manifestar! Foi essa a sua realização, senhor Zuckerman. Pois bem, esta aqui é a dele. A tentativa dele de assumir esse ônus foi tão heróica que o senhor não pode rejeitá-la agora. O auto-retrato que ele apresenta não é nada lisonjeiro, vá por mim. O rapazinho despertando após um sono de quarenta anos! É extraordinário. É a *Letra escarlate* de Lonoff. É *Lolita* sem Quilty e as piadas bobas. É o que Thomas Mann teria escrito se tivesse sido outra pessoa que não Thomas Mann. O senhor precisa me escutar! Precisa me *ajudar*! Em algum momento o senhor vai ter que levar a sério o incesto! Não faz sentido o senhor se esconder dele, e isso também não conta a seu favor! A antipatia que o senhor sente por mim o impede de enxergar a verdade! Que é simplesmente esta: ele foi obrigado a abrir mão do casamento com Hope e enfrentar o inferno com Amy pra se libertar do cativeiro dos sofrimentos do jovem Lonoff. Eu imploro: leia o resultado extraordinário!"

Ele estava à minha frente, andando para trás com passos rápidos, enfiando as fotocópias dos originais no meu peito. Parei, com os braços caídos e a boca fechada. Eu devia ter reagido com o silêncio desde o início. Não devia — pensei pela centésima vez — ter saído da minha casa. Tantos anos afastado, tendo construído uma fortaleza contra os intrusos atraídos pela minha obra, toda uma armadura de suspeita com várias camadas — e lá estava eu, olhando aqueles belos olhos que brilhavam com um tom virulento de verde. Um lunático da literatura. Mais um. Como eu, como Lonoff, como todos aqueles que reservam suas paixões mais violentas para os livros. Por que não era um sujeito meigo como Billy Davidoff que queria escrever a biografia de Lonoff? Por que Kliman, aquele sujeito veemente e profundamente desrespeitoso, não era o meigo Billy, e o meigo Billy não era o veemente e desrespeitoso Kliman, e por que Jamie Logan, em vez de ser deles, não era minha? Por que tive de contrair câncer da próstata? Por que recebi aquelas ameaças de morte? Por que as forças se esvaem de modo tão rápido e tão cruel? Ah, desejar que o que não é seja, fora da página de um livro!

De repente, a irritação de Kliman atingiu o auge, mas em vez de jogar o envelope na minha cara — que era o que eu esperava, tanto assim que instintivamente levantei os braços para proteger o rosto — ele o largou na calçada, naquela calçada nova-iorquina, a poucos centímetros dos meus pés, e atravessou a rua correndo, zanzando entre os carros em movimento, fazendo-me desejar que eles despedaçassem aquele pretenso biógrafo enlouquecido.

No hotel, depois de jogar fora a cueca encharcada de urina e me lavar na pia, telefonei para Amy. Eu queria saber de onde tinham vindo os originais que estavam com Kliman. A cópia estava no quarto comigo. Eu pegara o envelope na rua. Havia esperado Kliman sumir e então pegara o envelope no chão e o trouxera para o hotel. Que mais poderia ter feito? Eu não estava interessado em ler os originais. Não podia continuar participando daquela loucura. Já havia sobrevivido a muita confusão no tempo em que era mais jovem e mais centrado e muito mais astuto e resistente do que agora. Eu não queria saber o que Lonoff havia criado com base na tremenda desventura em que ele e sua irmã tinham se metido, nem queria continuar a defender a posição em que eu ainda acreditava — a idéia de que essa desventura jamais havia ocorrido. Por mais que Lonoff tivesse me fascinado no início de minha carreira — e muito embora poucos dias antes eu tivesse comprado todos os seus livros, exemplares idênticos aos que eu possuía fazia décadas —, eu queria me livrar da cópia dos originais, me livrar completamente de Richard Kliman e de tudo que me era incompreensível a respeito dele, que era a negação de tudo aquilo que eu levava a sério. Mesmo que seus esforços frenéticos parecessem pura representação, uma proeza imprudente, detestável e pueril de uma pessoa superficial que fingia ter inteligência e admiração pelas letras, a impressão que me ficava é que ele era não apenas o inimigo implacável de Lonoff mas também meu inimigo. Parecia-me que eu seria sem dúvida derrotado se insistisse em entrar em choque com os propósitos daquele impostor e com a vitalidade, a ambição, a tenacidade e a raiva que o impeliam. Após falar com Amy e encontrar um modo de fazer com que aquelas páginas voltassem às suas mãos, eu ligaria para Jamie e Billy e lhes diria que havia mudado de idéia. Depois iria embora de Nova York sem sequer voltar ao urologista. Eu não tinha a força moral que Kliman tanto admirava, pelo menos não o suficiente para empreender mais intervenções. O urologista não poderia mudar nada, tal como eu não poderia mudar nada. Em mais de quatro décadas, eu acumulara prestígio por ter escrito tantos livros, porém agora chegava ao final da minha atividade. Também não me era mais possível proteger ninguém, algo que eu já sabia quando me dei conta de que a única maneira de me proteger agora era sumir de cena. Eu não conseguiria deter aquele rapaz, nem mesmo se levasse Amy comigo para os montes Berkshire ou se contratasse um segurança para guardar a porta do apartamento dela.

Também me seria impossível deter Kliman se, tendo terminado o serviço com Lonoff, ele voltasse sua intensa atenção sobre mim. Quando eu estivesse morto, quem poderia proteger a história da minha vida de Richard Kliman? Não seria Lonoff para ele uma maneira de chegar até mim? E qual seria o meu "incesto"? De que modo será revelado que não fui um ser humano perfeito? Qual o *meu* grande segredo vergonhoso? Certamente haveria um segredo. Mais de um. Coisa surpreendente — toda a capacidade e toda a realização de uma pessoa resultarem na retribuição de uma inquisição biográfica. O homem que domina as palavras, o homem que passa a vida contando histórias, termina, depois da morte, sendo lembrado — quando não é esquecido — por uma história inventada a seu respeito, sobre a maldade oculta em sua vida finalmente descoberta, relatada com uma franqueza, uma clareza e uma presunção intransigentes, exibindo uma séria preocupação com as questões mais delicadas da moralidade e um grande deleite em fazer essa revelação.

Assim, eu seria o próximo. Por que havia levado tanto tempo para me dar conta do óbvio? A menos que já soubesse desde o início.

Ninguém atendeu quando liguei para o apartamento de Amy. Telefonei para Jamie e Billy. Tocou apenas uma vez e a secretária eletrônica foi acionada. Eu disse: "É o Nathan Zuckerman. Estou ligando do meu hotel. O telefone...".

Nesse momento Jamie entrou na linha. Eu devia ter desligado. Eu não devia ter telefonado. Eu devia fazer isso e não devia ter feito aquilo e agora eu devia fazer outra coisa! Mas era-me impossível controlar meus pensamentos a partir do momento em que o estímulo da voz de Jamie me atingia. Em vez de tentar me deslindar da catástrofe de acreditar que era possível modificar minha situação — a situação de quem sofreu uma alteração inalterável —, fiz o contrário, com o pensamento fixo não no que eu era, e sim no que eu não era: o pensamento de quem ainda é capaz de enfrentar a vida de modo agressivo.

"Eu queria conversar com você", disse eu.

"Está bem."

"Eu queria conversar com você aqui."

Durante a pausa que se seguiu, tentei me sair da melhor maneira possível com as palavras ridículas que o passado me obrigava a pronunciar.

"Acho que não vou poder ir", ela respondeu.

"Eu tinha esperança de que você viesse", retruquei.

"A idéia é interessante, senhor Zuckerman, mas não posso."

O que eu poderia dizer — eu, um "já-era" esgotado, que não tinha mais autoconfiança para seduzir nem a capacidade de desempenhar — para fazê-la mudar de idéia? Só me restavam os instintos: querer, desejar, possuir. E o absurdo fortalecimento da minha determinação de agir. Finalmente, agir!

"Venha aqui no meu hotel", insisti.

"Estou perplexa", disse ela. "Eu não estava esperando esse telefonema."

"Nem eu."

"Por que o senhor ligou?", ela indagou.

"Eu fiquei obcecado desde que nos encontramos no seu apartamento."

"Mas a sua obsessão é uma coisa que infelizmente eu não posso satisfazer."

"Venha, por favor."

"Pare com isso, por favor. Não precisa muita coisa pra me tirar do prumo. O senhor me acha uma pessoa combativa? Jamie, a guerreira? Jamie, a agressiva? O que eu sou é uma pilha de nervos. O senhor acha que o Richard Kliman é meu amante? Continua achando isso? A esta altura, já devia estar muito claro para o senhor que eu jamais teria um envolvimento sexual com ele. O senhor imaginou uma mulher que não sou eu. Será que o senhor não entende o alívio que foi pra mim quando conheci o Billy, uma pessoa que não ficava gritando o tempo todo quando eu não fazia o que ele queria?"

O que eu poderia dizer que a faria vir? O que eu poderia dizer que a tornaria suscetível?

"Você está sozinha?", perguntei.

"Não."

"Quem está aí?"

"O Richard. Está em outro cômodo. Ele estava me contando o que aconteceu no encontro com o senhor. É só isso que estamos fazendo aqui. Estamos conversando. Eu estou escutando. Só isso. O resto é ilusão sua. O senhor deve ser uma pessoa muito sofrida pra ficar imaginando essas coisas."

"Por favor, Jamie, venha." Com toda a riqueza do vocabulário, essas foram as palavras mais ricas que consegui encontrar para repetir.

"Eu sou uma boba", disse ela, "por isso, por favor, pare."

Eu me via, me ouvia, adotava uma atitude apropriadamente sardônica em relação a mim mesmo, indignado comigo, revoltado pelo grau de desespero em que estava, mas a união sexual com as mulheres fora interrompida de modo tão abrupto, anos atrás, pela cirurgia de próstata que agora, com Jamie, eu não conseguia me impedir de assumir o que era falso e de agir em nome de um ego que eu não possuía mais.

"Liguei pra você", disse eu, "pra dizer uma coisa completamente diferente. Não liguei com esta intenção. Eu achava que havia me livrado de tudo isso."

"Isso é possível?" Ela parecia estar fazendo a pergunta não a meu respeito, e sim sobre si própria.

"Venha, Jamie. Eu sinto que você pode me ensinar uma coisa que é tarde demais pra eu aprender."

"Isso é uma alucinação. Só isso. Não, não posso ir, senhor Zuckerman." E então, por bondade, ou apenas para escapar daquela situação, ou até mesmo, talvez, porque uma parte dela realmente pensava assim, acrescentou: "Fica pra próxima", como se eu tivesse todo o tempo de que ela dispunha para esperar.

E assim fugi das forças que outrora sustentavam minha própria força e desafiavam minha potência e despertavam meus entusiasmos e minhas paixões e meu poder de resistência e minha necessidade de levar tudo, pequeno ou grande, às últimas conseqüências, de tornar tudo importante. Não fiquei para enfrentar a briga, como outrora, porém abandonei o texto de Lonoff e todas as emoções que ele havia despertado, e todas as emoções que ele ainda *viria* a despertar, quando encontrei as anotações de Kliman na margem, e nelas vi aquela vitalidade e vulgaridade fatais que atribuem tudo a uma fonte de um modo completamente idiota. Eu não estava à altura das exigências daquele conflito, não queria vivenciar a perplexidade que ele causava, e — como se aquele texto tivesse sido escrito por um escritor a quem eu sempre fora indiferente — joguei a cópia sem a ter lido no cesto de papéis do quarto do hotel, peguei meu carro e voltei para casa, chegando lá pouco depois do pôr do sol. Quando a gente foge, é necessário escolher às pressas o que se vai levar, e optei por deixar no hotel não apenas o romance inacabado mas também os seis livros de Lonoff que eu havia comprado na Strand. Os exemplares que eu tinha em casa, adquiridos cinqüenta anos antes, seriam suficientes para o resto da minha vida.

Toda aquela confusão em Nova York havia tomado pouco mais de uma semana. Não há lugar mais mundano, mais aqui-e-agora, do que Nova York, cheia de gente falando ao celular e indo a restaurantes, tendo casos amorosos, procurando emprego, lendo as notícias, sendo consumida por emoções políticas, e eu havia pensado em voltar do lugar onde havia me refugiado para retomar a vida urbana reencarnado, reassumindo todas as coisas de que eu havia decidido abrir mão — amor, desejo, brigas, conflitos profissionais, todo o confuso legado do passado —, e em vez disso, como num filme mudo em ritmo acelerado, passei pela cidade por um rápido momento e mais que depressa voltei para casa. Tudo que acontecera fora que algumas coisas quase haviam acontecido, e no entanto retornei como se coisas imensas tivessem acontecido. Na verdade, eu não havia tentado fazer nada, apenas permaneci imobilizado por alguns dias, cheio de frustração, como um joguete num conflito e implacável entre os já-eras e os ainda-nãos. Isso, por si só, já era uma lição de humildade.

Agora eu estava de volta a um lugar onde não precisava entrar em choque com ninguém, nem desejar nada, nem ser alguém, nem convencer as pessoas disso ou daquilo, nem tentar representar um papel no drama da minha época. Kliman insistiria em revelar o segredo de Lonoff com toda a sua intensidade grosseira e Amy Bellette seria tão incapaz de detê-lo, como uma menina tentando impedir que a mãe, o pai e o irmão fossem assassinados ou como se tentasse deter o tumor que a estava matando. Eu lhe mandaria um cheque naquele mesmo dia e enviaria outro no primeiro dia de cada mês, porém ela não viveria até o final do ano. Kliman persistiria e por alguns meses talvez ganhasse importância literária ao publicar sua revelação supérflua dos supostos pecados de Lonoff como a explicação de tudo. Quem sabe até conseguiria roubar Jamie de Billy, se ela estivesse perturbada, iludida ou entediada a ponto de buscar refúgio na arrogância insuportável dele. E, em algum momento, tal como Amy, Lonoff e Plimpton, tal como todo mundo agora no cemitério que havia enfrentado o mundo, eu também morreria, não sem antes me instalar à minha escrivaninha junto à janela, contemplando lá fora, na luminosidade cinzenta de uma manhã de novembro, do outro lado de uma estrada coberta de flocos de neve, as águas silenciosas do pântano, roçadas pelo vento, já virando gelo nas margens orladas por caules de juncos reduzidos a esqueletos sem folhas, e naquele refúgio protegido, tendo desaparecido do meu campo de visão toda aquela gente de Nova York — e antes que minha memória frágil se apagasse por completo —, escrever a cena final de *Ele e Ela*.

ELE

O Billy ainda vai levar umas duas horas pra chegar. Por que você não vem até o meu hotel? Estou no Hilton. Quarto 1418.

ELA

(*Com um riso suave*) Quando você se despediu dela, você disse que essa história estava matando você e que você nunca mais queria vê-la.

ELE

Pois agora eu quero.

ELA

O que foi que mudou?

ELE

O grau de desespero. Agora estou mais desesperado. E você?

ELA

Eu... eu... estou menos. Por que é que você está mais desesperado?

ELE

Vá perguntar ao desespero por que é que ele piorou.

ELA

Eu tenho que me abrir com você. Acho que sei por que você está mais desesperado. E acho que se eu for até o seu hotel isso não vai ajudar nem um pouco. O Richard está aqui. Ele me falou sobre o encontro que vocês tiveram. Eu tenho que lhe dizer que acho que você está cometendo um grande erro. O Richard só está tentando fazer o trabalho dele, assim como você faz o seu. Ele está muitíssimo abalado. Você, claramente, está muitíssimo abalado também. Você me telefonou pra chamar pra sua vida uma coisa que você não quer...

ELE

Eu estou chamando você pra vir ao meu quarto. Aqui no meu hotel. O Kliman é seu amante.

ELA

Não é.

ELE

É, sim.

ELA

(*Enfática*) Não é, não.

ELE

Você praticamente admitiu isso no outro dia.

ELA

Não admiti, não. Você entendeu mal ou então ouviu mal. Você entendeu tudo errado.

ELE

Quer dizer que você também sabe mentir. Que bom. Ainda bem que você sabe mentir.

ELA

Por que é que você acha que estou mentindo? Você está dizendo que só porque eu namorei o Richard na faculdade agora ele tem que ser meu amante?

ELE

Eu disse que tinha ciúme do seu amante. Eu achei que ele fosse seu amante. Você está me dizendo que não é.

ELA

Não, não é.

ELE

Então tem uma outra pessoa que é seu amante. Eu não sei se isso é pior ou melhor.

ELA

Prefiro não falar sobre o meu amante. Você quer ser meu amante — é isso que você está me dizendo?

ELE

É.

ELA

Você quer que eu vá aí agora, às seis horas. Eu chegaria às seis e meia. Eu posso chegar em casa com umas compras até as nove horas e dizer que fui ao supermercado. Eu teria que fazer algumas compras, ou então você podia ir ao supermercado pra mim agora — assim a gente pode passar mais uns minutos juntos.

ELE

A que horas você vem?

ELA

Estou calculando. Você podia fazer as compras agora. Eu despacho o Richard. Pego um táxi. Dá pra eu chegar no seu hotel às seis e meia. Eu teria que sair no máximo às oito e meia. Nós teríamos duas horas juntos. Você acha que é uma boa idéia?

ELE

Acho.

ELA

E depois o quê?

ELE

Nós vamos ter passado duas horas juntos.

ELA

Eu estou maluca hoje, sabe? (*Rindo*) Você está se aproveitando de uma mulher enlouquecida.

ELE

Eu estou colhendo os frutos da eleição.

ELA

(*Rindo*) É, isso mesmo.

ELE

Eles roubaram o Ohio — eu vou roubar você.

ELA

Eu realmente estou precisando de um remédio forte hoje.

ELE

Em priscas eras eu vendia remédios fortes em domicílio.

ELA

Isso me faz pensar nos *bayous*.

ELE

O que é que você está dizendo?

ELA

Os *bayous* de Houston. Pra chegar lá, a gente entrava na propriedade de alguém, encontrava uma corda pendurada numa árvore e pulava dentro d'água. A gente nadava naquela água misteriosa, cor de leite com chocolate, cheia de árvores mortas, tão opaca que não dava pra ver a mão da gente dentro d'água, as árvores carregadas de musgo, a água com essa cor de lama — eu não sei como é que eu fazia isso, só sei que era uma das coisas que meus pais certamente não iam querer que eu fizesse. Minha irmã mais velha me levou com ela a primeira vez que eu fui. Ela é que era aventureira, eu não. Foi ela que ficou completamente enlouquecida com a obsessão da minha mãe pelas aparências. Nem mesmo meu pai, com todos os sermões dele, conseguia controlar minha irmã, quanto mais a minha mãe. E eu me casei com o Billy. A pior coisa que ele era era ser judeu.

ELE

Também é a pior coisa que eu sou.

ELA

É mesmo?

ELE

Venha, Jamie. Venha ficar comigo.

ELA

(*Num tom leve, falando depressa*) Está bem. Onde é mesmo que você está?

ELE

No Hilton. Quarto 1418.

ELA

Onde fica o Hilton? Eu não conheço os hotéis de Nova York.

ELE

Fica na Sixth Avenue, entre a 53rd e a 54th. Em frente ao prédio da CBS. Na diagonal do Warwick Hotel.

ELA

É aquele hotel enorme que não é muito bonito.

ELE

Esse mesmo. Eu achei que só ia ficar aqui por uns dias. Vim visitar uma amiga que está doente.

ELA

Eu sei tudo sobre a sua amiga que está doente. Não vamos falar sobre isso.

ELE

O que foi que o Kliman lhe contou sobre ela? Você sabe o que ele está fazendo com uma mulher que está morrendo de câncer no cérebro?

ELA

Ele está tentando fazer com que ela conte a história dela. Quer dizer, a história nem é dela. É a história de uma pessoa que ela amou, que escreveu uma obra que se perdeu, e que não tem mais reputação hoje. Olhe, o problema é que o Richard, infelizmente, queima o próprio filme. Mas você não deve julgar o Richard com base nisso. Ele é uma pessoa cheia de energia, compulsiva, dedicada, interessada, que resolveu se dedicar a um escritor que caiu na obscuridade e que ninguém mais lê. O Richard está obcecado por esse escritor, entusiasmado por ele, acha que descobriu um segredo sobre ele que pode se tornar uma coisa instrutiva e interessante, e não apenas um escândalo. Eu sei que ele tem a rapacidade enlouquecida dos biógrafos. Eu sei que ele tem uma vontade implacável de conseguir o que quer. Eu sei que ele é capaz de fazer qualquer coisa. Mas se é uma pessoa séria, qual o problema? O Richard está tentando resgatar o lugar que cabe a esse escritor na literatura norte-americana, e ele quer que a sua amiga ajude — contando uma história que não vai prejudicar ninguém. Ninguém. As pessoas envolvidas já morreram há anos.

ELE

Ele tem três filhos vivos. E os filhos? Você gostaria de descobrir uma coisa dessas sobre o seu pai?

ELA

Aos dezessete anos ele teve um caso com a meia-irmã — ele era mais moço que ela, tinha catorze quando a coisa começou. Se alguém teve culpa, não foi ele, que era o irmão mais moço. Não há motivo pra ter vergonha.

ELE

Você é muito generosa. Você acha que o seu pai e a sua mãe vão ser tão generosos quando eles lerem sobre a juventude do Lonoff?

ELA

Meus pais votaram no George Bush na terça-feira. Quer dizer, a resposta é não. (*Rindo*) Se você estivesse interessado na aprovação deles, você jamais publicaria uma coisa que meus pais não vissem com bons olhos. Nenhum de seus livros teria sido publicado, meu amigo.

ELE

E você? Você veria o seu pai com bons olhos se descobrissem isso a respeito dele?

ELA

Não seria fácil, não.

ELE

Você tem alguma tia?

ELA

Não tenho tia, não. Mas tenho irmão. Não tenho filhos. Mas, se tivesse, é uma coisa que eu não gostaria que meus filhos ficassem sabendo que tinha acontecido entre eu e meu irmão. Mas acho que há coisas mais importantes do que...

ELE

Por favor. Não me venha falar na arte.

ELA

Mas então em nome de que você dedicou a sua vida?

ELE

Eu não sabia que estava dedicando a minha vida. Fiz o que fiz, sem saber. Você não entende o que os jornais vão fazer com essa história? Você não entende o que os críticos vão fazer com ela? Não tem nada a ver com a arte, muito menos com a verdade, nem se trata de compreender uma transgressão. Tem tudo a ver com escândalo. Se o Lonoff estivesse vivo, ele se arrependeria de ter escrito aquilo.

ELA

Mas ele já morreu. Não vai se arrepender de nada.

ELE

Ele vai ser difamado. Sem nenhum motivo, difamado de modo malicioso por moralistas metidos a besta, pelas feministas ressentidas, pela superioridade asquerosa desses piolhos da literatura. Muitos dos resenhistas que são gente decente vão achar que foi um grande crime sexual. Do que é que você está rindo?

ELA

Da sua condescendência. Então você acha que se não fosse por essas "feministas ressentidas" eu ia pensar em entrar no seu quarto de hotel daqui a vinte minutos? Você acha que uma moça que teve a formação que eu tive ia ter coragem de fazer uma coisa dessas? Quer dizer, você está colhendo os frutos da eleição e também do feminismo. George Bush e Betty Friedan. (*Tom de durona, de repente, como mulher de gângster num filme*) Vem cá, você quer mesmo que eu vá aí — é isso que você quer? Ou quer ficar conversando sobre o Richard Kliman pelo telefone?

ELE

Não acredito em você. No que você diz sobre o Kliman. É só isso que eu estou dizendo.

ELA

Tudo bem. Tudo bem. E o que é que isso tem a ver com as nossas duas horas juntos? Você pode acreditar em mim ou não, e se você não acredita em mim e não quer que eu vá aí, tudo bem. Se você não acredita em mim e quer que eu vá assim mesmo, tudo bem. Se você acredita em mim e quer que eu vá aí, tudo bem também. Me diga o que você quer.

ELE

Será que vocês todas são totalmente senhoras de si hoje em dia, vocês mulheres de trinta anos, ou será que vocês só conseguem manter essa fachada por algum tempo?

ELA

Nem uma coisa nem outra.

ELE

Então são só as mulheres de trinta com aspirações literárias?

                              ELA

Não.

                              ELE

Só as mulheres de trinta anos que são filhas de famílias da elite
petrolífera de Houston? Só as moças ultraprivilegiadas?

                              ELA

Não, sou *eu*. Você está falando *comigo*.

                              ELE

Eu adoro você.

                              ELA

Você não me conhece.

                              ELE

Eu adoro você.

                              ELA

Você sente uma atração louca por mim.

                              ELE

Eu adoro você.

                              ELA

Você não me adora. Não pode. É impossível. Essas palavras não
querem dizer nada. Você me dá a impressão de ser uma pessoa
que estava louca atrás de uma aventura, só que não tinha consciência disso. Você, que passou onze anos fugindo de tudo que
era experiência, que se fechou a tudo que não fosse escrever e

pensar — você, que manteve a sua vida totalmente sob controle, você nem imaginava. É só quando ele se vê de volta à cidade grande que ele descobre que quer mesmo é retomar a vida, e que a única maneira de conseguir isso é se entregar, de uma maneira nada racional, nada pensada... quer dizer, se entregar a um impulso completamente irracional. Estou falando com uma pessoa disciplinada e racional a um grau quase sobre-humano, que perdeu totalmente o senso das proporções e mergulhou numa loucura de desejos irracionais. Mas viver é isso mesmo, não é? Isso é que é *forjar* uma vida. A gente sabe que a razão pode voltar a se afirmar a qualquer momento, e que se isso acontecer é o fim da vida e da instabilidade que *é* a vida. É este o destino de todo mundo: a instabilidade. A única outra possibilidade que explica você achar que me adora é o fato de que no momento você é um escritor sem livro. É só você começar um outro livro e mergulhar no trabalho que a gente vai ver o quanto você adora a Jamie Logan. Mas, enfim, estou indo pra aí.

ELE

Você topou vir ao meu quarto, o que me faz pensar que você também está numa boa enrascada. Momentos irrefletidos. A enrascada é sua.

ELA

Momentos irrefletidos que levam a encontros irrefletidos. Momentos irrefletidos que levam a escolhas perigosas. É bom você não ficar me lembrando muito disso.

ELE

Eu acho que você mesma vai se lembrar disso quando estiver no táxi vindo pra cá.

ELA

Pois é, eu disse que você está se aproveitando do resultado da eleição. É, você tem razão.

ELE

Você está cruzando a linha de sombra de Conrad, primeiro da infância pra maturidade, depois da maturidade pra uma outra coisa.

ELA

Pra loucura. Não vou demorar.

ELE

Ótimo. Depressa. A loucura. É tirar a roupa e mergulhar no *bayou*. (*Ele desliga o telefone*) Na água cor de leite com chocolate, cheia de árvores mortas.

(*Então, com apenas mais um momento de loucura de sua parte — um momento de excitação louca —, ele joga tudo dentro da mala — menos a fotocópia dos originais, que não foi lida, e os livros de Lonoff comprados no sebo — e vai embora o mais depressa possível. E como não fazê-lo [como ele gosta de dizer]? Ele se desintegra. Ela está a caminho e ele vai embora. Vai embora para sempre.*)

ESTA OBRA FOI COMPOSTA EM ELECTRA PELO ACQUA ESTÚDIO E IMPRESSA
EM OFSETE PELA GEOGRÁFICA SOBRE PAPEL PÓLEN SOFT DA SUZANO
PAPEL E CELULOSE PARA A EDITORA SCHWARCZ EM JUNHO DE 2008